ITALO CALVINO
El sendero de los nidos de araña
MORAVIA
Los indiferentes
CAMPESINO ESPAÑOL
Ramón J. Sender
NADA
Carmen Laforet
ITALO
W0379769
CAMILO JOSÉ CELA
Viaje
LAS SOMBRAS RECOBRADAS
Gonzalo Torrente Ballester
MIGUEL DELIBES
Santos
PATRICIA HIGHSMITH
A pleno sol
PATRICIA HIGHSMITH
Tras los pasos de Ripley
ALEJO CARPEN
Guerra del tiempo
ENTRE VISILLOS
Carmen
artín Gaite
LOLITA
Vladimir Nabokov
GRAHAM GREENE
El american
impasible
CAMILO JOSÉ CELA
Pabellón de reposo
EL PERFUME
Patrick
PRIMAVER CON UNA ESQUINA ROTA
Mario Benedetti
VARGAS LLO
Pantaleón y las visitadoras
LA HOGUERA DE LAS VANIDADES
Tom Wolfe
LAMARÉ
RNES
Almudena Grandes
WILT
Tom
GRAHAM GREENE
El agente
fidencial

LOS CABALLITOS DE TARQUINIA

EL AMOR

RBA

MARGUERITE DURAS es el seudónimo de Marguerite Donnadieu, nacida en Gia Dinh, Indochina, en 1914, de padres franceses. Trasladada a París, estudió Derecho, Matemáticas y Ciencias Políticas. Aunque publicó su primera novela en 1943, adquirió fama entre el gran público en 1958 con el guión de *Hiroshima, mon amour*, película realizada por Alain Resnais, y con la novela *Moderato cantabile*, saludada por la crítica como una notable aportación al *nouveau roman*. De su extensa producción narrativa cabe destacar *El square*, *Los caballitos de Tarquinia*, *El vicecónsul*, *El arrebato de Lol V. Stein*, *El amor*, *El amante* (Premio Goncourt 1984), *El dolor* y *El amante de la China del Norte*. Ha escrito también teatro y guiones cinematográficos y ha dirigido varias películas.

MARGUERITE DURAS

Los caballitos de Tarquinia

El amor

NARRATIVA ACTUAL

RBA

Títulos originales: *Les petits chevaux de Tarquinia*
L'amour
Traducciones: Caridad Martínez *(Los caballitos de Tarquinia)*
Enrique Sordo *(El amor)*

Pérez Galdós, 36 bis, 08012 Barcelona

Proyecto gráfico y diseño de la cubierta: Enric Satué
Ilustración cubierta: Foto Bordas

ISBN: 84-473-0081-1
Depósito Legal: B. 5.110-1994
Impresión y encuadernación:
Printer industria gráfica, S. A.
Ctra. N-II, km 600. Cuatro Caminos s/n.
Sant Vicenç dels Horts (Barcelona)

Impreso en España – Printed in Spain – Enero 1995

Los caballitos de Tarquinia

a Ginetta y Elio

1

Sara se levantó tarde. Algo más de las diez. Y seguía haciendo el mismo calor, como siempre. Hacían falta unos segundos, todas las mañanas, para acordarse uno de que estaba allí pasando las vacaciones. Jacques dormía aún, y la chica de servicio también. Sara se dirigió a la cocina, bebió apresuradamente un tazón de café frío y salió al porche. El niño era siempre el primero en levantarse. Estaba sentado, completamente desnudo, en las gradas del porche, contemplando a la vez la circulación de las lagartijas por el jardín y de las barcas por el río.

—Me gustaría ir en una motora —dijo al ver a Sara.

Sara se lo prometió. El dueño de la motora a la que se refería el niño había llegado hacía sólo tres días y nadie aún le conocía bien. Pero le prometió a su hijo que le subiría en la barca. Luego fue a buscar dos cubos de agua al cuarto de baño y lo duchó despaciosamente. Estaba algo más delgado y tenía aire de cansancio. De noche no descansaba nadie, ni siquiera los niños. Cuando se vaciaron los primeros cubos él pidió otros y luego otros más. Ella fue a buscarlos. El niño reía bajo el agua fresca, resucitado. Cuando terminó, Sara quiso que desayunara. Allí los niños nunca tenían prisa por comer. A éste le gustaba la leche, y la leche, allí, se cortaba una vez pasadas las ocho de la mañana. Sara hizo un té claro y el niño se lo tomó maquinalmente. Se negó a comer nada y se reintegró a su acecho de barcas y lagartijas. Sara se quedó un rato con él, y por fin se resolvió a despertar a la chica. La chica refunfuñó, sin moverse. Lo cual tenía su explicación, como todo lo demás, en el calor; así que Sara no insistió, como no lo había hecho para que el niño comiera. Se duchó, se puso unos shorts y una camiseta y luego, como estaban de vacaciones, no le quedó otra cosa que hacer sino esperar, sentada junto al niño en los peldaños del porche, la llegada de su amigo Ludi.

El río discurría a unos cuantos metros del chalet, amplio, descolorido. El camino iba bordeándolo hasta el mar, que se extendía aceitoso y gris a lo lejos, envuelto en una neblina lechosa. Lo único bonito, en aquel lugar, era el río. El sitio en sí, no. Habían ido a pasar las vacaciones porque a Ludi sí le gustaba. Era un pueblecito a orillas del mar, del viejo mar occidental, el más cerrado, el más tórrido, el más cargado de historias que en el mundo pueda haber y a orillas del cual la guerra acababa aún de pasar.

Por eso, de ello hacía sólo tres días, tres días y una noche para ser más exactos, había estallado una mina matando a un muchacho, en la montaña, encima del chalet de Ludi.

A la mañana siguiente del accidente fue cuando el propietario de aquella embarcación llegó al hotel.

Treinta casas al pie de la montaña, bordeando el río, separadas del resto de la comarca por un camino de carro de siete kilómetros de largo que se interrumpía allí, a la orilla del mar. En esto consistía el lugar. Las treinta casas se llenaban todos los años de veraneantes de todas las nacionalidades, gentes que tenían en común el hecho de ser la presencia de Ludi lo que allí les llevaba y el de creer que a todos ellos les gustaba lo mismo pasar las vacaciones en sitios así de salvajes. Treinta casas y el camino asfaltado sólo a lo largo de cien metros, los que pasaban ante las treinta casas. Esto era lo que decía Ludi que le gustaba, lo que Jacques decía no detestar, que no se parezca a nada, que esté tan aislado y sin esperanzas de crecer nunca, debido a la montaña cortada a pico tan cerca del río, y esto era lo que decía Sara que no le gustaba.

Ludi llevaba viniendo, con su mujer, Gina, doce años, allí precisamente la había conocido, hacía más de doce años.

—Una motora —dijo el niño— es la cosa más bonita que hay en el mundo.

Sólo iba en ella el hombre que había venido por casualidad, no por Ludi. Una mañana se presentó en su fuera-borda.

—Un día iremos en esa lancha —dijo Sara.

—¿Cuándo?

—Pronto.

El niño estaba bañado en sudor. Aquel verano estaba siendo tremendo en toda Europa. Pero era allí donde lo estaban sufriendo todos, al pie de aquella montaña demasiado cercana, asfixiante, opinaba Sara. Le había dicho a Ludi:

—Estoy segura de que hasta la otra orilla debe de ser más fresca.

—Hace doce años que vengo aquí; tú no sabes nada de esto —había dicho Ludi.

Jacques no opinaba respecto de la diferencia entre las dos orillas. Para Sara resultaba evidente que un vientecillo fresco debía de soplar allí todas las noches. La otra orilla era, en efecto, llana en veinte kilómetros, hasta las montañas de donde habían llegado, al día siguiente del accidente, los padres del zapador.

Fue a buscar agua y le mojó la frente al niño. Él le dejó hacer, satisfecho. Desde hacía tres días, desde el accidente, Sara evitaba besar a su hijo. Estaba acabándole de vestir cuando llegó Ludi. Eran entonces algo más de las once. Jacques seguía durmiendo y la chica también. En cuanto llegó Ludi, el niño cambió de juego. Se puso a hacer flanes en el sitio en que acababa ella de bañarle.

—Buenos días —dijo Ludi—, he venido a hacerte una visita.

—Hola, Ludi, deberías despertar a Jacques.

Ludi cogió al niño en brazos, le mordió la oreja, volvió a dejarle en el suelo y se dirigió al cuarto de Jacques. En cuanto entró abrió los postigos.

—¿A qué hora piensas bañarte si te levantas tan tarde?

—Dices que hace calor —dijo Jacques.

—Hace menos que ayer —dijo Ludi muy convencido.

—Cuándo acabarás de pitorrearte de todo cristo.

Ludi no se resentía del calor, no más que una higuera, o el río. Dejó a Jacques despertarse y salió a jugar con el niño. Sara se levantó y se peinó. Ludi estaba hablando de los encantos de las motoras, que corren tanto como los coches. También él tenía unas ganas enormes de subir a la barca del hombre, igual que el niño. Oyéndole, de pronto, Sara recordó lo que Ludi había dicho de ella. Hacía ya ocho días de aquello. Jacques se lo repitió una noche con ocasión de una pelea. Al día siguiente de aquella insignificante discusión —insignificante salvo en que con ocasión de ella se enteró de lo que había dicho Ludi— fue cuando ocurrió el accidente en la montaña. No había tenido, hasta esta mañana, tiempo de pensar en las palabras de Ludi sobre ella. Por el accidente de la montaña, y también quizá por la llegada del hombre y su embarcación.

—¿Vienes a bañarte con nosotros? —preguntó Ludi.

—No sé. ¿Así que siguen en la montaña?

Durante dos días y tres noches los padres del zapador habían estado reuniendo los restos del cuerpo de su hijo. Durante dos días se habían afanado, creyendo siempre que aún quedaba alguno. Tan sólo desde ayer habían dejado de buscar. Pero aún no se habían ido, sin que se supiera a ciencia cierta por qué. Los bailes habían cesado. El municipio estaba de luto. Estaban esperando que se fueran.

—Yo no he ido aún —dijo Ludi—, pero sé por Gina que siguen ahí. Lo que pasa es, me parece, que se niegan a firmar el acta de defunción. La madre sobre todo. Hace tres días que le están pidiendo que la firme, pero no quiere ni oír hablar.

—¿Y no ha dicho por qué?

—Parece que no. ¿Por qué no vienes a bañarte con el niño?

—El calor —dijo Sara—. Y ese camino estúpido, sin un solo árbol, hasta la playa. No puedo resistirlo más. Me pone mala, no puedo remediarlo.

Ludi bajó los ojos y encendió un cigarrillo sin contestar.

—El único árbol que había —siguió Sara— es el de la plaza. Y han conseguido cortarle todas las ramas. En esta tierra se ve que no pueden soportar los árboles.

—No —dijo Ludi—, es que el asfalto lo mató, te lo he dicho ya. El árbol se murió cuando asfaltaron la carretera.

—El asfalto no ha matado nunca ningún árbol —dijo Sara.

—Que sí —dijo muy serio Ludi—, de veras. De acuerdo en lo de que esta tierra no es muy buena que digamos para los árboles. Para las higueras sí, y también los olivos, y los pequeños laureles también, para todos los árboles pequeños mediterráneos, pero para los demás, los que te gustarían a ti, no, esta tierra es demasiado seca. Pero eso no es culpa de nadie.

Esta vez fue Sara quien no contestó. Jacques estaba levantándose. Estaba en la cocina tomándose su café frío.

—Me tomo el café y voy —le dijo a Ludi.

—Mira —prosiguió Sara—, puede que el asfalto mate los árboles, es posible, pero entonces por qué lo ponían al pie de ese árbol.

—No lo sabían. Aquí la gente es muy ignorante.

Pasaron un rato sin decirse nada. El niño les escuchaba. También a él le importaban los árboles.

—He visto al tipo ése en su lancha —dijo Ludi—. Estaba limpiándola, limpiándola, delante mismo del hotel.

Sara se echó a reír.

—Te aseguro que me gustaría darme un paseo en esa lancha —dijo Ludi riendo—; pero no solo, con todos vosotros. —Y añadió—: En realidad, ahora ya lo conocemos. Anoche estuvo en la bolera, se presentó de pronto, y estuvo jugando con nosotros.

—¿Y qué? ¿Le dijiste algo de la barca?

—Hombre —dijo Ludi—, acabamos de conocernos.

—Yo —dijo el niño— me voy a ir a bañar con papá y Ludi.

—No —dijo Sara—, preferiría que no fueras esta mañana.

—¿Por qué? —preguntó Ludi.

—El calor.

—Iré —dijo el niño.

—El sol es muy bueno para los niños, ellos lo resisten bien —dijo Ludi.

—La verdad es que soy una exagerada, si quieres vas —le dijo al niño—, haz lo que quieras.

Sara sentía tal amistad por Ludi que estaba siempre dispuesta a creerle, siempre. El niño la miraba, incrédulo.

—Si quieres vas —repitió ella—. Como queráis.

La chica salió de la casa. Se restregó enérgicamente los ojos y saludó amablemente a Ludi. Los hombres siempre la conmovían, como a los gatos la leche.

—Buenos días, señor Ludi.

—Hola, buenos días. Cuidado que os levantáis tarde en esta casa.

—No hay quien pueda pegar un ojo con este calor, así que, qué remedio, duerme una por la mañana.

Se fue a la cocina y se sirvió, a su vez, café frío. Jacques estaba duchándose en el cuartito de baño, al fondo del pasillo. Ludi, sentado en las gradas del porche, miraba ostensiblemente al río. Sara estaba sentada junto a él, fumando, sin dejar de mirar también al río. El niño hurgaba en las hierbas del jardín tratando de atrapar una lagartija.

—¿Así que, juega bien a los bolos? —preguntó Sara.

—No muy bien. Pero a mí me resulta simpático. Un poco... frío... así... callado, pero simpático.

La chica apareció en la ventana de la cocina.

—Bueno, ¿qué comemos hoy?

—No sé —dijo Sara.

—Si no lo sabe usted, no voy a saberlo yo.

—Iremos al hotel —gritó Jacques desde el cuarto de baño—, yo no como aquí.

—Pues no valía la pena entonces traerme a mí de vacaciones —dijo la chica—. ¿Y éste?

Señaló al niño.

—Éste comerá aquí —gritó Jacques.

—No —dijo el niño—, yo voy al restorán con las personas mayores.

—Podríamos llevarle —dijo Ludi.

Ludi quería mucho al niño.

—No —dijo Jacques—, quiero comer tranquilo.

—Le compra usted hígado de ternera —dijo Sara—; y tomates.

—Hígado de ternera —dijo la chica—, ¿cómo le llaman a eso por aquí?

—*Fegato di vitello* —dijo Ludi riendo.

Ludi tenía la risa fácil, y Jacques lo mismo.

—Yo no sirvo —dijo la chica—, hay que ver cómo hablan aquí. Tiene usted que escribírmelo.

—*Fegato di vitello* —repitió Ludi—, voy a escribírtelo.

Vino la chica al porche con un papel y un lápiz que tendió a Ludi.

—¿Dónde compráis la carne vosotros? —preguntó Ludi.

—No sé —dijo Sara.

—En la charcutería —dijo la chica—. Es mucho mejor que en ese chiflado que les llevó la caja de jabón a los padres del zapador.

Jacques salió del cuarto de baño, con el pelo mojado y el torso desnudo.

—Pero —preguntó—, ¿siguen aquí?

—Sí —dijo Ludi—. Es la mujer, creo, que no quiere firmar el acta de defunción; el marido sí que firmaría, es la mujer quien sigue en sus trece.

—Es tremendo —dijo Jacques— pensar que al final la harán firmar de todos modos.

Miró a Ludi, luego a Sara, y otra vez a Ludi.

—Venga, vente a bañar —le dijo a Sara.

—Si voy, será más tarde.

—Pues entonces nos vamos —dijo Ludi levantándose.

—Pero vente —insistió Jacques.

Por insoportables que se resultasen, aquellos amigos necesitaban siempre la presencia de todos y cada uno de los demás, incluso de noche, después de cenar, en las partidas de bolos. Lo que no impidió a Ludi decir de ella lo que dijo, ni a Jacques admitirlo. Ella pidió a la chica que fuera a buscar el gorro del niño. La chica fue a buscarlo. Todo ello duró un buen rato.

—¿Y qué vas a hacer —preguntó Jacques—, si no vienes?

—Leeré un poco. O a lo mejor no hago nada.

Siguió una pausa.

—¿Y el gorro?

—No lo encuentro —dijo la chica—. Con este niño, si le parece a usted que es fácil...

Salió y le gritó al niño:

—¿Y el gorro, dónde lo has metido?

—Yo qué sé —dijo el niño.

—Tiene cuatro años —dijo Jacques—, es usted quien debería saber dónde están sus cosas, no él.

—Pues estoy bien harta —dijo la chica.

—La verdad es que —dijo Ludi— no sé cómo la aguantáis todo el día hablando así, acaba por resultar pesado.

—La culpa es de Sara —dijo Jacques—. Con tal de que la deje en paz, le pasa todo...

Sara se levantó, entró en la casa, buscó el gorro. Lo encontró enseguida, y se lo puso al niño.

—Entonces hasta luego —dijo Ludi.

Jacques no le dijo adiós. Se marcharon. Le pareció que el calor aumentaba aún más, de pronto, en cuanto ellos se fueron. Durante un rato permaneció, allí, sin hacer nada, sentada en las gradas del porche. Se imaginó al niño al sol tremendo e irremisible del camino de carro y se echó a temblar. A los niños no les gusta llevar sombrero e ignoran los terribles efectos del sol. Y Jacques y Ludi eran de una manera que no juzgaban indispensable llevarlo. Sara hizo un esfuerzo para pensarlo menos, y no lo consiguió. Se decidió por fin a coger el libro que corría por encima de la mesa, el que al parecer estaba ella leyendo, el que todas las mañanas sacaba del chalet. Hacía ya quince días, el siguiente a su llegada, que lo había empezado. Se puso a leer.

Estuvo leyendo hasta el momento en que la chica apareció, arreglada ya, dispuesta a hacer la compra, diez minutos. La chica tenía un novio, un carabinero del lugar, desde hacía unos cuantos días. Ya no se quejaba más que del calor, nunca del lugar.

—¿Me da usted el dinero para la compra, por favor?

Sara fue a buscar dinero a su cuarto.

—Esta noche, ¿qué hacen ustedes? —preguntó la chica.

Sara dijo que aún no sabía, que era demasiado pronto para que ella lo supiera. Todas las noches se planteaba el mismo problema, el de quién se quedaba con el niño. Y la chica tenía aquel novio, el carabinero, que sólo estaba libre por la noche. Y por la noche todo el mundo se acostaba tarde para aprovechar el fresco.

—Si se lo pregunto —dijo la chica—, es porque a mí, esta noche, me gustaría salir.

—Si lo ha decidido usted ya, me gustaría saber por qué me pregunta lo que voy a hacer yo —dijo Sara.

La chica titubeó.

—¿Y usted? —preguntó.

—Yo me quedaré.

—Todas las noches lo mismo, me da pena por usted —dijo la chica con amabilidad.

—Eso no es verdad —dijo Sara—, eso a usted la deja sin cuidado.

—Si se lo digo yo... Es por los dichosos permisos, sólo los tiene de noche.

—De todas maneras —dijo Sara—, esta noche puede que me apeteciera salir.

—Bueno, luego veremos —dijo la chica.

Salió. Sara y Jacques le tenían simpatía, y hasta cierto cariño. Pero a veces su irritación con ella los superaba. Todo el mundo, aparte de ellos dos, estaba en contra de ella. Tenía muchos amantes, y con cada uno su credulidad volvía a ser la misma, perfecta, inalterable. Precisamente por eso la querían, y por su insolencia, que no era menos inalterable, igual a sí misma con todo el mundo.

En cuanto salió, sin más, Sara reanudó la lectura. La casa quedó en silencio. Pero es que los jardines de alrededor estaban todos desiertos: desde hacía una semana, los campesinos no los regaban más que por la noche. Y por el camino pasaban sólo carros, y de cuando en cuando, una camioneta, sólo ruido y polvo. Y entretanto, el zumbido de los abejorros en torno a las flores cortaba el aire espeso, como arrope, de la mañana. Y el sol no brillaba, ahogado como estaba por la espesa bruma que encerraba al cielo en una férrea argolla. Imposible, allí los libros se derretían en las manos. Y las historias se hacían trizas a los oscuros y callados golpes de los abejorros al acecho. Sí, el calor laceraba el corazón. Y sólo le resistía, entero, virgen, el deseo del mar. Sara dejó el libro en las gradas del porche. Los demás estaban ya en el agua. O si no lo estaban, iban a meterse en ella de un momento a otro. Felices ya. Sara echó de menos el mar. Lo echó tanto de menos que ni siquiera se entretuvo en cerrar la puerta del chalet.

El coche estaba guarecido bajo un sombrajo de juncos en un rincón del jardín. La maniobra para salir era larga y difícil. Pero ella conducía bien. En dos minutos sacó el coche, y en cinco minutos se plantó en la plaza del hotel. Se pegó al muro para que la sombra de las adelfas diera un poco sobre el motor. Allí el camino se convertía en una plaza en medio de la cual estaba precisamente el plátano muerto del que se pretendía en los días malos que no era el asfalto lo que lo había matado. Directamente a la plaza daba el hotel, la pérgola del hotel, única sombra verdadera del lugar, allí donde todo el mundo, a todas horas, se encontraba, lugar geométrico y necesario de las vacaciones. Sara se detuvo, pues. Era impensable que no se detuviera, allí, como todo el mundo, diez veces al día. Se dirigió a la terraza. Allí estaba el hombre. Se saludaron. Luego ella dio la vuelta al hotel, se detuvo bajo las ventanas de Diana y la llamó. Diana contestó que bajaba enseguida. Sara se alegró de que Diana estuviera. No pensó más en lo que había dicho Ludi, sino solamente en el mar. Volvió bajo la pérgola a sentarse junto al hombre. El camarero se acercó. Pidió un *espresso*.

—He visto pasar a Ludi —dijo el hombre—, con su marido y su hijo.

—¿Y usted? —dijo ella—. ¿No se baña?

—Luego. Ahora voy a salir un rato con la lancha.

—¡Ah, sí! —Y preguntó—: En barca, ¿no hace nada de calor?

—Nada en absoluto.

—Debe de ser extraordinario.

Hacía dos días, por la mañana, a la misma hora, cuando ella llegaba del chalet, se había él dado cuenta de que existía, de repente. Ella lo comprendió por su mirada. Y desde hacía dos días, por la mañana, a esta misma hora, sostenía con él conversaciones de este tipo.

—Es muy agradable —contestó él.

La miró, como dos días antes, pero con sorpresa menos contenida. Estaban solos bajo la pérgola y entre sus palabras el silencio era casi tan intenso como en el campo. Era un hombre de unos treinta años. Solo. Su lancha era magnífica. Ninguno de los veraneantes había subido aún. Todos tenían muchas ganas, sobre todo Ludi y el niño. A causa del calor, y de las vacaciones, todo el mundo estaba sediento de mar, de baños, de paseos en barca. Pues soplaba en el lugar, a despecho de los contradictorios humores de todos, un ardiente viento de vacaciones. Aquel hombre tenía un cuerpo fluido, algo frágil incluso, y moreno, hecho para el mar. Estaba solo aún con aquella barca. Cuando, hacía dos días ya, de repente, se había dado cuenta de la existencia de Sara. Aquella mañana siguió dándose cuenta.

Hacía mucho calor, y estaban solos los dos bajo la pérgola. Sara pensó que él tenía la mirada ávida y verde de la libertad.

—Si quiere —dijo él—, puedo llevarla a la playa en barca.

Hacía dos días que la había descubierto, pero era la primera vez que se dirigía a ella en esos términos.

—En otra ocasión —dijo ella—, estoy esperando a Diana. A menos que fuéramos con Diana.

—Si usted quiere —dijo él tras una pausa.

—Pero está también Gina —dijo Sara—. Tendríamos que

esperarla. Y eso nos haría perder mucho tiempo. Mejor en otra ocasión.

—Todo es muy complicado aquí —dijo él sonriendo.

—Sí, es un sitio infernal.

—¿Usted cree?

—A veces sí.

Recordó lo que Ludi había dicho de ella.

—Así que, ¿estuvo usted jugando a bolos anoche?

—Sí, fui a dar una vuelta por allí y Ludi me invitó a jugar. Juego muy mal.

—¿Le gusta?

—Regular.

—Es una manera como otra de trabar amistad.

—Sí, realmente.

—¿Le parecieron simpáticos?

—Mucho. —La miró—: Entonces, ¿para cuándo ese paseíto en barca?

Llegó Diana, salió del hotel con un vestido claro. Estaba guapa. Besó a Sara y saludó al hombre.

—Qué calor —dijo.

—¿Cuándo? —repitió el hombre.

—Cuando usted quiera.

A ella misma le sorprendió un poco. Diana no comprendió.

—¿Esta noche?

—Si usted quiere... o mañana por la mañana.

Él se levantó, cogió una bolsa de playa y se alejó.

—A lo mejor volvemos a vernos en la playa —dijo.

Y se encaminó a su lancha.

—¿Qué quiere? —dijo Diana.

—Quería que subiéramos en la motora.

—¿Y por qué no? —dijo Diana.

Se volvió para llamarle. Sara se lo impidió. Decididamente, a todo el mundo le gustaba aquella embarcación.

—En otra ocasión.

—¿Pero por qué?

—No sé, mejor así.

—Bueno —dijo Diana—. ¿Bitter campari?

—Es muy pronto; vale más empezar más tarde.

—Como quieras. ¿Vamos? ¿Dónde está el nene? ¿Con Jacques?

—Sí, con Jacques y Ludi, y no he querido irme con ellos.

Diana le metió prisa para marcharse porque la sabía preocupada por el niño. La playa quedaba a diez minutos de allí, pero hacía tanto calor aquella mañana que si no hubiera sido por el niño, aseguraron, tal vez se hubieran quedado en el hotel. Lo mismo ocurría todas las mañanas. Estaban levantándose cuando las llamó Gina. Gina era casi tan alta como Ludi. Era muy guapa, y, al igual que Ludi, ilimitada, tanto en la cólera y la desesperación como en la alegría.

—¿Has visto a Ludi?

—Está en la playa con Jacques. ¿Vienes a bañarte?

—¿Por qué no?

—Pues date prisa —dijo Sara.

Gina pidió cinco minutos para coger el traje de baño. Su casa estaba a unos treinta metros del hotel, pero no se apresuró. Diana y Sara volvieron a sentarse.

—Ya verás como de todos modos llegaremos a bañarnos —dijo Diana—, pero antes me apetece de veras un bitter campari.

—Si empezamos ya —dijo Sara—, no pararemos, no.

Guardaron silencio. Diana miraba alternativamente al hombre que se alejaba ya por el río en el fuera-borda, y a Sara.

—Qué sitio éste, realmente —dijo Sara.

—Sí —dijo Diana. Y añadió—: ¿Has dormido bien?

—No mucho, nadie duerme bien, no hay más que ver qué ojos tiene la gente por la mañana, como si estuvieran groguis. Pero el nene sí que ha dormido bien.

—Menos mal —dijo Diana. Dejó de mirar al fuera-borda para mirar sólo a Sara, muy atentamente, y de la misma manera que lo miraba todo, con incansable e implacable inteligencia.

—Esto no marcha —dijo.

—Que sí —dijo Sara.

—¿Es por el sitio? ¿Todavía este lugar?

—Siempre hay un sitio u otro —dijo Sara sonriendo.

—Desde luego —dijo Diana.

—Igual que tú —dijo Sara—. Yo la tengo tomada con el sitio, ¿pero eso qué más da?

—Ahí viene Gina —dijo Diana. Y añadió—: Debe de haberse peleado otra vez con Ludi.

Se fueron las tres. El camino abrasaba los pies pese a las sandalias, y caminaban de prisa. Gina entró en casa del tendero que había dado la caja de jabón. Había un niño del pueblo sustituyéndole. Desde hacía tres días, en efecto, no se separaba de los padres del zapador. Dos clientes estaban preguntando por ellos. Fue Gina quien respondió.

—Siguen allí. Duermen allí. Mientras no llueva... Esperan que los guardias se vayan para largarse ellos, eso es lo que pasa.
—Pues ya pueden esperar.
Salieron. Gina parecía preocupada.
—¿Has ido a ver a los padres del zapador, otra vez? —preguntó Sara.
—Vengo de allí —dijo Gina. Y añadió—: ¿Por qué me lo preguntas?
—Por nada. Yo no podría, por eso.
—Eres igual que él —dijo Gina—. Si todo el mundo fuera tan egoísta como vosotros...
—Está muy bien que los haya —dijo Diana—, quien sea capaz, pero preferiría que no fueras tú.
Gina se encogió de hombros sin contestar.
En la playa estaban, exactamente, todos los veraneantes del lugar, unas treinta personas aproximadamente. Saludaron a muchas de ellas. Eran, por varias razones, las mujeres más populares del lugar. Por lo general iban siempre juntas, lo que no satisfacía a la mayoría de los demás. Sara y Diana eran además unas mujeres que bebían diez camparis al día, y que eran extranjeras. Gina no bebía nada, pero era la mujer de Ludi. Una mujer que daba mucho que hablar —con toda inocencia y la mayor naturalidad— y cuya actitud para con Ludi todo el mundo se creía con derecho a juzgar, favorable o desfavorablemente.
Jacques y Ludi estaban en el agua. Jacques estaba haciendo el muerto y no las vio llegar. Ludi sí las vio y les dirigió unos grandes y amistosos ademanes. Su grito atrajo la atención de Jacques, que las llamó a su vez. El niño estaba buscando cangrejos en las rocas. Volvió la cabeza también y siguió buscando con enorme atención. Llevaba un pañuelo sobre los hombros. Sara fue a su encuentro.
—Está bien que busques cangrejos —le dijo—, pero tienes también que bañarte.
—Pero déjale en paz de una vez —dijo Diana.
Gina no respondió muy vivamente al grito de Ludi. Diana tenía razón, debían de haberse peleado. Ludi y Gina, igual que ellos, discutían mucho. Unas largas disputas, implacables, que envenenaban toda la playa, las noches, las vacaciones. Fueron a desnudarse tras las rocas. Sí, unas disputas estúpidas, pero que envenenaban la vida. Lo que no quita que Jacques se alegrara de que hubiera ido. Hacía siete años que se querían. Un mismo deseo les unía, siempre, exactamente igual que los primeros días. Diana esperaba a Sara. Bajaron juntas de las rocas. Puede que hubiera

algo más que el amor y el deseo, también pudiera cansarse de tanta constancia. ¿Quién sabe? Gina estaba ya lejos, en el agua. Diana y Sara se metieron también. Diana corriendo, Sara con prudencia.

—Bueno, por lo menos está el mar —gritó Diana.

Se echó a reír y le guiñó un ojo a Sara. Luego se alejó a su vez. Sara no nadaba lo bastante bien para seguirlas, aunque fuera sólo unas brazas. Se dirigió hacia donde estaba el niño, que seguía buscando cangrejos en la punta de la playa.

—Vente al agua conmigo.

—Si no sabes nadar —dijo él.

Salió al encuentro de Jacques, que venía hacia ellos. Nadó unas cuantas brazas, se levantó, y volvió a nadar. Ludi, desde lejos, le sonreía. El mar le daba a uno ganas de reír. Estaba tan caliente que hubiera uno podido pasarse horas y horas. No tenía nada que ver, aquel mar, con ningún otro mar del mundo. Ése era el desquite de quienes apreciaban el lugar, el de Jacques y Ludi. Era un mar irreprochable. Sara se echó boca arriba y se quedó inmóvil. Era algo que hacía sólo unos días había conseguido. El mar penetraba entonces en la espesura del pelo, hasta el recuerdo.

—Esto está pero que muy bien —dijo Jacques.

Había llegado junto a Sara.

—Pero no sé avanzar —dijo Sara.

—Ven a donde no hagas pie, es mucho más fácil.

—Ni hablar.

—Sígueme, yo me quedaré a tu lado.

—Me da un miedo atroz cuando noto que no hago pie.

Todos los días lo mismo.

—No —dijo Jacques—, lo que pasa es que no quieres.

Se alejó. Ella volvió a hacer el muerto. No se veía nada, de espaldas, más que la montaña. Y en el corazón de la montaña, las blancas paredes de la casa abandonada en que había saltado una mina matando a aquel muchacho. Sara se levantó y buscó a su hijo con los ojos. Había entrado en el agua y, con los brazos en alto, avanzaba sin vacilar en dirección a ella. Fue hacia él riendo.

—Busco a papá —dijo el niño.

Jacques volvía. Sara le llamó y él vino a su encuentro. Se puso al niño sobre los hombros y echó a correr por el agua. Ludi gritó que ya iba. La playa se llenó de las risas del niño y los gritos de Ludi.

Sara volvió a la playa y se resguardó bajo un toldo para no

perder el frescor del baño. Y mientras estaba allí, vigilando al nene, el hombre pasó a lo lejos en su lancha. Todo el mundo le siguió con la vista. Describió un amplísimo círculo sobre sí mismo. La cosa duró diez minutos. Un círculo tan amplio que cuando alcanzó el horizonte se convirtió en un punto en el mar. Luego volvió, fue aumentando progresivamente, paró el motor y avanzó silenciosamente entre los bañistas. Ancló la lancha a un centenar de metros de la playa y saltó al mar. El niño —Jacques le había traído ya—, como todos los niños de la playa, de pie en el mar, contemplaba la barca, fascinado. Sara vio que el hombre reconocía a su hijo entre los demás y la buscaba en la playa. Le hizo una seña con la mano. Y él se le acercó, chorreando, le pidió un cigarrillo, lo encendió y empezó a fumar.

—Qué buena está el agua —dijo al fin.

—No se saldría uno nunca —dijo Sara.

—¿No se baña más?

—Ahora me meteré otra vez. —Y añadió—: Está tan buena que no puede uno resistirse.

Él volvió la cabeza hacia ella.

—Yo ya he dormido en el agua —dijo—, bueno, quiero decir que casi llegué a dormir en el agua.

—Yo no podría.

—Lástima que eso no pueda aprenderse. Si no, yo le enseñaría.

Jacques volvió junto a ellos. Había vuelto a ponerse al nene sobre los hombros después de intentar hacerle nadar. Lo depositó en la playa, no lejos de Sara, y le gritó que se lo dejaba, que iba a bañarse de verdad. El niño se quedó mirando alejarse a su padre a nado, al igual que poco antes se había quedado mirando la barca, fascinado. Su traje de baño remangado dejaba ver sus nalgas desnudas. El culito desnudo de su hijo siempre le había dado a Sara risa. El hombre comprendió de qué se reía y se echó a reír también.

—Tiene usted un chico saladísimo —dijo.

—No sé —dijo Sara. Y le confesó sonriendo—: Desde el momento en que nació vivo con el alma en un hilo.

—Ya se ve —dijo él en voz baja.

La miró como hacía un rato en el hotel y ella bajó los ojos.

—¿De veras?

—Ya lo creo. Cuando lo mira, se le nota. Incluso resulta a veces un poco... un poco difícil de soportar.

—Lo sé —dijo Sara echándose a reír.

El niño se encaminó de nuevo tranquilamente hacia las rocas y se puso otra vez a buscar cangrejos.

—¿Vamos al agua? —dijo él.

—Yo apenas sé nadar, pero vamos.

Se levantó y lo siguió. Diana volvía en aquel momento y le encomendó el niño mientras ella estaba en el agua. Jacques volvía también.

—¿Te metes otra vez?

—Un momento —dijo Sara—. Enseguida vuelvo.

Jacques les miró alejarse, dudó si meterse él también y finalmente renunció. Sara dio unas cuantas brazadas junto al hombre, se tumbó de espaldas y permaneció así, inmóvil. No veía más que el cielo y no oía nada. Luego, al cabo de unos segundos, vio al hombre recortarse en el cielo. Se había puesto de pie junto a ella. Le dijo algo que ella no oyó. Lo repitió, y por el movimiento de sus labios comprendió que le decía que tratara de avanzar. Lo intentó, e insensiblemente fue avanzando hacia alta mar. El hombre la miraba sonriente y le dijo que no estaba mal, que así era como había que hacerlo. De pronto se detuvo, de pronto se dio cuenta de que se dirigía hacia alta mar.

—No puedo más —dijo.

—Tiene miedo. No es que no sepa nadar.

—Me da miedo el mar.

Él le dijo que empezara otra vez, pero no quiso. Entonces él volvió a preguntar:

—¿Qué? ¿Cuándo es ese paseo en barca?

—¿Mañana por la mañana, quizás?

—Mañana por la mañana.

Ella hizo ademán de marcharse, pero él no se movió.

—¿Le parece que debo proponérselo a los demás?

—Me gustaría —dijo Sara.

Él sonrió.

—Bueno —dijo, tras una pausa—; entonces se lo diré a los otros.

Volvieron nadando, despacito, uno junto a otro. Allí estaba todo el mundo. El cielo había aclarado un poco, como todos los días a aquella hora.

—Me parece que hoy tampoco lloverá —dijo Diana.

—No, no creo —dijo Gina.

—Encuentro que se quejan mucho del calor —dijo el hombre.

—Con su barca, claro —dijo Ludi—, usted no se da cuenta.

—Si quieren —dijo el hombre—, mañana por la mañana podríamos dar un buen paseo.

Ludi pareció desconcertado. Había vuelto a ponerse de mal humor.

—O bien hoy, si prefieren —dijo el hombre.

—No —dijo Ludi—, mañana, hoy no. Hoy, lo que a mí me gustaría sería dar un paseo por el monte.

Miró a Gina. Era a ella a quien se dirigía.

—En el monte no hay nada que ver —dijo Gina.

—Es igual —dijo Ludi—, me apetece. Desde que esa gente está aquí ya no hay quien respire, y no me gusta.

—Aunque no estuvieran —dijo Diana riendo—, no respiraría nadie. Y además, ¿a quién le gusta?

—Si vas —dijo Jacques—, voy contigo.

—Yo no —dijo Gina—, ya voy bastantes veces al monte.

—Nadie te obliga —dijo Ludi.

—Y aunque así fuera, tampoco iría —dijo Gina—, no me gusta ese tipo de paseos.

—Antes —dijo Ludi— decías todo lo contrario, que te encantaba pasear por el monte, así, envuelta en el calor y las abejas.

—No es verdad —dijo Gina—, por la orilla del mar sí, pero por el monte no.

Ludi sonrió en silencio, con malévola ironía.

—¿Por qué dices eso? —exclamó—, ¿por qué?

De pronto ella montó en cólera.

—¿Y qué? —gritó—, ¿aunque antes me gustara pasear por el monte y ahora ya no me guste? ¿Es que tienen que gustarnos siempre las mismas cosas porque una vez en la vida nos hayan gustado?

Ludi no contestó. Bajó los ojos. Jacques trataba de sonreír.

—Deberíamos hablar de otra cosa —dijo Sara.

—Yo ya no sé —dijo Ludi en voz baja— lo que le gusta aún.

—¿Quién quiere un campari? —preguntó Diana.

Sara y el hombre sí querían. Ludi y Jacques no la oyeron.

—Eres mi mujer —dijo sosegadamente Ludi—. Me gustaría saber por qué ya no te gusta pasear por el monte conmigo, es importante para mí saberlo, ya está. Pero si ya no puedes decirme ni siquiera una cosa así, entonces perdona, no hablemos más.

—Ya no me gusta —dijo Gina. Vaciló y añadió—: Y la gente a quien le sigue gustando después de haberle gustado durante veinte años me revienta, me revienta.

—¿Y América, también te revienta?

—No quiero viajar más —dijo Gina—. Sólo quiero morirme.

—Ven a tomar un bitter —dijo Diana.

Gina se levantó dócilmente y siguió a Diana. Sara y el hombre se levantaron a su vez.

—¿Y por qué América? —preguntó el hombre.

—A Ludi hace cinco años que le invitan unos amigos a ir a América —dijo Sara— y ella no quiere ir. —Y añadió sonriendo—: No sé de dónde será usted, pero aquí todo el mundo disfruta rabiando.

Llegaron los cuatro al pequeño bar del otro extremo de la playa, en el camino. Los bitters estaban frescos y se tomaron en el acto dos, incluido el hombre. Gina sólo tomó uno, con mala cara. El hombre se alejó hacia la baranda del quiosco.

—Lleva toda la mañana buscando camorra —dijo Gina—. Aunque hubiera dicho cualquier otra cosa hubiera sido igual.

Se dejó caer sobre la barra.

—¡Ah, qué harta estoy de la vida que llevo con él!

—Tómate otro campari —dijo Diana—. Yo tengo mucha fe en el campari.

Pero Gina volvió a tomárselo con mala cara.

—No irás a emborracharme por un hombre así, ¿eh? No vale la pena. No es porque ya sea vieja. El día que me harte, o que él vaya demasiado lejos, me largo, como a los veinte años.

Y añadió algo más bajo:

—No hay que olvidarlo nunca, marcharse siempre, como a los veinte años.

El hombre volvió a tomarse otro campari. No parecía interesarse en el debate. Sara se le acercó.

—Ya hace años que dura esto —le explicó.

—Ya sé —dijo el hombre—, todo el pueblo lo dice.

—A cada discusión, creen que va a ser la última. Desde hace años.

—Pero viéndoles juntos —dijo el hombre—, incluso la primera vez, parecen, no sé, eternos.

Se tomó el campari. Luego volvió a mirarla como por la mañana, en el hotel.

—¿Está usted de parte de Gina en este asunto?

—Procuramos no hacer de todo esto una querella.

—Es difícil —dijo el hombre—. No somos elefantes.

—Es difícil.

—Así pues —dijo el hombre—, mañana iremos a dar una vuelta en la lancha. A donde usted quiera.

—Tal vez al otro lado del monte —dijo Sara—. Ludi siempre está hablando de los acantilados de Pointa Bianca. Por eso se me ha ocurrido.

—A donde usted quiera —dijo el hombre—, de veras, a donde usted quiera.

Sara no supo qué contestar. Se levantó para ir a reunirse con Gina y Diana.

—Vosotras —dijo Gina—, vosotras sois jóvenes, aún podéis cambiar de hombres. Y tú, además —le dijo a Sara—, tienes ese tesoro.

Señaló al niño que jugaba en el agua.

Quedaron las tres en silencio mirándole jugar. Ludi y Jacques estaban discutiendo. Hasta ellas no llegaba lo que se decían. Ludi gritaba y Jacques trataba manifiestamente de calmarlo. El hombre, siempre solo en la balaustrada del quiosco, estaba de cara al mar.

—Tengo que ir a verles antes de comer —dijo Gina.

Sara y Diana decidieron acompañarla. El hombre dijo que esperaría a Jacques y Ludi. Sara le gritó a Jacques que llevara el niño al hotel para que la chica le diera de comer. A Jacques le hubiera gustado ir al monte, pero Ludi no quería ir enseguida y se quedó con él. No habían dado ellas aún la vuelta al quiosco cuando el pequeño llegó corriendo. Se pegó a Sara.

—Voy contigo.

—No puede ser. Papá te hará barquitos, dile que te haga barquitos. —Y le gritó a Jacques—: Hazle barquitos.

—Ven —gritó Jacques—, que te voy a hacer unos barcos estupendos.

Pero el niño no se movió. Entonces el hombre bajó de su balaustrada, volvió junto a Sara y tomó al niño de la mano. Volvió una vez más a mirar a Sara, de un modo un tanto prolongado, burlón —Diana observó la mirada— y se llevó al niño en dirección a Jacques.

Ellas siguieron la orilla del río durante un rato, luego el camino que pasaba ante el hotel, luego un poco detrás del hotel, y Gina torció a la izquierda, por un sendero que se metía, abrupto, por la montaña. Era casi mediodía. Los madroños hervían de abejas y siempre, a esa hora, el penetrante olor de las cinerarias inciensaba el aire. El viento se levantaba generalmente más tarde, a eso de las dos. Pero ya el cielo, como todos los días, iba lentamente desprendiéndose de la niebla, lo que quería decir que aún no iba a llover. En la montaña, el calor era tan irremisible que casi se soportaba mejor que abajo, a la orilla del mar. Allí lo tenía uno frente a frente, en una leal hostilidad, inapelable.

—Me dan miedo las abejas —dijo Sara.

—Qué es lo que no te dará miedo a ti —dijo Diana.

—Ponte detrás de mí —dijo Gina.

Se echó a un lado y la dejó marchar tras ella.

—Y la angustia de este sol —dijo Diana—. Nunca lo hubiera dicho, antes de venir aquí.

—Lo que le haría falta —rezongó Gina— es una niña, bien jovencita, que se sintiera muy orgullosa del gran hombre. Yo ya lo conozco demasiado. Y no me siento precisamente orgullosa, sino más bien lo contrario. Una jovencita de veinte años. Y qué tranquila me quedaría yo.

—Pues claro —dijo Diana—. Y desde ese momento todo empezaría realmente. Y todo cuanto hubiera pasado antes no contaría ya. Qué tonta eres.

Gina se detuvo, y se irguió frente a Diana.

—Ya sé que soy tonta, pero no cuando hablo de él. Eso sí que no.

—Sí —dijo Sara—, sobre todo cuando hablas de él.

—El conocimiento conyugal de las personas —dijo Diana— es tal vez el peor de todos.

Gina sacudió la cabeza, y siguió andando con su idea.

—Lo que pasa —murmuró— es que aún me gusta hacer el amor.

Ni Diana ni Sara contestaron. Gina caminaba ligera, cual una cabra, y les costaba trabajo seguirla.

—Pero no cabe duda que habrá algo, alguna medicina, qué sé yo —prosiguió Gina—, que le quiten a uno esas ganas...

Diana soltó la carcajada. Gina se volvió, muy seria.

—Podéis reíros —dijo—, pero yo sé que cuando ya no me guste nada hacer el amor, cuando todo eso haya pasado, me quedaré bien tranquila.

—Si sólo es eso —dijo Sara—, siempre tienes la posibilidad de hacerlo con otros.

—No —dijo Gina—, nunca he podido. Cuando estoy con un hombre, soy incapaz de ir con otros a la vez. Nunca he podido, ni siquiera cuando era muy joven, con mi primer marido.

—Eso son cuentos —dijo Sara.

Gina se volvió. Tenía unos ojos admirables, del mismo verde que las cinerarias.

—Si no te gusta hacer el amor más que con un hombre, entonces, es que no te gusta hacer el amor —dijo Sara.

—Eso creo yo también —dijo Diana.

—Vosotras sois unas perdidas —dijo Gina.

—Yo creo que podría con cincuenta —dijo Sara.

—Tú tal vez, pero Diana no —dijo Gina.

—¿Yo a quién iba a engañar? —dijo Diana—. Y además creo que para poder hacerlo con muchos más hay que saber lo que es hacerlo con uno solo durante años.

Llegaron a la casa abandonada. Gina iba todos los días, a veces incluso dos veces al día, desde hacía tres días.

Los padres del zapador, siempre acompañados del tendero del lugar, seguían allí, esperando, a la sombra de los dos lienzos de la pared. Ante ellos había una caja de jabón, de medianas proporciones. La había facilitado el tendero. Habían reunido dentro todos los restos que habían encontrado del cuerpo de su hijo. La caja, ahora, estaba claveteada. Encima había una botella de vino, unos vasos, pan, un trozo de embutido y naranjas. Los viejos estaban sentados en el suelo, frente a ella, y el tendero algo de través. Los dos jóvenes carabineros no perdían de vista la caja, esperando que los padres se decidieran a declarar el fallecimiento. Estaban también sentados en el suelo, entre los negros cascotes de la explosión, a la sombra del otro lienzo de pared. Les agobiaba el calor, enfundados hasta el cuello en sus uniformes caqui orlados de sudor en las axilas. Bajo la deformada gorra, les caía el sudor a chorros. Llevaban unos viejos mosquetones en bandolera. La sombra de los muros era a aquella hora tan estrecha que estaban sentados con los otros, ante la caja de jabón, como un grupo de amigos.

Los viejos procedían de la montaña, del otro lado del llano. Nadie les conocía. Él había venido del norte, quitando minas, y no había llegado aún al pueblo cuando saltó sobre una. Sólo se sabía que tenía veintitrés años. Al tendero, todo el mundo lo conocía. Era el personaje más célebre del pueblo. Un hombre de unos sesenta años, viudo desde hacía un par. Amigo de Ludi y Gina. Desde que el muchacho saltara sobre la mina, o mejor dicho, desde que sus ancianos padres llegaron, se pasaba la mayor parte del tiempo, de noche incluso, junto a la casa abandonada, con los dos viejos. Aquello le transfiguraba. Ya no le gustaba aquel lugar en que se había desarrollado toda su vida, demasiado lenta, demasiado larga. Al menos, eso es lo que él aseguraba.

—Ha esperado cuarenta y cinco años para estallar —dijo Diana al verle—, pero la verdad es que ha estallado.

Era un hombre menudo, delgado, que no debía de pesar mucho más que un niño. Pero sus ojos se llenaban de sol a la menor novedad. Le encantaba intervenir en todo, aunque fuese en la tremenda pena de los padres del zapador.

—Salud a todos —dijo Gina.

Contestaron todos a un tiempo, incluidos los carabineros, y exceptuada la anciana. Gina apostrofó en el acto a los dos carabineros.

—¿Conque siguen aquí, cumpliendo su estúpido oficio?

—Si por nosotros fuera —dijo uno de ellos.

—Es ese oficio imbécil —dijo el tendero—. Eso no quita que sean como todo el mundo, en el fondo. No son peores.

—Ya lo sé —dijo Gina.

Fueron a sentarse a la sombra del muro. Les hicieron sitio. También la anciana se desplazó un poco hacia el final del muro. Debía de ser más vieja que el tendero. Sus manos estaban negras de tierra y de sangre. Durante dos días y dos noches, ella y su marido habían estado escarbando entre piedras y ortigas de la casa abandonada. Ahora ya estaba. Descansaba, dormía, cabeceaba, casi todo el tiempo. Sus manos seguían sucias porque no había agua en el monte y aún no había podido lavárselas.

—Les voy a hacer traer algo de pasta —dijo Gina—. De vez en cuando, hay que comer algo caliente. Si no, cae uno enfermo, y caer enfermo no arregla nunca nada.

La mujer sonrió y dijo débilmente:

—Usted tiene hijos.

—Yo no —dijo Gina—, pero ella sí, ella tiene uno.

Y señaló a Sara.

—¿Qué tiempo tiene? —preguntó la mujer débilmente.

—Cuatro años.

—Amor —dijo la mujer.

Todos la miraban. El tendero la miraba desde hacía tres días como un perdido enamorado.

—Yo sé lo que pasa con los hijos —dijo el tendero—. Antes no, pero ahora...

Cuando alguien entraba en su tienda preguntándole si tenía, por ejemplo, sal, u otra cosa, betún, decía: «No hay sal. Hace tiempo que sé lo que pasa con la sal». O bien, incluso: «No, ¿pero qué se ha creído? ¿Yo, betún? Hace tiempo que sé lo que pasa con el betún». No vendía ya más que verduras, carne a veces, artículos perecederos que enseguida se despachaban. Solo y viejo en medio de sus vacíos estantes, se frotaba las manos de gusto. Era la más clara obra de su vida. Nunca se hubiera creído capaz de chancearse un día hasta ese punto.

—También él —dijo el viejo— tuvo una desgracia.

—Pues sí —dijo Gina—, ya lo creo que sí —se contuvo—, es verdad que la tuvo.

—Sí —dijo el tendero—. La encontraron muerta en el mostrador. La muerte siempre es una desgracia, siempre, aun después de la peor vida que haya podido llevarse juntos.

Uno de los carabineros cogió una naranja de sobre la caja de jabón y empezó a mondarla. El viejo alargó otra naranja al otro carabinero.

—Tómala —dijo el tendero—. No por eso vas a custodiarlos peor.

—Si por nosotros fuera —dijo el carabinero en cuestión—, ya saben...

—¿Y las señoras? —dijo la mujer débilmente.

—No —dijo Gina—, vamos a comer.

—Yo no sé —dijo bajito el tendero— dónde iban a haberla podido encontrar muerta que no fuera en el mostrador. Lo tenía agarrado, la pobre, la pobrecilla.

El calor era extraordinario. Se asfixiaba uno. No así la mujer, ni el viejo, ni siquiera el tendero. Gina miraba la caja de jabón, fijamente.

—Esto no puede seguir así —dijo muy bajo—, con este calor.

—No —dijo el tendero—, cierra muy bien. Y las ranuras están llenas de jabón.

—Aun así —dijo bruscamente Gina en voz alta—, no van a estarse así quince días, ¿no?

Nadie respondió. Los carabineros parecían hartos.

—Oigan —dijo Gina a los carabineros—. Les repito, pagaremos todos los derechos y ustedes les dejan de una vez en paz.

—Si sólo fueran los derechos —dijo el carabinero—, pero usted sabe que está el acta de defunción.

—Es verdad —dijo Gina.

Lo dijo como si no estuviera allí la anciana o como si tal acta no hubiera tenido nada que ver con ella.

—Se me olvidaba, es verdad —repitió Gina—, está el acta de defunción.

—No hay más remedio.

—Ella no quiere firmarla —dijo un carabinero—, aunque se la traigamos aquí, ya lista.

Su tono era amable y comprensivo. La mujer escuchaba y miraba. Incapaz de discernir la imposibilidad en que se encontraba de firmar aquel acta, miraba alternativamente a Gina y a los carabineros.

—Así que, ¿no quiere usted firmar ese acta? —preguntó Gina.

La mujer meneó la cabeza en señal de negación.

—Si ella no quiere firmarla, yo no la firmaré —dijo el viejo. Y añadió—: Y además, que hay tiempo.

—Ella le echa la culpa al municipio —dijo el carabinero—. Pero la verdad es que nadie tiene la culpa.

—Yo la comprendo —dijo el tendero—. En su lugar, yo no firmaría ningún acta.

La mujer le miró, tal vez algo desorientada, con sus ojos enrojecidos por el sol. Evidentemente no comprendía al tendero que decía comprenderla a ella.

—Un acta —dijo suavemente Diana—, en el fondo, no es nada. Un pedazo de papel.

La mujer no dijo nada y bajó los ojos.

Gina le cogió una mano y se la acarició. La mujer le dejó hacer.

—Tiene usted razón —dijo Gina.

—Sí, completamente —dijo Sara.

La mujer empezó a temblar. Su boca se abrió como para cobrar aliento. Gina le apretó la mano.

—Pero de todos modos, no puede usted seguir así todo el tiempo —le dijo.

—Le echa la culpa al municipio —dijo el carabinero—, eso es.

La mujer negó con la cabeza. Volvió a echarse a llorar.

—No hablemos más de ese acta —dijo Diana a su vez.

—Yo la comprendo —dijo el tendero.

—No quiere —dijo el viejo—, pero no debe de saber a ciencia cierta por qué.

—No hablemos más —dijo Gina.

—Tres —dijo el viejo—. Debe de ser por eso.

—Perdonen —dijo el tendero—, pero no creo que sea el bien que todos quieren hacerle lo que ella desea.

Gina volvió la cabeza hacia el tendero, confusa.

—Entonces, ¿hay que dejarles aquí quince días?

—¿Y por qué no? Y aunque fueran más, ¿por qué no? Todo el mundo tiene derecho a sufrir a su manera.

Gina no contestó. Ludi, Jacques y el hombre llegaban por el camino. Durante todo el rato que duró su avance, nadie habló. Gina seguía teniendo en la suya la mano de la mujer. Con la otra mano, la mujer se sonó. El tendero fue el único en hablar.

—Yo lo comprendo todo —dijo—, es curioso, sobre todo desde hace algún tiempo. Esto lo comprendo, y creo que hasta sería capaz de comprender aún más. Es un poco como si me hubiera vuelto loco.

Él no estaba triste. Cuando vio a los hombres en el camino, les dirigió un amplio ademán. Era evidente que el tipo de rechazo que oponía la mujer lo exaltaba.

—Salud —dijeron Jacques y Ludi.

El hombre era la primera vez que venía, hizo una seña con la mano. Al igual que todos, miró a la mujer. La mujer no le vio.

—Sigue sin querer firmar el acta de defunción —dijo el tendero.

Los carabineros le miraron con aire de reprobación. Y la anciana esbozó una sombra de sonrisa en sus ojos, como si se tratara de otra historia que no fuera la suya.

—Está bien —le dijo Jacques muy suavemente a la anciana.

Se sentaron a la sombra del muro. La mujer se desplazó un poco más para hacerles sitio. La sombra del muro era, a aquella hora, muy estrecha, y se habían ido apretando unos contra otros. Estuvieron hablando de esto y de aquello para no hablar más del acta. La anciana se amodorró un poco. Era una mujer que debía de haber pasado toda su vida junto al mar. Su propio olor se había ido perdiendo con el tiempo. Ahora tenía el de las arenas ardientes florecidas de líquenes muertos.

El hombre la miraba, miraba luego la caja, un tanto pálido. Sus piernas encogidas tocaban las de Sara.

—Pero bueno —dijo Ludi en voz baja (ya no estaba enfadado con nadie)— ¿cuándo irá a llover por fin? No puede uno convertirse en piedra, aunque lo desee con toda su alma. Un día u otro, hay que moverse.

La mujer se despertó. Levantó la mano levísimamente, en ademán de indiferencia y de resignación.

—¿Quién sabe? —dijo el tendero.

—No —dijo Ludi—, no se puede.

—Ya veremos —dijo el viejo—, cuando llegue la lluvia. Si ella no quiere firmarla, yo no la firmaré.

Se dirigió a su mujer. Ella bajó los ojos. Se había convertido en un enorme poder de negación e incomprensión. Sin duda había decidido no comprender ya más, como otros deciden comprender. No había diferencia. Mirándola se pensaba en el mar.

—Eso más bien la descansa —dijo el viejo—. No tiene ganas de moverse. Si la firma, no tendrá más remedio que moverse, y no tiene ganas.

Jacques la miraba fijamente, como si fuera el espectáculo mismo de la belleza. Ludi y el hombre también.

—Para mí —dijo uno de los carabineros— que no firmará nunca. —Y añadió en voz baja, dirigiéndose a Ludi—: Tal vez pudiera usted ir a ver al jefe, abajo, y explicárselo, a lo mejor se hacía cargo.

Pero no era posible hablar bajo en el silencio de la montaña, todo se oía, como en una caracola. El tendero lo oyó.

—Nada —dijo—. Qué va a hacerse cargo. No vale la pena molestarse.

—Yo también creo que no vale la pena —dijo el otro carabinero.

—¿Y si fuéramos? —dijo Jacques—. ¿Ludi y yo?

—Nada —dijo el tendero—. No se hará cargo del asunto, porque no está previsto en el reglamento. Lo tachará de locura o de provocación. Se negará.

—No se molesten —dijo el viejo—. Ya veremos. Mañana, o pasado mañana... Hay tiempo.

Volvió a dirigirse a su mujer. Ella había vuelto a amodorrarse y no le oyó.

—Además —dijo el viejo—, no pueden hacernos nada, no pueden matarnos por no haber firmado el acta. ¿Qué pueden hacernos?

Todo el mundo se volvió a los carabineros. Ninguno de ellos respondió.

—¿Qué pueden hacerles? —preguntó Gina—. Digan.

—Impedirles llevarse la caja —dijo en voz baja el carabinero.

La anciana despertó con un sobresalto. Se irguió y gimió débilmente.

—No, no pueden hacer eso.

—No —dijo Diana—, no pueden. Basta ya de acta.

—Sí, basta ya —dijo Jacques.

Había muchas abejas y moscas e insectos de todas clases en la montaña. Las espantaban con la mano, sin parar. El viejo también se las espantaba a veces, aún, de vez en cuando, pero la anciana no, ya no. Tenía las manos llenas, y la frente. Entre sacudidas, sin lágrimas, había vuelto a echarse a llorar. Gina le tomó de nuevo la mano.

—La pasta —dijo por fin—, ¿la quieren con salsa de carne o de vóngolas?

El viejo pareció nervioso, violento incluso.

—Si las quieren con vóngolas —prosiguió Gina—, hay ya en casa hecha, y se la mando ahora en vez de esta noche.

—A todo el mundo le gusta la pasta con vóngolas —dijo el tendero.

—No —dijo uno de los carabineros—, con carne sí, a todo el mundo, pero con vóngolas no. Así, a mí no me gusta.

—Pues estamos bien —dijo Gina—. ¿Qué?

—No vale la pena —dijo la anciana, cambió de idea y señaló a su marido—, o bueno, sí, un poco para él, si quiere.

—Enseguida se lo mando —dijo Gina—, con vino.

Se levantó. Los demás se quedaron aún un minuto, mirando a la anciana, como petrificados. La anciana vio que Gina se levantaba, e hizo un esfuerzo.

—Su hijo, ¿es un niño? —preguntó a todo el mundo.

—Sí —dijo Jacques.

Pareció reflexionar. Mientras reflexionaba nadie habló. Pero no dijo nada más.

—¿Francés? —preguntó el viejo.

—Sí —dijo Jacques—. De París.

—¿Y la señorita?

—Inglesa. De Londres.

—Yo soy italiano —dijo el viejo—, pero ella es española. De Zaragoza.

El tendero se volvió hacia el hombre. El hombre dijo:

—Francés también.

—Una vez —dijo el viejo—, estuvo en Marsella tres días en casa de unos primos.

—Amor —dijo otra vez la anciana, absorta en sus pensamientos. Y volvió a adormilarse.

El sol les alcanzó los pies. Abrasaba. Se oían volar todas las moscas de la montaña.

—Pero tiene que estar enferma para dormir así todo el tiempo —dijo Gina muy bajo.

—No —dijo el viejo—, la salud no falta. Está cansada, nada más.

Se levantaron. Ludi le preguntó al tendero si venía. El tendero no sabía qué hacer. Gina le animó a quedarse.

—Hay bastante pasta para tres, quédate, siempre comerás mejor aquí que abajo. —Se volvió a los carabineros—: Pero no para ustedes —dijo—, pasta, desde luego, para ustedes no.

—No pedimos nada. Si por nosotros fuera..., pero usted ya lo sabe.

—Cuando uno es joven, qué tonto es —dijo el tendero a todos—. La imaginación viene luego, aunque se diga lo contrario.

—Y que yo no puedo dar nada a los carabineros —añadió Gina—, sería ir contra mis principios.

—Salud a todos —dijo Ludi.

Se fueron. Ludi parecía preocupado, pero ya no enfadado en absoluto.

—No irás a darles toda la pasta con vóngolas, digo yo.

—Ya veremos qué les doy —dijo Gina.

Ludi se paró, desesperado. Al sol, con los brazos en alto, parecía un caballo. Eternamente se asemejaría a un caballo.

—No puede ser —dijo—, no vas a darles todo.

—Si se me antoja, les daré aún más. Vete a comer al hotel.

—Me gusta con delirio la pasta con vóngolas —explicó Ludi a Jacques—, por eso se empeña en dárselo todo a esos viejos.

Gina no contestó. Había cogido del brazo a Sara y la obligaba a apresurarse. El hombre iba detrás con Diana.

—Podría jurarlo —dijo Ludi—, precisamente porque sabe que me gusta con locura les da la pasta con vóngolas este mediodía en lugar de esta noche. De pronto, se ha acordado de que me gustan a rabiar.

—Seguro —dijo Jacques. Y se echó a reír.

Gina soltó el brazo de Sara. Se puso a silbar, tranquila. De pronto, echó a correr pendiente abajo para, anunció, mandarles cuanto antes la pasta a los padres del zapador. El camino se estrechó. La brisa se levantó de pronto y el sol brilló con todo su fuego, como una fragua. El hombre caminaba detrás de Sara. Ludi iba lamentándose con Jacques de tener una mujer así, sorda a toda clase de argumentos. Jacques le escuchaba como siempre. Sara oía todo cuanto iban diciendo. El hombre caminaba tras ella fumando. Cuando llegaron al hotel, Jacques pidió unos camparis. Ludi se tomó el suyo de un sorbo.

—¡Me revienta esa afición que tiene a todos los viejos! —dijo.

Lo dijo casi delante de Gina, que había vuelto ya de su casa.

—¿Qué ha dicho?

—Que le gusta con delirio la pasta con vóngolas —dijo Diana.

—Ya comerás mañana —dijo Gina—, pero hoy ni hablar.

—No es eso lo que decía —dijo Ludi—, decía que me revienta esa afición tuya a todos los viejos.

—Conque quieres seguir —dijo Gina sentándose.

—Preferiría que me engañaras de una vez —dijo Ludi.

—Bitter campari —dijo Diana—, es maravilloso.

—Sí —dijo el hombre—, cada vez me gusta más.

Todo el mundo repitió, excepto Ludi.

—No, yo me voy a casa —dijo—, a comerme la pasta antes de que se la dé a esos viejos del demonio.

—No lo pienses más —dijo Sara.

—No sé si seré capaz —dijo Ludi.

—Resulta pesado —dijo Diana— vivir con niños, los niños son muy monos, pero al final resulta pesado.

Ludi trató de reír, pero Diana no se rió. Se fue y Gina le siguió. En el momento en que entraban en su casa, salía el niño, seguido de la chica. Atravesó el trozo de sol corriendo y llegó junto a ellos.

—¿Pero qué haces tú aquí? —preguntó Sara.

—No ha querido comer en casa, se ha empeñado en comer en casa de la señora Ludi. Y como usted se lo consiente todo, yo también le he dejado.

Del niño emanaba un olor a vóngolas.

—Ha comido pasta con vóngolas, ¿verdad? —le preguntó Sara a la chica.

Todo el mundo se echó a reír. Diana iba por el tercer campari. Sara por el segundo. Jacques también por el tercero, como Diana y el hombre.

—Sí, eso —dijo la chica—, una especie de mejillones. Ha comido como un marrano.

—¿Has comido como un marrano? —preguntó Jacques al pequeño, sonriendo.

—Se merece una azotaina —dijo la chica—, ha tirado toda la salsa en el mantel.

—Bien hecho —dijo Diana—, y si no por qué ponen mantel. Un mantel, aquí, es una bobada.

—Al señor Ludi le gusta —dijo la chica—, pero este marrano lo ha puesto perdido.

Sara alzó la vista hacia la chica, súbitamente interesada. Seguía apretando al niño contra ella.

—Realmente, no puede usted soportarlo —dijo Diana.

Había menos enfado que curiosidad en su voz. La chica así lo comprendió.

—No es eso, señora —dijo—, pero no hace caso de nada, lo que se dice de nada, nunca.

—Aún no tiene cinco años —dijo Sara.

—Y qué —dijo la chica—, si sigue usted consintiéndole así, se hará un buen golfo. Se lo digo yo.

—Si usted lo dice —dijo Diana—, será verdad.

—Yo sé lo que me digo —dijo la chica—, un golfo, nada bueno.

Sara miró a su hijo. Escuchaba a la chica con toda su alma. También él intentaba comprender. ¿Pero qué podía verse detrás de alguien así, tan distraído, con aquellos carrillos grasientos aún de vóngolas, con aquellos cabellos perfumados al sol, y aquellos ojos en que bailaba la ira, en un desencadenamiento tan puro aún como el del mar? El pequeño se revolvió, enrojeció y se alzó contra la chica.

—Ya no la quiero —dijo—, es una bruja.

La chica titubeó, y luego se echó a reír sin dejar de mirarlo.

—En el fondo —dijo Sara—, os entendéis de lo más bien.

—No —dijo Diana.

—¿Puedo irme una hora? —preguntó la chica.

—Váyase —dijo Sara—. No sé por qué me pide usted permiso.

—Ande, vaya —dijo Jacques—. El cabrito de su carabinero sigue allá arriba.

—Pues vaya —dijo la chica—, no será más cabrito que usted, digo yo.

Diana se echó a reír, y luego Jacques. Sara y el hombre también.

—Pues sí —dijo Jacques—, probablemente más que yo.

—Pero él no tiene la culpa —dijo la chica—, si esa vieja loca no quiere firmar el acta. Él no hace más que cumplir con su obligación.

—La gente que cumple con su obligación, me los meto a todos en el culo —dijo Jacques—. Ande y vaya a buscarle, hale. El tendero le traducirá te quiero amor mío.

—¡Vaya, vaya! —dijo Diana riendo—, ¿conque él se lo traduce?

—¿Y cómo quiere usted que hagamos si no? —dijo la chica, riendo también.

Se puso colorada y se alejó. Había dado dos pasos y volvió. Ya no reía. Le dijo a Jacques, con aire seguro y grave:

—De todos modos, a mí no vuelven a llevarme al extranjero con los amos.

Se fue. El niño echó a correr hacia el hotel y volvió con unos caramelos. Jacques, Sara y Diana se pusieron a comer. El hombre se fue a su mesa y empezó también a comer.

—Tendrás que despacharla —dijo Diana—, no puedes seguir con esta chica.

—No es que me desagrade —dijo Sara—, es por el niño, no puede soportarlo. Pero no es nada servil, y eso me gusta.

—Es cierto —dijo Jacques—, pero no puede seguir con nosotros.

—No era así cuando llegó —dijo Sara—. Ha cambiado mucho, y ella se da cuenta y dice que es culpa nuestra.

—De todas maneras —dijo Diana—, tenéis que buscar otra.

—Yo preferiría quedármela —dijo Sara—. Estoy cansada de andar siempre buscando chica.

—¿De qué no estarás tú cansada? —preguntó Jacques—. Ya buscaré yo una.

Ambos sonrieron ante la misma idea.

—Lo mejor que tiene esta tierra —dijo precipitadamente Diana— es este vino. Pero hay que beberlo fresco. Aquí, en este hotel, nunca está bastante fresco.

—Ya veremos —dijo Jacques—, no hay que amargarse la vida. —Se volvió hacia Diana sonriendo—: Pero lo del vino, es verdad. Yo no sé qué daría por tener vino fresco.

El niño se durmió a mitad de comida, apoyada la cabeza en una mesa vacía. Sara lo trasladó al asiento del coche. Cuando volvió, Diana estaba hablando del hombre.

—¿Y si le invitáramos a tomar café con nosotros?

Jacques aceptó. El hombre fue a tomar café. Hablaron del calor, del mar, de las probabilidades de guerra en el mundo. Nadie estaba de acuerdo con nadie excepto en lo tocante al calor y al mar. Sara y Jacques se marcharon muy pronto por el niño. Le llevaron a casa sin despertarle. Como de costumbre, Sara se echó a su lado. Pensó en los inconvenientes de aquel lugar para los niños y soñó con otras vacaciones en que el suyo hubiera podido dormirse en medio de un delicioso frescor. Hacía tanto calor que hubiérase dicho que iba a llover sin más tardar, tal vez esa misma tarde. Con esa esperanza se durmió.

2

Pero cuando despertó, el tiempo, una vez más, se había despejado.

Sólo había dormido una hora. Se levantó despacio para no despertar al niño, que seguía durmiendo. La chica no había vuelto aún, Jacques seguía también durmiendo. Hacía dos horas que se había ido la muchacha. «Tal vez tendría que cambiar de chica», recordó. Pero como siempre que se le ocurría la idea, se dijo en el acto que quizá no valía la pena, que tal vez acabarían separándose, y cuando se está sola no hace falta chica. Ella sola no necesitaba muchacha. Fue al jardín y se sentó en las gradas del porche. Los pescadores de la casa de al lado se iban ya. En fila india, llevaban las redes, los remos y las palas hacia las embarcaciones. Se había levantado la brisa. Ahora seguiría ya soplando hasta el amanecer. Era cálida, sí, pero secaba el sudor y el calor se hacía más soportable por la tarde que por la mañana. Cerca de la isla, a su izquierda, un pescador solo echaba su red. La recogía lentamente, giraba sobre sí mismo como una bailarina y la lanzaba de un solo golpe: la red se desplegaba, inmensa, ante él, realmente inmensa en relación al hombre que la manejaba. Luego el pescador volvía a empezar, lentamente, con la misma inteligencia siempre e idéntica paciencia. La tercera vez cogió algunos peces. Relucieron al sol. A la memoria de Sara acudieron otros pescadores que, en unos ríos grises, de pantanosas desembocaduras, resonantes de monos, lanzaban sus redes de la misma manera serena, perfecta. Le bastaba prestar un poco de atención para oír aún los gritos de los monos entre los mangles, entremezclados con el rumor del mar y los chirridos de las palmas descortezadas por el viento. Estaban los dos, su hermano y ella, Sara, en el fondo de la barca, persiguiendo a las cercetas. Su hermano había muerto.

Así es como debía de hacerse una vida. Sara creía haberse hecho a esa certeza y deseaba acantonarse en ella.

El hombre recogió otros cuantos peces. Su hermano había

muerto, y, juntamente con él, la infancia de Sara. Así debía de ser siempre y en todos los casos, deseaba creer aquel día Sara.

Jacques se levantó. Le oyó ir al cuarto de baño. También ella tenía que ir al cuarto de baño, tenía que ocuparse del niño, tenía que ir al hotel a buscar a Diana, a Ludi, a Gina. Habían quedado en hacer algo juntos aquella tarde, no recordaba exactamente qué —¿a qué playa?—, pero habían quedado en algo. La idea de ir al hotel le resultaba siempre agradable. Hubiera preferido estar en el hotel, y no aquí, en la casa. Si hubiera podido, habría vivido en el hotel. Porque Sara no deseaba ya casas suyas, pisos, la vida en común con un hombre. De joven, las había deseado. Ahora que había llegado, creía, el tiempo de envejecer, hubiera preferido que fuera de otro modo y que el momento llegara de otro modo, en el anonimato de un hotel por ejemplo. Apareció Jacques en la escalinata. Iba comiendo uvas. Enseguida vio al pescador.

—¿Ha cogido algo?

—No siempre. Sólo dos veces.

—Qué calor, hay para volverse loco.

Aquel deseo de vivir en el hotel no tenía nada que ver con los sentimientos de Sara por Jacques, sino sólo con los que personalmente se inspiraba ella, ella y la vida, desde hacía unos años. Aparte de que creía que había llegado para ella el momento de envejecer y de que hubiera preferido que ocurriera en otra parte, lejos de Jacques —pues Sara, de todos modos, seguía creyendo que el amor, por su parte, no podía envejecer—, deseaba ardientemente no importunar más a nadie con su difícil carácter. En el hotel no hubiera hecho sufrir a nadie. Y los temperamentos difíciles se explayan mejor allí que en parte alguna por eso precisamente. Jacques estaba enteramente absorto en la tarea de las redes.

—Hay que ver, cómo me gustaría pescar —dijo.

Con los caracteres difíciles es como con todo. Le dan a uno ganas a veces de dejarlos explayarse. El hotel es único para eso.

—Tenemos que ir a buscarlos —dijo Jacques—. Hemos quedado en la playa grande.

—La chica no ha vuelto y el niño duerme aún. No puedo irme.

—Nos lo llevamos y ya está, no hay problema. Vente.

—Puedo ir a la playa pequeña, por una vez.

—No, hombre, no, por la tarde es mejor la playa grande.

Volvió a mirar al pescador que acababa de coger unos peces.

—Además, que a mí me gusta bañarme contigo —dijo.

—Será por lo bien que nado.

—Es igual. No pierdo la esperanza de que lo lograrás. —Y añadió—: Me gustaría saber por qué ese pescador se queda siempre en el mismo sitio —señaló otro a la izquierda—, van ya tres veces que no coge nada.

—Deberías enseñarle a pescar —dijo Sara.

Jacques guardó silencio un minuto, y después preguntó:

—¿Qué pasa ahora?

—No deberíamos dormir por la tarde —dijo Sara.

—¿Qué te pasa? —preguntó él suavemente.

—Nada. No me gusta este sitio. Son unas malas vacaciones.

—Eso no es verdad. Las vacaciones son lo que uno quiere. ¿De qué te sirve la experiencia, si a tu edad no sabes eso?

Una vez más, se acercó a ella.

—Lo que pasa —dijo—, es que tú quieres que estas vacaciones sean malas.

—Tal vez.

—Y quieres echarme la culpa a mí, echarle la culpa a Ludi. Porque no te atreves a decirte estas cosas.

Se sentó junto a ella en las gradas del porche.

—Me gustaría saber —dijo— por qué te empeñas así en que estas vacaciones sean malas.

Sara miró hacia el río. El pescador cogió un pez. Jacques también lo vio.

—¿Por qué? —preguntó.

—No sé.

—¿No quieres saberlo o no lo sabes?

—Me parece que harían falta diez años para explicarlo.

—Ya lo sé —dijo él—. Tú eres capaz de vivir así meses, sin preguntarte nunca por cosas como ésta.

—No puedo soportar el calor.

—Lo sé —dijo él—, ni a Ludi.

—A veces creo que ya no quiero a Ludi.

—Si basta que haya dicho eso de ti, una vez, estando enfadado, para que no le quieras ya, es que no le has querido nunca.

—¿Quién sabe? Tal vez no le haya querido nunca.

Él la tomó en brazos y la levantó.

—Por favor —dijo.

—Iré a la playa grande.

Escapó de sus brazos y se dirigió al cuarto de baño. Él la alcanzó.

—¿Te aburres? ¿Es eso?

Ella no contestó.

—¿Es eso u otra cosa?

—Es eso. Me aburro —dijo Sara.

—Yo también me aburro mucho —dijo él. Y añadió—: ¿Y qué es lo que te aburre?

Ella se irguió y trató de sonreír.

—Yo no lo sé tampoco exactamente, a lo mejor un hombre que no hubiera admitido lo que Ludi dijo de mí.

—¿Y si fuera verdad? —preguntó él tras una pausa.

—Entonces tenías que preguntarte por qué era verdad.

Esta vez fue él quien no contestó.

—Eso son pretextos —dijo por fin—. En este momento estás mintiendo.

Hablaba sólo para sí, sin esperar respuestas.

—A Ludi se le antojó decirlo. A mí se me ocurrió contártelo. Todo eso no significa nada. Además, lo sabes muy bien.

—No siempre lo sé. Basta una nada para que se me olvide.

—Hay momentos así, en la vida —dijo él—, en que uno quiere creer que las cosas son definitivas, ¿no?

—Sin duda.

La apretó contra sí y la besó.

—No me gusta tener que adivinar yo solo qué le pasará a la gente —dijo—. Gente que no ayuda...

—¿Para qué tratar de saber por qué están tristes y todo eso?

—El día que ya no me interese, querrá decir que no te quiero ya.

Ella se desprendió de sus brazos y preguntó sonriendo:

—Entonces, ¿qué?

—¿Esta vez?

—Sí.

Él vaciló un poco.

—No es nada nuevo —dijo—. Estás harta de mí.

Se echó a reír. Ella rió con él.

—Como yo de ti —añadió—. No tiene remedio.

Volvió a tomarla entre sus brazos.

—Y además —añadió—, aunque hubiera algo más, ¿crees que sería tan tonto como para decírtelo?

—No te conozco tanto —dijo Sara.

Él guardó silencio unos minutos, con ella entre sus brazos y los ojos fijos en el río, mirando echar las redes.

—Hale, vente. Ludi nos está esperando.

La dejó y señaló al pescador de la izquierda.

—Bueno, ya ha cogido algo.

Unos peces azules brillaban en la red del pescador. Eran bastantes.

—¿Ves —dijo Sara— como sabía lo que se hacía?

—Ha cogido un banco entero —dijo Jacques. Y añadió más bajo—: Cómo me gustaría pescar en ese río... A Ludi no le gusta, es una lástima.

—Ésa no es razón —dijo Sara.

Una vez llevados los peces a la barca, se desinteresó.

—Hale, vente —repitió. Vaciló y dijo—: En primer lugar, a lo mejor no estás tan harta como crees, ni siquiera de mí, y luego que, con el tiempo que llevamos diciéndolo, si realmente debemos separarnos no vale la pena empezar a amargarse tan pronto la vida con eso.

—Desde luego, no hay duda, eres feliz por temperamento —dijo Sara.

—Sí —dijo Jacques.

Fue a despertar suavemente al niño y lo trajo en brazos. Le rociaron de agua fresca.

—No me gusta que duerma tanto —dijo Jacques—. Se queda atontado. Y cuando está atontado, le quiero menos.

—Yo le quiero aún más —dijo Sara.

El niño escuchaba, indiferente por completo. Jacques le habló de las lagartijas y se animó enseguida. Sara fue a ducharse y vestirse. Se puso un short, y una blusa blanca. Jacques le gritó que procurara peinarse bien. Ella se peinó con esmero, lo hubiera hecho de todos modos, aquel día. Cuando salió del cuarto de baño, la chica había vuelto.

—Ya estoy aquí, ¿me necesita?

—No —dijo Sara—, vamos a la playa grande. ¿Qué hay de nuevo allá arriba?

—Nada. El relevo era a las cinco, así que me he bajado. No valía la pena, veo, si ustedes salen otra vez.

—No —dijo Sara—, pero de todos modos, trae usted una hora de retraso.

—¿Y aunque fueran diez? Si no tengo nada que hacer.

—Si no hubiéramos ido a la playa grande —dijo Jacques— la hubiéramos necesitado para quedarse con él. ¿Sigue sin querer firmar el acta?

—Sí. Y además está ese imbécil del tendero que la anima a no firmarla. Ustedes dirán lo que quieran, pero ese tendero está loco.

—¿Y ha dicho por qué, según él, no tiene que firmarla?

—Ya ve usted. No dice sino que él se hace cargo, que él, en su lugar, haría lo mismo. Yo, si fuera el jefe, vaya si les haría firmar, y cómo.

—¿Cómo? —dijo Jacques. La ira le había hecho palidecer un tanto.

—Yo qué sé —dijo la chica, el tono de Jacques la asustó—, haría como que robaba la caja. Si cree usted que eso es vida, la de esos chicos que los vigilan.

—Es usted terrible —dijo Sara—, a veces la creería uno mala.

La chica alzó hacia ella una mirada ansiosa, y luego se recobró.

—No me gusta la gente tan especial —dijo—, y si no que hagan lo que todo el mundo, el tener una pena no es razón...

—Cuidado que es usted burra —dijo Jacques—. Ella ha estado haciendo lo que todo el mundo toda su vida, sesenta años, y lo mejor posible, y ahora, de pronto, se le han quitado las ganas. ¿Está en su derecho o no? A ver, dígame.

—Yo qué sé —dijo la chica desconcertada—. Pero bueno, ésa no es razón.

—Hale, váyase con sus carabineros del demonio y déjenos en paz hasta la cena.

—No seré yo quien vuelva a venir a un poblado como éste con los amos —dijo la chica—. Luego cualquiera se va, y hay que aguantarse. Vaya mierda, cada vez que lo pienso. Hubiera debido imaginármelo.

—Hale —dijo Jacques, conciliador—; pero el carabinero, por lo menos, es simpático, ¿no?

—No sabe una papa de francés —dijo la chica—, y además de qué me va a servir.

Entró en la casa y ellos se fueron siguiendo el río. El pescador seguía allí, infatigable, lanzando su red. A cada vez, remaba cinco metros, y volvía a echarla. Jacques se paró a mirarle. Pero no hablaron.

—La verdad es que tiene razón —dijo Sara sonriendo— en eso que ha dicho de estar con nosotros, así, aquí encerrada, tiene que ser una bonita situación.

—Desde luego —asintió Jacques—, pero si casi siempre dice cosas acertadas. Menos cuando le da por sentirse pequeña burguesa como con los padres del zapador. Aunque —sonrió— en el fondo, ¿quién no está encerrado con quién?

Volvió a enlazarla. Luego hablaron del pescador, y de la pesca.

—Por lo menos —dijo Jacques—, querría pescar una vez. Podríamos ir con Ludi a las rocas de Pointa Bianca.

—A Ludi no le gusta pescar —dijo ella—, pero podríamos ir

los dos. Yo preferiría pescar en el río y no en el mar, no sé por qué.

—Yo también, pero hace falta un permiso para pescar en los ríos. A mí también me gustan más los ríos. Tal vez porque los ríos son ideales para una espera tranquila, y el mar no.

—A mí —dijo el niño— lo que me gustaría es pescar en el mar con la motora. Con papá y con Ludi, con mamá no.

—En este momento —dijo Sara— no me quiere mucho.

—Yo quiero a ese señor —dijo el niño—, y mucho, tiene una barca formidable.

—¡Pero qué tonto eres! —dijo Jacques—. Si le quieres, nosotros ya no te querremos.

—¿Por qué? —preguntó el pequeño.

—¿Por qué? —preguntó Sara.

—Por eso —dijo Jacques, mirando a Sara.

En casa de Ludi no había ya nadie. En el hotel tampoco. La embarcación del hombre ya no estaba amarrada al pequeño pontón.

Esperaron al barquero, que estaba al otro lado del río. El cielo había vuelto a encapotarse y había algunas personas, en la otra orilla, hablando de la lluvia. Pero seguía soplando aquella leve brisa del sur. El pequeño bajó a la orilla del río y Sara le siguió. Jacques se entretuvo hablando con la chica de Gina, una guapa muchacha de veinte años que, y ella lo había notado, no le desagradaba. Luego llegó el barquero. La travesía no era larga. En la barca iban dos chicos quejándose de que no hubiera ya baile desde hacía dos días, ellos habían venido con intención de divertirse y no se estaban divirtiendo lo más mínimo. El barquero les explicó que era porque había saltado una mina y había matado a un hombre, en el monte, allá, sobre el hotel, donde aquel muro blanco, entre las dos higueras. Pero los muchachos ya lo sabían.

—¿Y si les da por quedarse aquí ocho días a velarle, qué? ¿Sin baile los ocho días?

—Esta noche vuelve a haber —dijo el viejo barquero—. El jefe de carabineros es quien ha dado orden de reanudar los bailes. Yo no opino. Con baile o sin él, eso no quita, miren ustedes, ni de sufrir ni de pensarlo.

—¿Cómo es ese jefe de carabineros? —preguntó Jacques al viejo.

—Yo no lo conozco bien. —No se fiaba de los chicos—. No es muy hablador. Se toma el trabajo en serio, por lo que dicen es un buen jefe de carabineros.

—Hace falta vocación —dijo Jacques. Se volvió a Sara—: Eso

de descubrir cincuenta paquetes de Camel en el fondo de una barca, debe dar una alegría particular.

—Lo que es por aquí —dijo el barquero—, cigarrillos, como usted dice, y luego, de vez en cuando, alguna garrafa de *chianti*; o un motorcito de embarcación..., nada.

—Claro que una vocación de carabinero contenida da más miedo que otra —dijo Sara.

Los chicos empezaron a cantar. Llegaron. Jacques siguió aún hablando un rato con el viejo y luego tomaron el camino de la playa. Había bastante tráfico por aquel lado del río porque llevaban a él varios caminos, sobre todo una gran carretera nacional, que pasaba a siete kilómetros de allí. Las motos pasaban en tromba, levantando nubes de polvo. Los jardines y los huertos, a un lado y otro del camino, estaban llenos de polvo. Se detuvieron en el pequeño bar de delante mismo de la playa a tomar un campari.

Todo el mundo había llegado a la playa, incluido el hombre de la motora, que allí estaba, anclada cerca de la orilla, y todos los veraneantes del lugar. La playa era inmensa, empezaba en la otra punta del llano, al pie de la montaña, y llegaba hasta el río —cinco kilómetros— sin un solo accidente en su arco. Desde lejos, podían contarse los grupos de veraneantes. Ludi vino a su encuentro a galope, como un caballo siempre. Tomó del brazo a Sara.

—Estás muy guapa.

—Va a días —dijo Sara.

El niño se colgó del short de Ludi. Éste soltó el brazo de Sara y se lo puso a hombros.

—Lo conozco tanto, a este peque —dijo Ludi—, que un día, estoy seguro, no tendré más remedio que comérmelo.

—Mi querido Ludi —dijo el niño.

—Habéis vuelto a dormir como unos bárbaros —dijo Ludi—, llegáis tarde, pero en fin, no más que de costumbre. ¿Ves? —rió—, ahora ya os conocemos y ya no os esperamos.

—Estaba el pescador —dijo el pequeño—, me gustaría tener un pez.

—¿Por qué te gustan tanto los peces?

—No sé. Me gustan los peces más que tú todavía.

—Cochino —dijo Ludi—. Ya les diré yo, a los peces, que eres un cochino. Son amigos míos, los peces, y yo sé cómo hablarles.

—No es verdad —dijo el niño.

—Ahí está ese tal Jean —dijo Jacques.

—Ah, sí —dijo Ludi—, se me olvidaba, Gina, Diana y yo hemos venido en la lancha con él.

—Qué contento estará —dijo Jacques—, con el tiempo que nos venía persiguiendo. ¿Y qué, te ha gustado? ¿Se iba bien?

—Extraordinario. —Se volvió hacia Jacques—: ¿Pero sabes?, es simpático el tipo. Los primeros días me dio miedo, creí que empezaría a querer hacerme preguntas, pero no, no me ha hecho ninguna.

—Puede que sea simpático —dijo Jacques—, todo cabe dentro de lo posible, pero su barca me revienta.

—Pues la lleva muy bien, no te imaginas. No sé por qué pero encuentro que es un tío para Diana. Desde ayer que lo estoy pensando, yo espero algo así para Diana.

—Te equivocas —dijo Jacques.

—¿Y por qué no, para las vacaciones? Es muy triste unas vacaciones sin hombre para una mujer como Diana.

—No digo que no —dijo Jacques—, claro que es triste, pero ya verás como no llega a haber nada entre Diana y ese individuo. —Dudó en decir algo y no lo dijo—. Ya verás, puedes esperar diez años. ¿Y qué, qué hay de la pasta con vóngolas?

—Se lo ha dado todo, hasta la última vóngola. He peleado lo mío por conseguir al menos dos, pero no ha querido darme ni eso. Pero es igual, sí, es igual, la verdad es que me gusta esta mujer, aun cuando la detesto.

—Ya entiendo —dijo Jacques.

—Sí, no deja nunca de gustarme, aun cuando sería capaz de estrangularla. En la lancha, no quería que se le notara, pero estaba de lo más contenta. Y estaba muy guapa, también, con esos ojos.

—Mejor que mejor, si le ha gustado —dijo Sara.

—No es embustera, pero es capaz de mentir —prosiguió Ludi.

—Todo el mundo es capaz de mentir —dijo Jacques—, afortunadamente.

—No es mala, pero puede ser terrible —prosiguió Ludi—. Tiene gracia.

—¿Y qué has comido por fin, en vez de las vóngolas? —preguntó Jacques.

—Cualquier cosa, calabacines. —Y añadió tristemente—: Pero hoy he comido mal, no podía quitarme de la cabeza las vóngolas.

—Cuidado que llegas a ponerte pelma con la comida —dijo Sara—, es increíble.

—El día en que ya no me interese la comida, dejaré de trabajar, no te quepa duda —y se echó a reír, aunque algo forzadamente.

—De todas formas —dijo Jacques—, creo que te preocupa demasiado la comida, Ludi, demasiado. Yo no digo que no haya que preocuparse. No me gusta la gente a quien todo le da igual, pero tú...

—Pero la comida es un símbolo para mí —exclamó Ludi.

—Desde luego —dijo Jacques—. Pero bueno, no siempre es un símbolo. —Rió y Ludi también.

—Diana está con Jean —dijo Sara.

Jacques se volvió a Sara y sonrió.

—¿Tú también tienes la esperanza de que se acuesten?

—Yo no pierdo la esperanza de que se acueste con quien sea, eso pasa.

—La amistad está muy bien —dijo Jacques—, pero la verdad es que yo también tengo esa esperanza.

—Guisa tan bien —prosiguió Ludi—, que ella tiene la culpa de que yo me haya vuelto así. Ahora ya estoy listo, por ese lado. Me gusta comer, me pongo como el quico.

Gina estaba en el agua, bastante lejos, con dos mujeres del hotel. Los demás hablaban o estaban jugando a la pelota. Había bastantes niños, cada pareja tenía por lo menos uno. El pequeño fue corriendo a reunirse con ellos. Estaban todos completamente desnudos, en fila, en la orilla del mar, esperando las pequeñas olas que llegaban con el atardecer, a la hora en que el sol alcanzaba las cimas de las montañas. Gina le gritó a Sara que fuera a bañarse con ella. Pero estaba demasiado lejos y Sara fue a reunirse con Diana. Diana se había bañado ya. Estaba echada, en bañador aún, al lado del hombre. El hombre se había bañado también. Debían de haberse bañado juntos.

—Voy a bañarme y vuelvo —dijo Sara—, aunque sólo sea por que no se diga.

Se quitó la blusa y el short. Jacques y Ludi estaban ya en el agua. Se metió lentamente. Ludi, delante de ella, gesticulaba gritando que tenía frío. Era el único, en el lugar, que hablaba de frío. Sara volvió a pensarlo al verle, rápidamente, como para descargarse la conciencia. Contra lo que decía Ludi, el agua estaba más caliente a medida que el sol iba bajando. Dio unas brazadas con Jacques, nadó de espaldas, y luego se quedó inmóvil en el mar. Jacques se alejó, con la cabeza hundida, mar adentro. Ella volvió junto a Diana. Se secó, pero se dejó puesto el bañador, para conservar más tiempo el frescor del baño. El hombre la contempló secarse sonriendo. Y ella comprendió, por aquella mirada, que nada pasaría entre él y Diana. Para Diana pasaba tan inadvertido como cualquier otro de la playa.

—Qué poco has estado en el agua —dijo Diana.
—Para lo que hago —dijo Sara.
—Pues yo querría vivir dentro.
—Qué cosas tienes... —y añadió—: ¿Hay algo que no marcha?
—Todo el mundo tiene sus problemillas —dijo Diana—, pero aún podría ir peor.
—Es cuestión de decisión, tal vez —dijo el hombre sonriendo.
—No se me había ocurrido —dijo Diana. Y añadió—: ¿Sabes que Ludi se ha quedado sin una sola vóngola?
—Yo no me lo pensaba —dijo el hombre—, creía que a última hora le daría.
—¿Y Jacques qué opina? —dijo Diana.
—No lo ha dicho. —Sara se dirigió al hombre—: ¿Qué puede opinar un hombre? ¿Qué opina usted?
—Hay que ver... —dijo el hombre. Y se echó a reír.
—Sí, eso, exactamente —dijo Diana.
Rieron los tres de buena gana.
—A lo mejor sería mejor que le engañara —dijo Diana— que dejarle sin vóngolas.
Ni el hombre ni Sara hicieron ningún comentario. A lo lejos, el niño se separó del grupo de los otros niños y se metió en el agua.
—Ese locatis es capaz de ahogarse —dijo Sara.
Miraron.
—Qué va —dijo el hombre mirando a Sara. Ella vaciló, pero se levantó por fin, volvió a meterse en el agua y trajo al niño a la playa. Él la dejó hacer. Le secó largamente, se secó a su vez, y volvió luego a sentarse junto a Diana. A aquella hora, en aquel llano abierto a todos los vientos, se estaba casi bien.
—Qué bien se está —dijo Diana desperezándose.
Sara sacó un cigarrillo del bolso de Diana. El hombre se lo encendió.
—¿Así que habéis venido en la barca? —dijo Sara—. Ludi estaba muy contento. Con el tiempo que llevaba deseándolo.
—Ludi es un niño —declaró de pronto Diana—. En la barca daba unos gritos de miedo.
—¿Y qué ha comido por fin? —preguntó el hombre.
—Calabacines fritos, nada.
—Me pregunto qué hay capaz de entristecer a Ludi —dijo el hombre.
—El invierno —dijo Sara.
—He oído decir que Ludi era tan infantil que no debía de tener ninguna idea en la cabeza —dijo Diana.

—¿Y lo decía alguien que tenía muchas?
—Montones —dijo Sara.
—¿Y Ludi tiene alguna idea sobre esa idea?
—Ninguna. Se alegra, eso es todo.
—Y todos esos que vienen de lejos a hacerle preguntas, ¿sacan algo?
—Nada —dijo Sara—. Les dice: ¿Saben ustedes? Yo no tengo idea de nada.
—¡Ah, cómo me gusta conocerle! —exclamó el hombre.
—Dígame —dijo Diana—, ¿qué piensa un hombre de todo este asunto de las vóngolas?
—Que la literatura también se hace con vóngolas —dijo el hombre.
—Es muy profundo eso que usted dice, ¿pero aparte de eso?
—Diana está interesadísima por saberlo —dijo Sara.
—Sí, enormemente —dijo Diana.
—Me encantaría darle gusto —dijo el hombre—, pero... no gran cosa, la verdad.
—Me parecía —dijo Diana.
Se echaron a reír una vez más de buena gana. Ante ellos, la embarcación de caoba se balanceaba suavemente en el mar. Jacques y Ludi volvían de bañarse charlando. Diana, que se había incorporado, volvió a tumbarse. El hombre fumaba. El sol había desaparecido ya tras las montañas. Los crepúsculos eran rápidos en aquella latitud. El cielo estaba tan azul como de noche, pero luminoso aún.
—Qué vacaciones —dijo Diana.
—Sí —dijo Sara—, pero lo mejor de todo es que no escarmentamos. Ya verás como el año que viene vuelves. Igual que yo.
—Ni un hombre —dijo Diana—. Son todos de una fidelidad abominable.
El hombre se había levantado y estaba acercando su barca algo más a la playa. Ellas lo contemplaban.
—Lo que pasa es que tú eres demasiado complicada —dijo Sara.
—¿A ti qué te parece? —Señaló al hombre con los ojos—: ¿Que es inteligente? —preguntó.
—Aun los más grandes de tus filósofos están de acuerdo en que es necesario empaparse, de vez en cuando, de la ininteligencia del mundo.
—Te lo pregunto en serio —dijo Diana—. Sin bromas, ¿tú qué crees?

—Me gustaría saber qué falta te hago yo para saberlo.
—Tú dímelo —dijo Diana.
—Yo nunca soy capaz, sola, de decirlo —dijo Sara—. Siempre es Jacques quien descubre esas cosas por mí.
—Lo que sí sé —dijo Diana— es que hasta ahora sólo me he acostado con hombres de ideas claras y que no me ha salido bien. Son hombres que no conocen ni el alcance ni el significado del amor.
—¿Y cuál es el alcance y el significado del amor? —preguntó Sara.
—Pues precisamente, ¿cómo quieres que lo sepa? —dijo Diana riendo. Y añadió—: En el fondo, ves, la literatura es una fatalidad como cualquier otra, no hay modo de salir.
—Pues es muy práctica, la fatalidad —dijo Sara.
—Al menos se puede hablar —dijo Diana.
El hombre seguía lejos, ocupado con su barca.
—Aunque la verdad, la inteligencia, en mí, es una manía como cualquier otra —prosiguió Diana.
Quedó un momento en silencio, con una sonrisa en el rostro.
—¿Quieres venir en barca con nosotros? —preguntó por fin.
—Me encantaría —dijo Sara—. Piensa en esa barca, y repítete que es magnífica.
—Aunque me lo estuviera repitiendo ocho días —dijo Diana—, lo sabes perfectamente, no serviría de nada.
—La verdad es que la inaguantable eres tú —dijo Sara.
Volvió el hombre, a la vez que Jacques y Ludi. Ludi señaló un punto en la montaña:
—¡Fuego! —gritó.
Y añadió dirigiéndose a Diana y Sara:
—Ahí tenéis un fuego, para vuestra satisfacción.
Diana y Sara se incorporaron. A lo lejos, a unos diez kilómetros, un punto de la montaña rojeaba en medio del crepúsculo azul. Una negra humareda se elevaba de él, arqueada por la brisa.
Estaba lejos, pero como el viento venía casi siempre de tierra, al parecer la dirección que tomaría la hoguera sería la del mar, y por tanto del pueblo.
—Fuego —repitió Diana sonriendo. Y le guiñó un ojo a Sara.
—Sólo hay esta carreterita —dijo Sara— y la montaña. No faltaba más que un fuego.
Se acercó Gina. El hombre había vuelto a sentarse junto a Diana y miraba también a la montaña.

—No avanza apenas —dijo Gina—, y está lejos, no hay por qué preocuparse.
—Sí que avanza —dijo Diana—. Si os fijáis, se ve cómo avanza.
—Tú no entiendes —dijo Gina—. Harían falta quince días para que llegara aquí. Y un día de estos va a llover, no cabe duda.
—¿Pero no ves que estas dos lo que quieren es el fuego —dijo Ludi—, a ver si llega aquí esta noche y nos desaloja a todos? Si no te das cuenta, ¿de qué te das cuenta tú?
—De todas formas —dijo Gina mirando fijamente la montaña—, no podemos dejarlos así, hay que encontrar una solución. O que firme, o que se vayan. Hay que hacer algo.
—Sí —dijo Diana.
—Cuando el fuego llegue a lamerles los pies, no tendrán más remedio que marcharse —dijo el hombre—. No veo qué pueden hacer ustedes.
—No —dijo Gina—. Yo creo que ella es capaz de dejarse quemar viva.
—No creo —dijo Ludi—. Y además, no puedes erigirte en su custodio hasta ese punto.
Gina se encogió de hombros. Ludi estaba satisfecho.
—Los bailes se reanudan esta noche —dijo Sara.
El niño se le acercó. Ella empezó a vestirle, pero Gina se lo quitó de las manos y se puso a hacerlo con una especie de salvaje terquedad. Sin dejar de vestirle, le besaba vorazmente.
—¿No ha dado nunca una razón de por qué esa obstinación? —dijo el hombre.
—Ninguna —dijo Ludi—. Ahí está, como una piedra. Es una piedra ya. No hay quien reanime a una piedra.
—Obstinación no es la palabra —dijo Jacques—, ¿cómo lo diría? —Se dirigió al hombre un tanto irritado—: Hay que hacerse a esta idea, que es tal vez inexpresable.
Todo el mundo guardó silencio. Gina seguía vistiendo al niño, sola.
—Me gustaría saber qué tiene ese tipo del tendero para gustarme tanto —dijo de pronto Ludi.
Todos miraban al mar. La verdad es que estaba bonito. El cielo se hizo de fuego. Salvo el hombre, que miraba a Jacques, todo el mundo contemplaba el mar. Ludi repitió su pregunta a Jacques.
—¿Tú qué dices? ¿Por qué resultará el tendero tan simpático?
—No sé —dijo Jacques—, tal vez porque está a la vez cargado de experiencia, de una tremenda experiencia, y es como un niño.

—Pero esa experiencia, ¿de dónde le viene? ¿No será que su experiencia le viene de no tener en absoluto experiencia?

—Cuidado que te pones pelma con el tendero —dijo Jacques.

—Pero de todos modos —dijo Ludi—, se diría que hay experiencias más determinantes que otras, ¿no es verdad?

—Por lo menos —dijo Sara—, la experiencia política sí que existe, se ve enseguida cuando un hombre no la tiene. ¿No crees tú, Ludi?

El hombre se puso también a mirar al mar.

—La política, sí —dijo Ludi algo molesto—, pero hay equivalentes, el trabajo por ejemplo. El trabajo es una experiencia política. En el fondo tal vez sea ésa la del tendero.

—La miseria no, no es una experiencia política —dijo Diana.

—No, la miseria no —dijo Ludi—. Podría llamársele experiencia humana en lugar de experiencia política, pero no me gusta ese tipo de palabras. Y yo creo que el amor es también una experiencia, pero no estoy muy seguro. Porque mira ese tendero, no ha sabido lo que es el amor en su vida.

—Así que seguimos sin saber qué es, de todo lo que puede faltarle a una persona, lo más determinante —dijo Diana.

—Es el tendero —dijo Jacques— lo que nos preocupa tanto.

—Lamento —dijo el hombre— no poder servirles de nada. —Sonrió también—: Retiro lo que he dicho de la mujer.

—¿Por qué lo dice? —dijo Ludi.

—Hay personas con quien uno se entiende —dijo Gina—, y otras con las que no, jamás, ni siquiera al cabo de diez años, por eso lo dice. Por ejemplo, con los de allá arriba no existe diferencia, se entiende uno perfectamente.

—Ha hablado usted a la ligera de esa mujer —dijo Sara al hombre—. Ha pronunciado la palabra obstinación, no le será perdonado nunca.

—Nosotros, los especialistas de la lengua, no se lo perdonaremos nunca —dijo Diana.

—Hay, ya ve, rigores que nos son comunes —dijo Sara.

—Y que hacen que entre nosotros las diferencias se supongan poco importantes —siguió Diana.

—Y que hacen, además, que nos entendamos tan bien, como usted ve —prosiguió Sara.

—Los errores de lenguaje son un crimen —dijo Diana.

—Son dos perversas —dijo Ludi—, no les haga usted caso.

—No hay por qué tomarlo a mal —dijo Gina—, es una manera de hablar por hablar.

—Nos encanta hablar —dijo Jacques.

—No me gustaría que interpretara mal todo esto —dijo Ludi—, que creyera que le queremos mal; no, no me gustaría.

—Yo prefiero que piense lo que quiera —dijo Sara.

—Ni hablar —dijo Diana—, no se lo permitiremos.

—Si le dicen a usted estas cosas —dijo Jacques—, es que se le tiene simpatía.

—Y yo les agradezco esta prueba de confianza —dijo el hombre.

—Eso es —dijo Ludi—, debe tomar todo esto como una prueba de confianza.

—Pues claro —dijo el hombre. Cogió un cigarrillo y lo encendió. Parecía un tanto sorprendido, pero en absoluto enfadado—. Son ustedes realmente muy buenos amigos —dijo—. Tiene uno forzosamente la impresión de estar como de más cuando se está con ustedes.

—Puede que demos esa impresión —dijo Ludi—, pero no hay que hacer caso. No debe por eso dejar de venir con nosotros, todo lo contrario. Porque si diéramos esa impresión hasta el punto de que le resultara desagradable venir con nosotros, habría que convenir en que nosotros resultamos desagradables, que nuestra amistad tiene, sí, algo de desagradable.

—Somos tan imbéciles como cualquiera —dijo Jacques—, pero estamos dotados de la misma estupidez, por eso nos entendemos.

—No se deje enredar —dijo Sara.

Él la miró, a ella sola, furtivamente, pero con una determinación extraña por completo a la conversación que estaba desarrollándose. Nadie se dio cuenta.

—¿Entonces qué? —le preguntó él—, ¿qué es lo que hay que respetar?

—Y yo qué sé —dijo ella. Bajó los ojos.

—Habría que preguntárselo —dijo Diana.

—No cabe duda —dijo Ludi— de que a ese hombre le han hecho desgraciado. —Había hablado en voz baja.

Parecía muy aburrido y se rascó la cabeza.

—¿Qué hay que respetar? —dijo Jacques.

—Todo, todo —afirmó Ludi en un impulso entusiasta—, y nada de nada.

Jacques y Sara le sonrieron.

—No —dijo Diana—, no hay que respetar nada en absoluto; pero nada, nada de nada.

—Pero a la vieja de allá arriba —dijo Gina—, no cabe duda de que hay que respetarla, no cabe la menor duda, ¿no? Y al viejo y al tendero también.

—Pues claro —dijo Jacques—, no faltaría más. —Se dirigió, irónico, al hombre—: ¿No le parece a usted que ésa es una pregunta sin sentido?

—No exactamente, en lo que a mí se refiere —dijo el hombre en el mismo tono. Dejó de sonreír y añadió sinceramente—: Pero lamento haber empleado la palabra obstinación.

—Discúlpenos, se lo suplico —dijo Ludi—. Además, yo no estoy tan seguro de que haya que respetar a esa buena vieja. Porque si empieza uno con ese respeto por la vieja, ya no hay quien se pare, en eso del respeto, y llega a convertirse en una pasión que priva de todas las demás pasiones de la vida. No, yo no estoy de acuerdo con ese tipo de respeto.

—Como usted ve —dijo Gina señalando a Ludi—, somos todos unos imbéciles.

—Pues sí —añadió Diana—. Ludi, aquí presente, es tan imbécil como el tendero. Pero hay que ser imbécil como Ludi. La suya es una clase de imbecilidad especial, de una tan rara calidad que habría que ir muy lejos para encontrar otra igual.

Todos se echaron a reír. Incluidos el hombre y Ludi.

—Tiene usted que venir a comer a casa alguna vez —le dijo Gina al hombre.

El niño se acercó a Ludi con las manos llenas de arena.

—Tengo hambre.

—Pues díselo a tu madre —dijo Ludi—. ¿Qué quieres que yo le haga?

—Vámonos —dijo Sara.

—¿Quién quiere volver en barca con nosotros? —dijo Ludi.

—Yo no —dijo Jacques.

—Si vais a pie, voy con vosotros —dijo Ludi.

—Yo me quedo aún un rato —dijo el hombre—, quiero dar una vuelta en la lancha.

Quedaron un tanto sorprendidos, pero el hombre había hablado en su tono habitual. Se fue. Los demás empezaron a desfilar por grupos en dirección al río. El grupo de Ludi iba delante de los otros. Ludi cogió a Sara del brazo. Jacques iba al lado de Ludi.

—¿Has visto —dijo Ludi— qué simpático es?

—Sí, ya lo he visto —dijo Sara—, pero no hay que tirarse de cabeza.

—Pues yo creo que sí —dijo Ludi—, yo soy partidario de no

disgustarle. —Miró a Jacques, que no rechistó—. Si tenemos algo en contra de su barca, demasiado bonita, entonces hay que decírselo, explicarle por qué y que comprenda y se alegre muchísimo de que se lo hayamos dicho.

—Pero —dijo por fin Jacques— a veces le apetece a uno dejarse llevar del mal humor. No explicar nada.

—De acuerdo —dijo Ludi—; pero mira, desde hace algún tiempo, ya no me seduce la idea de cambiar el mundo a toda costa. Vosotros seguís queriendo arreglar el mundo, forzarlo. Claro que hay que cambiarlo, pero dejándolo a su aire, de un modo natural, yo respetaré la lancha de ese individuo y el cariño que él siente por su lancha. Antes de llegar vosotros, Diana decía de birlársela para algún que otro paseo, por hacerle rabiar. Pues no.

—Ella no me ha dicho nada —dijo Sara.

—Todo el mundo pretende arreglar el mundo —dijo Jacques—. No hay bicho viviente que no quiera arreglar el mundo.

—Pero no me gusta esa creencia vuestra de ser útiles al cambio del mundo —dijo Ludi—. Pienso esconder la barca con él, y no la encontraréis. El negro que es explotado por el blanco comprende mejor al blanco que el blanco a él, y no hay que pasarse de solícito impidiendo que el negro comprenda al blanco.

—¿Y al negro de qué le sirve? —preguntó Sara.

—¿Y con eso te conformas? —dijo Jacques—, ¿con que el negro comprenda al blanco? ¿Crees que va a ser feliz por eso?

Diana, que iba detrás, llegó a su altura.

—No sé de qué va, pero estoy con Ludi.

—Estábamos hablando de la barca —dijo Sara—. Ludi dice que hay que dar a ese individuo lo que es de ese individuo.

—En ese caso, no —dijo Diana—, yo también siento la necesidad de pasearme en esa lancha. —Ludi rió y le tiró del pelo—. Una necesidad tan grande como la que pueda tener él de esa lancha.

El niño caminaba delante, correteando por los blancos flecos de las olas. Al oír hablar de la barca a Diana se volvió. Jacques iba distraído, pensando con toda seguridad en las últimas palabras de Ludi.

—No comprendo —dijo— cómo puedes decir una cosa así, cómo puedes sostener una cosa así.

—Pues a mí me resulta abominable tu marxismo, tu planificación del negro.

—Antes de tomar la barca —anunció Diana—, pienso trincarme un bitter en la tasca junto al pontón.

—No —dijo suavemente Jacques—. Incluso en el sentido que tú dices, el negro no puede entender al blanco más que con una idea deformada. El blanco ya no es el blanco, está enajenado por la opresión que ejerce sobre el negro. Eso es tan viejo como el mundo.

—Sí —dijo Sara—, pensándolo bien, habrá que birlarle la barca de vez en cuando, porque ese buen hombre no será capaz de comprender a esa barca más que cuando esa barca se vea amenazada.

Ludi le dio un tirón de pelo también a ella, riendo, pero ella escapó y fue a reunirse con Diana, que caminaba junto al pequeño.

—Esto va a durar hasta el hotel —dijo.

—¿Vamos a robarle la barca a ese señor? —dijo el niño.

—Vaya —dijo Diana—, ya estamos.

—No es eso —dijo Sara—, se la vamos a coger en broma, para dar un paseo. A veces se habla por hablar, porque sí.

—¿Así que se la quitaremos? —preguntó otra vez el pequeño.

Sara se volvió a Jacques y Ludi.

—La hemos hecho buena —dijo—, lo ha pescado todo. —Y señaló al niño.

Ludi soltó una sonora carcajada.

—¡Ah, es fenomenal!

—Pero no es seguro que se la quitemos —dijo Sara.

—Pues yo quiero —dijo el niño—, hay que quitársela enseguida. —Y pateaba impaciente.

—Pues se la quitaremos —dijo Diana. Y a Sara—: Necesito urgentemente un campari —dijo.

Apretaron el paso, se tomaron su bitter, y pasaron el río caída ya la noche. Gina había pasado la primera con el grupo más numeroso del hotel. Quería ir a ver a los viejos antes de cenar. Los demás se negaron a acompañarla. Ludi estuvo dudando si ir, pero finalmente renunció también en favor de otros camparis. Bebieron bastantes. La chica, a quien habían confiado el niño al volver de la playa, paseaba arriba y abajo por delante del hotel. El hombre llegó una media hora después y se puso a leer un periódico, sentado a su mesa. Cuando Gina regresó de la montaña había ya algunos clientes cenando. Y la chica, armada de paciencia, seguía paseando arriba y abajo por delante del hotel. Entretanto, Jacques y Ludi seguían hablando de la mutua comprensión del negro y el blanco, animados de cuando en cuando, distraídamente, por Diana y Sara. Siempre con unos camparis.

—¿Dónde está el niño? —preguntó Gina—, ¿no le das de cenar?

—Con tanto campari, me parece cada vez menos urgente —dijo Sara—; pero es verdad, en la playa ya tenía hambre.

—Que vaya a cenar a tu casa —dijo Jacques.

—Me parece que estamos abusando —dijo Sara riendo. Llamó a la chica, que se les acercó en línea recta, a la luz de la pérgola. Ni siquiera esperó a que le preguntaran.

—Las ocho y media —dijo—, habría que ir pensando qué quieren hacer.

—¿Y el niño?

—No se preocupe usted por él. Bueno, ¿qué piensan hacer?

—Llame al niño —dijo Jacques—, después veremos.

—Está en la orilla del río mojándose los pies, no hay manera de arrancarlo de ahí.

Fue hacia la orilla y le llamó. Había estado andando por el agua con las sandalias. Llevaba barro hasta las rodillas.

—Pero bueno —dijo Sara—, ¿así que si quisiera ahogarse le dejaría usted tan tranquila?

—Si estuviera a mi servicio —dijo Gina— le daba ahora mismo un par de tortas.

—No diga usted eso —dijo la chica—, usted no los conoce, señora Ludi.

—Hace cinco años que los conozco —dijo Gina.

—La verdad es que no es lo mismo —dijo Jacques muy bajito.

—Seguro que se habrá enfriado —dijo Sara—, con el rato que lleva en el agua. Y yo aquí tomando camparis sin preocuparme. Empiezo a estar harta.

—No es usted sola —dijo la chica lloriqueando.

—Yo estoy harta de todo —dijo Sara.

La chica puso cara de pena.

—Voy a llevarle a casa y cambiarle de zapatos —dijo.

—Es que ya es demasiado —dijo Jacques—. Se lo digo yo, y tengo razón, ya es demasiado.

—Es usted poco formal en su trabajo, y eso no está bien —dijo Ludi.

Todas las noches, a aquella hora, bajo la pérgola, se repetía la misma escena. Toda la clientela del hotel estaba en contra de la chica, todo el pueblo en general, salvo los carabineros. La chica se echó a llorar.

Todo el hotel la miraba llorar con disgusto.

—Retiro lo de poco formal —dijo Ludi—, pero usted no

quiere al niño, eso está bien claro. Dése cuenta de que nadie la obliga a quererle, pero tiene al menos que desempeñar su trabajo con él.

—Pues sí —dijo Diana—, sí que es poco formal con el niño, se lo digo yo.

—No vale la pena llorar —dijo Jacques. Se levantó y cogió a la chica del brazo—. Usted está hasta la coronilla de nosotros, y nosotros de usted; nosotros estamos tan hartos de usted como usted de nosotros. Pero como aquí no podemos separarnos, nos separaremos cuando lleguemos a París. ¿Me entiende?

La chica lloraba, deshecha en lágrimas, sin responder.

—¿Entiende lo que le digo o no? —repitió Jacques.

—Entiendo —dijo la chica—, pero...

Volvió a echarse a llorar.

—Hay que darle un campari —dijo Jacques.

—Hay que darle una mierda —dijo Ludi—; sois un par de tontos.

—¿Pero qué? —preguntó Sara a la chica.

—Pero yo —dijo la chica—, aun en París, volveré a ser lo mismo, siempre seré una criada.

—Conque ésas tenemos —dijo Sara.

—Pero ya se sabe —dijo Jacques—. ¿Quién va a querer ser una criada?

Se levantó y le dio un campari.

—Gracias —dijo la chica—, he bebido demasiado esta tarde.

—Puede tomarse todo el tiempo que quiera —dijo Sara—, y buscar una buena casa, sin niños; puede buscar todo el tiempo que quiera. No llore más.

Gina le había quitado los zapatos al niño y estaba secándole los pies con el pañuelo. Iba rezongando bajito, no sólo en contra de la chica, sino en contra de Sara también.

—¿Ha bebido usted demasiado esta tarde? —preguntó Diana—. Eso está bien.

—Elegían a la reina de la belleza —dijo la chica—, así que, qué remedio.

—¿Y quién es la reina de la belleza? —preguntó Jacques.

—La niña, ya sabe, la hija del pescador de al lado de casa. Dudaban entre ella y yo, pero ella ha salido reina de la belleza; yo soy Miss Sonrisa.

Todos soltaron la carcajada.

—¡Ah, fenómeno, fenómeno! —dijo Ludi.

La chica rió también, de buena gana.

—Pueden troncharse —dijo—, pero sé sonreír como cualquier otra.

Se rehízo y, en su tono habitual, prosiguió:

—Así pues, ¿qué hago de ése? —Y señaló al pequeño.

—Llévele a casa —dijo Sara—. Va a ir a cenar con Ludi y luego le lleva usted a casa y le acuesta.

—Esta noche yo salgo —dijo ella.

Jacques miró a Sara encogiéndose de hombros.

—Sale todas las noches —dijo—, ¿a santo de qué dejarla otra vez esta noche?

—Yo no le he dejado nada —dijo Sara.

La chica les miraba alternativamente, muy tranquila. Ludi estaba furioso.

—Es cierto —dijo Sara—. Sale usted todas las noches.

—Usted me lo había prometido, como aquel que dice —dijo la chica, inflexible.

—Bueno, ya os arregláréis —dijo Jacques. Y empezó a comer.

—No irá a casa de Ludi —dijo Sara—, tardaría mucho, y es muy tarde. Le da usted de cenar y le acuesta. Lo que me indigna es que usted le pegará y comerá mal.

—No le pegaré, no se preocupe. Y comerá lo que yo. ¿Vendrán a relevarme después de cenar?

—Ya que pretende que se lo prometí, iré —dijo Sara—, pero bien a disgusto.

—No tengo más remedio —dijo la chica.

—Me hubiera gustado que viniera a cenar a casa —dijo Ludi.

—No quiero ir a casa —dijo el niño—, quiero ir a casa de Ludi.

—Ya estamos otra vez —dijo la chica—, qué harta me tiene.

—Ya la acompaño —dijo Sara. Y al niño—: Voy contigo hasta la cocina y comerás. Yo te llevaré.

—Yo también voy contigo —dijo Diana.

—Si no va a venir él —dijo Ludi—, me quedo a cenar en el hotel, por una vez.

—Como quieras —dijo Gina—, te irá bien comer mal por una vez.

Callaron todos. Sara, Diana y Jacques se miraron.

—¿Qué había de cena esta noche? —preguntó Ludi.

—Salmonetes asados con hinojo —dijo Gina—, y berenjenas, nada más.

—¿Berenjenas cómo?

—Rellenas con queso.

Todos miraban a Ludi. Sobre todo Jacques. Diana se tomó otro campari.

—Entonces, ¿vienen? —preguntó la chica.

—Bueno, me quedo —dijo Ludi.

—Yo no me quedo —dijo Gina—; la comida de este hotel me revuelve el estómago.

—Pues lo que es nosotros —dijo Jacques—, todas las noches nos la tragamos.

—Vosotros tenéis una casa y una criada —dijo Gina marchándose—; si no os da la gana de comer lo de casa, allá vosotros.

—Preferimos comer mal con los amigos que bien en casa —dijo Sara.

—¡Gina! —llamó Ludi.

Ella no contestó. Ludi echó a correr para alcanzarla y no volvió a cenar al hotel.

Diana y Sara se fueron. Se llevaron al niño llevándolo por turnos. Luego volvieron paseando por la orilla del río. Cuando llegaron, los demás ya cenaban. El hombre también estaba cenando. Llevaba una camisa de un blanco deslumbrante. Antes de entrar en la pérgola, Diana se cogió del brazo de Sara y le señaló el fuego.

—Mira, se ha extendido —dijo.

—No —dijo Sara—, son estas vacaciones las que te lo hacen creer.

—Tal vez —dijo Diana. Y añadió—: ¿Pero qué es lo que nos pasa a todos? Todos nos queremos, nos queremos unos a otros, ¿qué nos falta?

—Tal vez lo desconocido —dijo Sara—. Aquí, en este sitio, estamos tremendamente aislados de lo desconocido.

—Tal vez —dijo Diana— no hay nada como la amistad para aislar de lo desconocido.

—Tal vez —dijo Sara.

—Menos mal que está ese individuo con su barca —Diana rió— cargado de desconocido, y encargado él solo, el pobre, de asumir todo nuestro desconocido.

—Menos mal —dijo Sara.

—Pero no creo que sea exactamente igual para ti que para mí —dijo Diana.

—Tú no has pasado nunca tres días seguidos con un hombre —dijo Sara—. Y eso no se enseña.

—¿El qué?

—El precio de lo desconocido.

—Pero puedo entenderlo —dijo Diana.

—Me parece que no —dijo Sara—, cuando no se han pasado nunca tres días seguidos con un hombre...

—La verdad es que el ejemplo de todos vosotros no es para animar a nadie —dijo Diana.

—Pues yo encuentro que sí, todo lo contrario —dijo Sara.

—No. Ninguna pareja, ni siquiera la mejor, puede animarle a uno al amor, eso no es cierto. Tú tampoco puedes entenderlo, porque estás metida.

—Es verdad —dijo Sara.

—Todo amor vivido es una degradación del amor —declaró Diana riendo—. Eso es bien sabido.

Guardaron silencio un instante, pero sin moverse.

—No sé por qué, tengo la impresión de que os habéis peleado otra vez —dijo Diana.

—No es eso —dijo Sara.

—¿Pues qué?

—Es complicado de explicar.

—Siempre se dice que hay momentos difíciles en una pareja. ¿Es eso?

—Sin duda, es eso.

Diana hizo un vago ademán, de indiferencia y de tristeza.

—Sois unos pesados —dijo.

—Lo que quería decirte... —dijo Sara—. Yo ya no estoy triste por culpa de este sitio. Ni Jacques tampoco. Yo no quería decir que estemos tristes.

—Mejor que mejor —dijo Diana. Miraba a Sara de muy cerca—. Mejor que mejor —repitió—. Yo también quería decirte algo. ¿Por qué te las apañas para quedarte todas las noches con el niño en lugar de la chica? Tiene razón él cuando te lo reprocha.

—No es que me las apañe, es que ella se toma todas las noches.

—Eso no es cierto —dijo Diana—. Lo que pasa es que tú quieres evitar el pasar demasiadas noches con todos nosotros. Estás tan harta como yo de todos vosotros.

—Yo nunca me hartaré de vosotros —dijo Sara—, nunca.

—Mira, eso va a ratos —dijo Diana—, según los ratos.

Se decidieron a reunirse con los demás bajo la pérgola del hotel.

Como no había más que aquel hotel, no había posibilidad de ir a otra parte, al menos en aquella orilla. Y a nadie se le ocurría ir a comer a la otra orilla, donde había, sin embargo, dos hoteles. No, todo el mundo se quedaba en esta orilla tórrida, donde no había más remedio que comer siempre lo mismo, ya que el dueño no tenía que temer ninguna competencia, ni tan siquiera la de la otra orilla: pescado, pasta, caldo. El abastecimiento, según el dueño, era muy malo, y ésa era la razón de aquel sempiterno menú. Era cuestión de acostumbrarse, y la mayoría de los clientes se habían acostumbrado.

No por eso eran menos alegres las comidas. Todo el mundo hablaba, se interpelaba de una mesa a otra, y las conversaciones en general se extendían a todas las mesas de la pérgola. ¿Y de qué hablar sino de aquel paraje infernal y de aquellas vacaciones desastrosas para todos, del calor? Había quien aseguraba que todas las vacaciones eran lo mismo. Había quien no. Muchos recordaban haber pasado unas vacaciones excelentes, perfectas. Todo el mundo estaba de acuerdo en que es raro lograr unas vacaciones perfectas, raro y difícil; hacía falta mucha suerte.

En general, nadie recordaba haber pasado unas vacaciones tan fallidas como aquéllas.

Sobre las causas del fallo, las opiniones diferían.

Vivían demasiado unos encima de otros, decían unos, en una especie de comunidad artificial, ya que carecía de una razón de ser profunda. Lo de menos era que fuese una comunidad artificial o no, decían otros, lo que pasaba era que el sitio era demasiado exiguo, en primer lugar, y luego que no tenía ninguna fuente de placer, ninguna distracción, y que por eso contaban tanto unos con otros para distraerse, bañarse, pasear y charlar. Por eso se esperaban interminablemente cada día. Y por eso, para llegar a bañarse a las doce, dijo una mujer, había que empezar desde las nueve de la mañana, había que comenzar desde el momento de levantarse a preguntar a uno y a otro si tendría a bien, ese día, ir a bañarse con uno. Porque el uno y el otro estaban esperando a su vez a otro que, la víspera, le había prometido ir a bañarse con él, pero que, después, se había comprometido con otro más para ir a bañarse con él. Era todo un engranaje de esperas mutuas, sin fin.

Otra mujer aseguró que todo aquello tenía fácil remedio, que no había más que decidir que no esperaría uno ya a nadie, como ella, que, desde hacía ya tres días iba a bañarse completamente sola, en compañía solamente de su marido y sus dos niños. Pero los demás clientes casados del hotel no estaban de acuerdo. Las vacaciones no eran para eso, para ir a bañarse una sola con su marido y con sus hijos. Todo lo contrario. Las vacaciones eran para poder, por fin, ir a bañarse con otros que no fueran el marido, la mujer, los hijos. Podía decirse incluso que ésa era su razón de ser, el facilitar conocimientos nuevos, simplificarlos, desembarazarlos por fin de los habituales rodeos de las relaciones mundanas.

Todo el mundo reconocía en general que el grupo de Ludi se desenvolvía mejor que los demás en aquel sitio. Sin duda porque Ludi estaba ya muy acostumbrado y conocía suficientemente los escollos para haber aprendido a sortearlos.

Una carretera, dijo otro, lo que le faltaba a aquel lugar era una carretera. Aquel mal camino, apenas transitable, le daba a uno claustrofobia. ¿Cómo soportar la vida cuando para poder tomar un campari en otro hotel que no fuera éste tenía uno que hacer de siete a diez kilómetros de aquel mal caminejo?

Sobre el grupo de Ludi y el calor todo el mundo estaba de acuerdo. El calor era uno de los factores principales del fracaso de aquellas vacaciones. Pero entonces llegó Ludi, cuando estaban hablando, y, cómo no, no se mostró de acuerdo, ni en lo del calor ni en lo de las vacaciones. Dijo que a él le gustaban aquellas vacaciones, aquel lugar, aquel calor. Dijo que cuando hiciera frío, el recuerdo de aquel lugar, de aquel calor, la imagen de aquellas tardes muertas, irrespirables, le ayudaría a mejor soportar la bruma y el viento.

Después de llegar Ludi, después de que hubiera hablado del calor, el hombre declaró que él estaba de acuerdo con Ludi en general. Que el calor no era tan insoportable como se decía. Y que aquellas vacaciones, en lo que a él se refería, eran más bien unas buenas vacaciones, sobre todo porque le hacían variar del tipo de vacaciones que él solía tomarse por lo general. Le preguntaron cómo eran y en qué diferían tanto de aquéllas, y dijo que era sobre todo por las personas que había allí. ¿Cómo eran?, preguntó Jacques. El hombre dijo que eran muy diferentes unos de otros, pero que tenían todos algo en común, algo con lo que no había dado aún —se rió— y que se guardaría muy bien de tratar de nombrar esta vez. Jacques rió también con el hombre y Ludi pareció feliz. ¿Sería que eran todos amigos?, preguntó Jacques. El hombre dijo que no estaba seguro de que fuera sólo eso. Jacques no insistió.

No se habló, o muy poco, durante aquella cena, de los padres del zapador. Aquel silencio tenía, sin duda, varias razones. Se sabía en el hotel, como en todo el lugar, que Gina, Ludi, Jacques, Sara y Diana subían todos los días al monte a verles y que Gina había tomado a su cargo exclusivo todo su abastecimiento y que, por tanto, los demás quedaban privados de toda iniciativa a este respecto. Que cualquier otro esfuerzo hubiera resultado superfluo desde el momento que ellos se habían encargado desde un principio, con Gina a la cabeza, de los padres del zapador. Así que todo el mundo debía de encontrar mal tales visitas cotidianas, unos por creerlas fuera de lugar, otros por encontrar que revelaban en aquel grupo una malsana curiosidad por los espectáculos desgraciados, y otros, en fin, por sentirse molestos de tanta iniciativa. Pero la causa también, sin duda, de aquel silencio sobre el acontecimiento era que databa ya de tres días y había perdido actualidad. El incendio de la montaña había venido a sustituirlo.

Como el hombre conocía a todo el mundo sólo desde hacía poco y había llegado cuando se produjo la catástrofe, no hubiera debido vacilar en comentarla. Pero, al igual que los demás, no dijo nada. Debía de imaginarse, desde la playa sobre todo, que no era cosa fácil.

Todo el mundo había terminado de cenar hacía rato y estaba esperando sin dejar de charlar el momento de dirigirse a la bolera, cuando desde el otro lado del río, como un disparo en medio de la noche en calma, se levantó el sonido del pick-up del baile. Era la primera vez, desde hacía tres días en que el zapador saltara sobre la mina, que se oía. El barquero tenía razón. El jefe de carabineros consideraba que no había por qué respetar por más tiempo una situación que sólo se prolongaba porque la anciana había decidido arbitrariamente no firmar el acta de defunción, y había dado orden de reanudar los bailes. Todos bajaron los ojos y observaron un silencio embarazoso. Fue Ludi quien habló primero.

—Es como si se les dijera márchense —dijo—, pero tal vez sea normal.

—No —dijo Gina—, no es normal.

—Pero no podía durar siempre —dijo Ludi—. Toda la juventud estaba deseando los bailes...

—No —repitió Gina—, no es normal. —Y añadió—: Y aunque lo fuera, me deja sin cuidado.

Ludi no respondió. La música era triste. Tenía algo de amargo, como los regresos, como los días siguientes a un acontecimiento, y todo el mundo lo sentía probablemente así. Era un tango, y hablaba de amor. La noche era tranquila y cálida, surcada apenas por la leve brisa del río, y la música llegaba intacta bajo la pérgola. Su desgarro estallaba como un grito. Nadie sabía exactamente qué pensar después de lo que había dicho Gina. El hombre tampoco.

—Yo soy partidario —dijo Jacques— de que se reanuden los bailes, aun en casos así.

Gina se encogió de hombros. Nadie dijo nada.

—¿Acaso no somos todos partidarios de los bailes, contra todo cuanto pueda ocurrir en el mundo? —preguntó Sara.

—En efecto —dijo Jacques sonriendo—, del triunfo y advenimiento de los bailes en general.

—A mí me gusta más que a ti bailar —dijo Gina—, más que a cualquiera de los que están aquí.

—Sí —dijo Jacques—, y lo que es a los chicos, nosotros también les reventamos.

—Sí —dijo Gina.

Se levantó y anunció, en tono de querer cambiar de tema, que si querían acostarse pronto había que irse en el acto a la bolera. Todo el mundo se levantó. Jacques se acercó a Sara.

—¿Vienes a jugar con nosotros?

Ella le recordó que tenía que ir a relevar a la chica, que estaba esperando que ella volviera para ir a reunirse con su carabinero. Pero añadió que iría poco después, que de momento, sí, les acompañaba. Jacques se alejó sin responder, como siempre que se tocaba la cuestión de la chica.

Se fueron todos, en grupos. Aún no habían pasado del establecimiento del tendero, en dirección al mar, cuando el estrépito del otro baile, el del lado de acá del río, se elevó a su vez. Ludi se acercó a Sara. Anduvo un rato sin decir nada y luego dijo:

—Vente a jugar con nosotros. No vayas a relevar a esa condenada.

—Me toma el pelo todos los días con ese dichoso carabinero; la verdad es que ya estoy harta.

—Pues vente, nada de lo que diga o haga esa maldita debe importarte.

Se interrumpió, estupefacto ante sus propias palabras.

—Perdona. A veces hablo como un imbécil. No era eso lo que quería decir. Lo que quería decir es que te dejas gobernar demasiado por esa chica. Esta noche tienes que jugar a bolos; no te preocupes por ella.

—Lo intentaré —dijo Sara.

Ludi la cogió del brazo y siguieron avanzando camino de la bolera. En el cruce del camino y el sendero de la montaña, alzaron maquinalmente la vista. Las linternas del tendero iluminaban violentamente los blancos muros de la casa abandonada. Era la única luz que había en la montaña a aquella hora. También ellos se acostaban tarde.

—¡Vaya! Me gusta ese tendero —siguió Ludi—. Pero tal vez la música del baile les impida dormir.

—Deben dormir de día —dijo Sara—, no importa.

—¿Has visto a Gina, que hubiera querido que se interrumpieran los bailes, has visto? A lo mejor le hubiera gustado vernos a todos velando también, como unos viejos.

—No, hombre, no desde el momento que juega a bolos.

—Es verdad —dijo Ludi amansado—. Pero ya ves tú cómo soy, cuando Jacques le ha contestado, me ha dado pena por ella.

—Y a Jacques también, no te queda duda. ¿Pero qué quieres? Yo quería decirte que mañana por la mañana vamos todos a dar un paseo en barco hasta Pointa Bianca con ese individuo.

—¿Cuándo te lo ha dicho?

—Esta mañana en la playa.

—Estupendo —dijo Ludi entusiasmado. Y añadió, dudoso—: Pero habrá cambiado de parecer después de todas las barbaridades que ha oído esta tarde. ¿Has visto?, se ha marchado solo con su barco como para decirnos que le importábamos un rábano. Fíjate, yo creo que tenía su razón.

—Pero ya veía que iba en broma —dijo Sara.

—Tú no lo decías en broma —dijo Ludi—, y Diana tampoco.

Abandonó el tema. No dijo nada más. Luego, de pronto, se le ocurrió otra cosa.

—¿Sabes? A veces tengo la impresión de que no dices lo que piensas, Sara —dijo muy bajito.

—Si no pienso nada... —dijo ella—. A veces creo que ni siquiera sé lo que es eso.

—A todo el mundo le pasa un poco —dijo Ludi—. Pero no es eso lo que quiero decir. Sabes muy bien lo que quiero decir. ¿Por qué haces como si no lo entendieras?

—Yo ya no pienso —dijo Sara.

—Hay palabras que hacen daño si se le quedan a uno dentro. No quiero que se te queden las que tienes contra mí.

—Desde el momento que comprendo que tenías razón al decirlo, no vale la pena hablar más de eso.

—¡Ah, qué fastidio! —se quejó Ludi—. Estaba seguro de que seguías guardándomela.

—Yo no te guardo nada, Ludi.

—Yo sé bien que sí, que me la guardas. Compréndeme. Yo también creo que debe uno callar hasta el extremo, entiendes, hasta el extremo preciso de lo que uno sabe que expresará con falsedad. Ni más ni menos. Pero de todos modos prefiero la gente que hace un esfuerzo contra ese límite, que hace un esfuerzo por hablar en vez de hacer un esfuerzo por callarse. Sí, los prefiero. Tú, en este momento, llevas dentro unas palabras contra mí, desde hace por lo menos cuatro días. Y no me gusta. Y te hacen daño, estoy seguro.

—Tal vez pueda hacerse algo que no sea precisamente hablar —dijo Sara—, algo que tenga el mismo efecto que el hablar, el mismo efecto liberador.

—Mira que eres tonta, a veces —dijo Ludi.

Estaban ante las ventanas de una villa profusamente iluminada y se miraron.

—Estás resentida —dijo Ludi para sí—. Y todo por culpa mía.

—Te equivocas. En este momento no tengo ningún resentimiento, estoy como tú, contenta de todo.

—¿Hasta del calor? ¿Y de este sitio?

—Sí, hasta de eso.

Ludi volvió a cogerla del brazo y estuvo un rato sin hablar.

—Compréndeme —prosiguió al fin—. Puesto que ya está dicho, ya no tiene remedio. Ahí está, entre nosotros. Si tú haces como si no lo hubiera dicho, entonces adquiere una enorme importancia, mil veces la que yo quise darle. Y eso me revienta.

—Yo ya ni pienso en ello —dijo Sara.

La bolera estaba cerca. Ludi seguía preocupado.

—¿Sabes lo que estoy pensando? —dijo—. Que precisamente las personas que más miedo tienen a todo son las que serían capaces de las cosas más arriesgadas. Tal vez incluso de las que los demás no se atreverían a hacer.

—Pasa lo mismo que con el miedo —dijo Sara.

—Tal vez. El miedo da valor para arriesgarse. Todo antes que quedarse solo con el miedo.

—¿Pero por qué me dices eso?

—No sé. Se me ha ocurrido, por las buenas.

Llegaron a la pista de la bolera. Jacques estaba ya allí. Fue al café y pidió que la encendieran. Cuando volvió a salir, la pista se iluminó.

Se constituyeron los equipos bajo la dirección de Gina. Eso llevaba siempre mucho rato, dado el gran número de jugadores. Sara dijo que ella no jugaba, que tenía que volver a casa. Ludi insistió un poco para que se quedara, pero sin demasiada convicción.

Mientras todos los demás permanecían de pie, a la cruda luz de la pista, tratando de formar unos equipos que se equilibraran, Sara fue a sentarse al banco que quedaba fuera de la luz, paralelamente al juego. El hombre fue a reunírsele.

—Esta noche no tengo ganas de jugar —dijo—, ya hay demasiados jugadores.

Había tantos, en efecto, que resultaba interminable organizar una partida. A cada vez se desanimaban unos cuantos. Y eso es lo que esperaba Gina. El hombre se reía viéndoles, y Sara también.

Por fin, Gina cogió a Jacques para su equipo, y también a Diana. Ludi constituyó otro equipo con los clientes del hotel que jugaban mejor. Eran seis en cada equipo, más que demasiado. Las partidas resultaban siempre largas. A menudo terminaban con discusiones entre Gina y Ludi a propósito de los *scores,* pero por vivas que fuesen, carecían de auténtica importancia, y en realidad, manifestaban lo animada que era Gina como jugadora y su profunda afición a las peleas con Ludi. Por otra parte, ella misma las provocaba al no coger jamás a Ludi para su equipo. Ludi la dejaba hacer, feliz, porque sólo en los juegos de playa o de lo que fuera recobraba Gina su turbulencia.

Empezó el juego. Enseguida se hizo muy absorbente. Sara y el hombre, sentados uno junto a otro en el banco, con otras cuatro personas, fueron siguiendo sus peripecias. Allí permanecieron mientras duró la mitad de la partida, una media hora quizá. Cuando el hombre habló, su voz quedó casi cubierta por la música de los bailes y los gritos de los jugadores.

—Me hubiera gustado ir un rato al baile con usted —dijo.

Seguía mirando a la pista. Su voz era tranquila, casi indiferente.

—¿Y por qué no? —dijo Sara.

El hombre volvió la mirada.

—Me gustaría saber si eso es posible —dijo.

Ella vaciló un poco. Jacques miraba tirar a Diana, absorto en el juego por completo.

—Es posible —dijo.

El hombre hablaba lentamente, como llevado de una premeditada determinación.

—En tal caso podemos ir —dijo.

—Sí —dijo Sara.

—Si he comprendido bien, tiene usted poco tiempo.

—Es igual —dijo Sara—, puede esperarme un poco.

El hombre se levantó. Sara se levantó tras él y se dirigió a Jacques. El hombre permaneció en pie junto al banco.

—Vamos a darnos una vuelta por el baile —le dijo Sara a Jacques—. Y luego me iré a casa.

Jacques vio al hombre de pie cerca del banco. Diana también.

Jacques y el hombre se sonrieron. El hombre, como disculpándose vagamente. Jacques como quien comprende muchas cosas.

—No es mala idea —dijo Jacques.

—Ya que nosotros no jugamos —dijo Sara.

—Tenéis razón —dijo Jacques—. ¿Por qué quedarse aquí mirando?

—De buena gana hubiera ido con vosotros —dijo Diana.

Lo dijo como si fuera algo irremediable.

—Te toca a ti —le gritó Gina a Jacques.

Sara fue a reunirse con el hombre. Salieron del recinto.

Hacia el mar, cerca de donde desembocaba el río, se encontraba el baile, enfrente de un café. El baile y el café estaban uno frente a otro, separados por el camino. Lo que llamaban el baile era una tarima cercada por un encalado cañizal. Las consumiciones se encargaban al otro lado del camino, en la terraza del café. Durante el día el lugar estaba desierto y sólo podía tomarse algo dentro del café —por culpa, como siempre, del calor—, la jaula de cañas quedaba vacía de danzarines y llena solamente de los rayos de sol. En aquel momento, la jaula estaba llena de jóvenes que bailaban y su luz salpicaba de sombras luminosas la terraza del pequeño café, las blancas cañas y los bailarines. Cuando ellos llegaron estaban tocando *Mademoiselle de París*. Pidieron unos bitters.

—Tiene gracia un baile —dijo Sara— cuando uno lo piensa, cuatro cañas y la gente acude de toda la región.

—Me alegro mucho de que haya venido —dijo el hombre—. Pero, efectivamente, un baile tiene gracia si uno lo piensa.

—Es curioso, nosotros no venimos nunca. Siempre con los bolos.

—Está aquí mismo y no se le ocurre a uno, a saber por qué.

Contemplaron a los que bailaban. Volvieron a hablar del baile. Él dijo que no conocía África, pero que se imaginaba así los puestos avanzados de Abisinia, por ejemplo, de Somalia.

—Usted sabía que yo vendría —dijo Sara.

—Me lo parecía, pero de todos modos no estaba muy seguro. —Añadió—: Quería preguntarle por qué se las compone siempre para quedarse con el niño usted en vez de la chica. Hace cuatro días que estoy aquí y...

—Es ella quien se las compone siempre para que yo no olvide que me está esperando.

—No acabo de creérmelo.

—Pues sí —dijo Sara—, cuando uno sabe que le están esperando es imposible olvidarse.

—Tiene un novio —dijo el hombre—, ¿no?

—Sí, un carabinero. Sólo tiene permiso por la noche.

—Resultan todos ustedes un tanto abrumadores —declaró el hombre— con sus personalidades tan definidas —rió—. ¡Cómo me alegro de haber venido aquí de vacaciones!

—Me gustaría que conociera usted mejor a Ludi y Gina —dijo Sara.

—A mí también —dijo el hombre.

—Yo creo que en toda la vida, y eso teniendo suerte, sólo una vez se puede conocer a unas personas como ellos.

—Empiezo a creer que sí. ¿Pero a quién se conoce más de una vez en la vida?

Se tomaron el campari.

—Es curioso —dijo Sara—, conocerse tan poco.

—Yo me llamo Jean —dijo el hombre.

—Es verdad, aquí nadie le llama por su nombre.

—Usted se llama Sara, ¿no?

—Así es.

—A mí eso me es completamente igual.

Ella quiso tomar otro campari. Él también quiso uno. Dijo que se había acostumbrado a aquella bebida, que no le gustaba en absoluto los primeros días. Así pasaba a veces con según qué cosas, no le gustaban a uno los primeros días y luego se acostumbraba hasta el placer e incluso a veces hasta la necesidad. Ahora no sabría vivir sin bitter en este lugar. Qué cosas descubre uno.

—Si no tuviera usted que volver a casa, hubiéramos ido a dar una vuelta en barca —dijo el hombre.

—Aun así no hubiera sido posible —dijo Sara—. Todo el mundo está demasiado deseoso de esa barca. El motor se oye de lejos. Pero mañana por la mañana.

—Mañana por la mañana —repitió el hombre.

—Esta tarde —dijo Sara—, en la playa, no sé qué nos pasaba a todos.

—No he notado nada.

—Tal vez es que éramos malos.

—Todo el mundo tiene su parte de maldad —dijo el hombre—. Aun los más amables.

—¿A usted le ha dado igual?

—No tanto como eso... —Y añadió—: Pero luego, debo decirlo, he sentido que no iba conmigo más que de refilón.

—Son cosas que pasan —dijo Sara—. A fuerza de estar todo el tiempo juntos, así.

Él se inclinó sobre la mesa, el rostro cerca del de Sara.
—Y tiene usted un niño —dijo.
—Así es.
—¿Y una chica que tiene muy mal genio?
—Sí. Y me da mucho miedo el mar.
—El mar, y quizá muchas otras cosas.
—Sí, muchas otras cosas.
—Entonces, no me equivoco de persona —dijo él riendo.
—Nunca se sabe —dijo Sara riendo también.
—No, yo creo que no nos equivocamos de persona. Y además, ¿qué íbamos a perder?
—Nada —dijo Sara.
Él se inclinó un poco más sobre la mesa, pero ella no se movió de su asiento. Se limitó a mirarlo. Él comprendió que ella no podía hacer lo que él hacía, que no quería, porque el sitio era pequeño, una treintena de personas, y porque todo el mundo les conocía. Pero sólo por eso.
—Me tomaría otro bitter —dijo ella—. ¿Y usted?
—Diez. Me tomaría diez —dijo él.
Y se adelantó aún más.
—¿Y después? —preguntó.
—No lo sé exactamente —dijo Sara.
—¿No hace usted nada de particular?
—Nada. Duermo bien. ¿Y usted?
—No tengo ninguna especialidad —dijo el hombre.
—Pues ya es una —dijo Sara.
—Ahora ya lo sabemos todo —dijo el hombre riendo.
Guardaron silencio unos minutos, el tiempo de dar cuenta de su tercer campari. Luego volvieron a hablar del sitio, de Ludi, de la gente que había allí, del calor y del mar. Luego Sara dijo:
—Tengo que irme a casa a relevar a la chica.
Él dijo que gustosamente la acompañaría y ella aceptó. Pagó los camparis. Parecía un tanto turbado. No es que fuera muy joven, no, pero era un hombre a quien no debían de preocupar tanto los éxitos femeninos como para considerarlos resultado de su prestigio personal. Aquello saltaba a la vista. Como llevado del impulso de un abordamiento licencioso, dejó, por los camparis, una propina desmesurada.

Pasaron ante la bolera en el momento en que Jacques estaba tirando. Jacques era uno de los tres mejores jugadores de la pandilla. Todos le miraban tirar. Nadie vio pasar a Sara en compañía del hombre a aquella hora tardía. El camino estaba desierto y los cuatro faroles que se alineaban a lo largo de los cien metros que duraba el camino tan sólo iluminaban las encaladas paredes de las casas. Sobrepasaron las tres tiendas que formaban el grueso del pueblo y llegaron a la plaza del hotel, allí donde se encontraba el único árbol de toda la comarca, aquel del que pretendía Ludi que sólo el asfalto lo había matado y no el sol. Había aún tres clientes en el hotel, uno de ellos el tendero. Sara llevó al hombre hacia la pérgola. La orquesta del otro lado del río tocaba a su vez *Mademoiselle de París* y el tendero, solo en su mesa ante una limonada, llevaba el ritmo de la musiquilla con la mano. Bostezaba. Al otro lado del río estaban tocando los *Papaveri.*

—Buenas noches —dijo Sara.

El tendero señaló la limonada con repugnancia.

—No queda más remedio que irse ya a la cama —dijo—. Allí arriba, no tienen más que vino, y claro, me hace daño.

Sara los presentó. Pero ya se conocían.

—Usted es el dueño del fuera-borda —dijo el tendero—. Desde allí arriba, le vemos correr hacia alta mar todas las mañanas. Qué bonito es, la estela se ve mucho rato, desde allá arriba.

—Así qué —preguntó Sara—, ¿ha ido el párroco?

—Viene mañana. Pero o yo no les conozco, o no van a dejarse convencer así como así.

—¿Ha comido ella?

—Un poco de sopa, pero queso no. Cuando se hayan ido iré a verles. Siempre me han faltado amigos que ir a ver, pretextos para viajar. Iré este invierno.

—Dice usted cuando se hayan ido —dijo Sara—, ¿o sea que empieza usted a creer dentro de lo posible que se vayan?

—Dentro de lo inevitable —dijo el tendero—, ¿cómo no? Esto ya ha durado mucho. —Tomó un sorbo de su limonada—. Me gustan, no sabría decir por qué. Porque son nuevos, quizá. Les he contado toda mi perra vida para distraerles, y aún más que mi vida, las vidas que no he tenido y me habría gustado tener. Nadie me había escuchado nunca así, de modo que estoy de lo más cansado.

—Con usted debe de hablar —dijo Sara—, no cabe duda, precisamente antes lo decíamos Gina y yo.

—Un poquito, de vez en cuando, pero le gusta sobre todo que le cuenten historias. En parte es por eso por lo que les he hablado. Pero dice gracias, buenos días.

—¿Y del calor, habla?

—Nunca. Ni del incendio, lo vio y nos lo señaló, nada más.

Echó un trago de limonada.

—Ya ven, hay que verla escuchar historias... yo creo que no es tan desgraciada, ya no tiene bastante fuerza, bastante juventud como para eso. Es otra cosa.

—¿Qué? —preguntó el hombre.

—¿Cómo llamarlo? —dijo el tendero—, algo que no tiene nombre. No hace ya falta que tenga nombre, ¿de qué iba a servir?

—En efecto —dijo Sara.

—Cansancio, quizá —dijo el tendero.

Calló. Aquella noche él era igual de viejo que la madre del zapador.

—Mañana por la mañana iremos a verles —dijo Sara. Y añadió—: A lo mejor estamos dándoles la lata yendo todo el tiempo.

—Ah, no —dijo el tendero—, al contrario. A ella le gusta todavía la gente, y escuchar, le gusta mucho.

Se fueron. El camino, a partir de la plaza, ya no estaba iluminado. Pero el río reflejaba la claridad del cielo y se veía bastante claro. Estaba muy cerca. La marea iba subiendo. Se oía el murmullo del agua junto a los ribazos, a sacudidas, al ritmo lento del oleaje.

—Por lo menos está el río —dijo Sara—. No se cansa uno nunca de mirarlo. Qué bonitos son los ríos, sobre todo cuando llegan a su fin, enormes, como éste.

—Ayer lo remonté hasta el puente. A partir de la curva está sombreado y las orillas están llenas de pájaros. Tiene usted que verlo.

—Un día —dijo Sara— podríamos ir, al volver de la playa.

—Antes —dijo el hombre—, porque a esa hora no veríamos ya los pájaros.

—Ludi me ha hablado de eso —dijo Sara—. Todos los años remonta él ese río una vez por lo menos.

—¿De qué no le habrá hablado Ludi?

El hombre se acercó a ella y la tomó del brazo.

—¿Qué pasa? —preguntó.

—Nada —dijo Sara.

Insensiblemente él la enlazó.

—¿La ha puesto triste ese hombre?

—No sé.

—A mí también me gusta que me digan las cosas.

—Eso sí que no puedo decírselo.

—¿No le gusta mucho hablar?

—No mucho.

Se volvió hacia él. Se miraron.

—No hay que ponerse triste —dijo él.

Siguieron andando sin decirse nada una gran parte del camino. El oleaje seguía remontando el río. Luego él preguntó:

—¿Ya pasó?

—Ya pasó.

—Es curioso cómo me gusta usted —dijo él.

La noche era tan cálida que en el punto en que sus brazos se tocaban se formaba en seguida una leve humedad. Ya no se dijeron nada hasta el momento en que llegaron delante de la casa. Sara se detuvo.

—Hemos llegado —dijo.

Él la besó. Luego se alejó de ella un paso. Ella no se movió. Se miraron. Sara vio en sus ojos el río que brillaba.

—No quiero marcharme —dijo él.

Sara no se movió. Él volvió a besarla.

—No me iré —repitió.

La besó otra vez. Entraron en la casa.

La chica, sentada en las gradas, estaba esperando.

—Llego tarde —dijo Sara.

—Son las diez —dijo la chica—, dijo usted a las nueve, ya no tengo tiempo de ir al baile, me ha fastidiado bien.

—Va usted todas las noches —dijo Sara—, por una vez va a llegar tarde. Si llego tarde, es porque yo también he ido.

—Si usted también va —dijo la chica—, entonces estamos listos.

Estaba ya dispuesta, calzada con sus zapatos de charol, de tacón alto, violentamente maquillada, parecía una linda putilla.

—Vaya de todas formas —dijo Sara—, ya está usted arreglada, sería una lástima que no fuera.

—No es eso —dijo la chica, más suave—, pero él sólo tiene permiso hasta las once.

—Tiene aún una hora, seguro que él la espera. —Y añadió—: Además, hombres hay tantos como usted quiera esta noche en el baile.

—Pues vaya —dijo la chica—, o él o nada, ¿por quién me toma usted?

Miró al hombre para hacerle testigo del insulto, pero él estaba de cara al río, fumaba, y no se volvió.

—Perdóneme —dijo Sara—, y vaya rápido al baile.

—La verdad es que ahora que estoy arreglada estaría bonito que me fuera a la cama. Hale, adiós, muy buenas noches.

Se fue. El hombre se volvió a Sara, le sonrió, algo violento, parecía, y luego se sentó en el suelo apoyando la espalda en la pared. Sara se disculpó y entró en la casa. Dentro hacía tanto calor como de día. Entró silenciosamente en el cuarto del niño. La chica, una vez más, había olvidado abrir la ventana. La abrió de par en par, volvió junto al niño y estuvo contemplándolo en la penumbra. Dormía bien, pero tenía mucho calor. Retiró la sábana en que se había arrebujado y le secó la frente. Luego volvió a mirarlo, sin dejar de pensar en el hombre que la esperaba en el porche. El niño respiraba tan levemente como una flor, y su frente húmeda y fresca era la de una flor. Ella se dijo como todas las noches —pero esta noche sin amargura y con sensatez— que era la última vez que venía a un sitio así, un sitio tan malo para los niños. El niño, cuando le besó, se volvió bruscamente hacia la pared, gruñendo. Ella esperó un segundo. Luego él se quedó inmóvil donde se había vuelto y su respiración, de nuevo, se elevó en medio de la noche, tranquilizadora como el soplo de un dios. Ella salió, fue a la cocina, cogió una botella de chianti y dos vasos. Luego regresó al porche.

—He ido a ver al pequeño —dijo—. Siempre se le olvida abrir la ventana, todos los días.

—Es curioso —dijo el hombre—, cuando llegué no me di cuenta de usted en absoluto.

Sara echó vino en los dos vasos, dejó la botella de chianti en el alféizar de la ventana y se sentó junto a él.

—La verdad es que esa chica me tiene bien harta —dijo—, soy capaz de pasar por todo, pero no por esto de la ventana.

—De lo que me di cuenta —dijo el hombre—, fue de su cariño por su hijo, hasta me resultó cargante.

—A todo el mundo —dijo Sara.

—Y luego de las extrañas relaciones que mantiene usted con esa chica.

—Tengo que buscarme otra —dijo Sara.

—Pero de usted no, no me di cuenta.

—¿Y eso qué importa? —dijo Sara.

—Me di cuenta de Ludi, y de... Jacques —dijo—. Y de Gina, y de Diana. De ti no.

—Pues hubiera debido —dijo Sara—, ya que yo estaba con ellos.

—¿Por qué?

—Hubiera debido preguntarse por qué estaba yo con ellos ya que no se dio cuenta de mí.

—Sí, hubiera debido. —Y añadió—: Tenía que marcharme ayer. Después te vi llegar por el camino. Ayer por la mañana. Te había visto ya la noche antes. Y aquí estoy.

Bebió, dejó el vaso ante sí y, repentinamente, la abrazó. Desde que se habían detenido frente al camino, no se habían besado.

—En fin, basta con querer resarcirse —dijo el hombre—, todo el mundo se resarce de una manera u otra, ¿no?

—Sí —dijo Sara.

La atrajo a sus brazos y la contempló despaciosamente, sin dejar de acariciarle el pelo.

—Yo me di cuenta de usted enseguida —dijo Sara.

—Pero es que tú te das cuenta de todo —dijo el hombre.

—Sí —dijo Sara—. Y me alegro, por ti y por mí.

La estrechó literalmente contra sí y ambos bascularon sobre las gradas del porche.

—Pues tú te desquitas bien —dijo el hombre riendo. Miró hacia el río mientras preguntaba—: ¿De qué? Me gustaría saberlo.

—Pues de nada —dijo Sara.

—Sí. Me gustaría saberlo.

—Pues yo creía que todo el mundo estaba en las mismas —dijo Sara.

La maravillaba sentirse objeto del deseo de él. Siempre la había admirado, por otra parte, el deseo de los hombres por ella. En eso consistía, por así decirlo, la inocencia de Sara, o, si se prefiere, su sencillez.

Al otro lado del río estaban tocando *Blue Moon,* y en este de acá, en el de ellos, *Mademoiselle de París.* Pero dada la disposición del paraje, del río, del monte, y de aquella casa, y de lo avanzado de la hora de la noche, así como de la dirección de la brisa que soplaba del llano, *Blue Moon* fue sobre todo lo que llegó hasta ellos y lo que ellos no oyeron.

Hacía dos horas que se había ido el hombre cuando volvió Jacques de la bolera. Ella le saludó. Él encendió la luz y empezó a desnudarse.

—¿No dormías aún?

—Tengo calor —dijo Sara.

Lo miró desnudarse. Había estado pensando en él desde que se marchó el hombre, en él y en el hombre. Y mientras él se desnudaba, siguió pensando.

—Tienes el pelo mojado —dijo Sara.

—Me he bañado con Diana en la playa pequeña. Tienes que venir una noche, es sensacional.

—¿Y los demás, no han querido? ¿Y Ludi?

—¡Oh, Ludi!

Encendió un cigarrillo. Se sentó en la cama.

—Ludi sí que hubiera querido —prosiguió—, pero Gina no quiso, porque al volver la hubiera despertado. Lo de siempre.

Se tumbó y apagó la luz.

—Y tú, ¿qué has hecho?

—Nada. Hemos tomado una copa.

Él esperó un momento.

—¿Y después se fue?

—Sí.

Él le tomó un brazo.

—Tienes ganas de engañarme, ¿no?

—Como tú —dijo Sara.

Estaba fumando su cigarrillo en la oscuridad, y, con la otra mano, la apretaba contra sí. Cuando daba una chupada, su cara se esclarecía, y ella le veía, de través, encenderse como una brasa.

—¿Por qué me dices que tienes ganas de engañarme?

—No sé —dijo Sara—, de cuando en cuando me gusta decirte la verdad.

Lo vio sonreír.

—Pues ya debiéramos estar acostumbrados —dijo Jacques.

Ella no contestó.

—¿Tienes muchas ganas de engañarme?

—Como tú —repitió ella.

—¿Quién te ha dicho que yo tengo ganas de engañarte?

—Tu modo de mirar a las mujeres. Y además, sé que a ti y a mí nos pasa más o menos lo mismo.

Él esperó un minuto, fumando.

—¿Sabes? —dijo luego—, me cuesta trabajo hacerme a esa idea.

—Pues a mí no —dijo Sara.

Él dejó el cigarrillo en el cenicero, volvió a encender la luz y la miró.

—¿Acaso crees que Gina, por ejemplo, no tiene nunca ganas de engañar a Ludi?

—Así lo creo, nunca. Pero nunca se sabe.

—¿Por qué habrá mujeres como Gina?

—No sé —dijo Sara—. Ni siquiera lo piensan. En fin, eso parece...

Él no respondió.

—Tú no podrías soportar una mujer que no lo pensara —dijo Sara.

—Es cierto.

Volvió a mirarla, y le acarició el pelo.

—Estás menos triste, gracias a estas vacaciones —dijo—. ¡Cómo me alegraría!

—¿Tú crees?

—Sí. Se te nota en la cara, enseguida. Hasta en la voz.

—La verdad es que se acostumbra uno a esto, ¿no?

Él apagó la luz. Pasaron unos momentos.

—A mí me cuesta acostumbrarme —dijo Jacques—. Pero como está Ludi, y el mar...

—Allá o aquí —dijo Sara—, uno no tiene más remedio que pasar las vacaciones en alguna parte, ¿no?

—Qué duda cabe —dijo él—, pero —vaciló— no me gusta esta manera de ver las cosas.

3

Al día siguiente, allí seguía el calor, siempre igual a sí mismo.

No había caído ni una gota de agua en toda la noche. La brisa no había sido muy fuerte y el incendio, en el monte, no había avanzado mucho. Sara se despertó como siempre la primera, como siempre a eso de las diez. Encontró al niño sentado en el mismo sitio que el día antes, en las gradas del porche, contemplando el jardín, abrumado ya de sol.

—Estoy mirando pasar las lagartijas —dijo.

Con el culito desnudo, en la piedra, vestido tan sólo con una camisilla, miraba fijamente a las coloquíntidas de donde, creía él, partían las lagartijas hacia los cañizales que bordeaban el río. Lo dejó allí y se fue a la cocina. La chica, previsora, hacía el café la víspera. Sara no se entretuvo en calentarlo. Se lo tomó frío, una taza grande, de un trago —las noches daban tanta sed como el alcohol—, luego encendió un cigarrillo y volvió a sentarse en las gradas del porche, junto al niño.

Y como estaban de vacaciones, no tenía más que hacer que esperar la llegada de Ludi o de Diana. Con los ojos lejos, en las coloquíntidas, el niño seguía acechando a las lagartijas.

—¿Has visto muchas?

—Un millón. —Reflexionó—: Por lo menos dos.

Se volvió a ella, pero sus pensamientos estaban lejos, ebrios de lagartijas.

—¿Y papá?

—Está durmiendo. ¿Tienes hambre esta mañana?

—He robado pan en la cocina me gustaría que papá me cogiera una lagartija.

Ella se inclinó y le dio un beso. Siempre aquel olor a sol.

—¿Conque tú solito te las has arreglado para almorzar?

—He ido a buscar a Jeanne me ha dicho vete a la porra, así que he cogido pan del aparador.

—Te daría leche —dijo Sara para sí—, pero la leche, aquí, se corta a las ocho de la mañana. Voy a hacerte un poco de té. ¿Quieres un poco de té?

—Sí cuando papá se despierte le diré que me coja una lagartija y la meteré en una caja.

Ella se inclinó, volvió a besarle, volvió a aspirar —hasta el vértigo— el aroma a sol del pelo de su hijo.

—Te quiero tanto, como el mar de grande.

—¿Y el océano?

—Más que el océano, más que todo cuanto existe.

—¿Y lo que no existe?

—Más también que todo lo que no existe.

—Yo también —dijo distraídamente el niño—, lo que yo quería es una lagartija colorada papá dice que las hay.

—Las hay.

Trató de cogerle en brazos, pero él se debatió, pendiente de las lagartijas. Volvió a dejarle en el suelo y él volvió en el acto a su infatigable acecho.

Ella volvió a la cocina, tomó un poco más de café y preparó el té. La chica se levantó. Llegó bostezando y estirándose. Debía de haberse acostado tarde. Llevaba aún el maquillaje de la víspera y bajo sus cabellos crespos y sin brillo tenía una carita orgiástica y sucia. Hacía tanto calor que resultaba extraño encontrar fuerzas para darse los buenos días. La chica, a su vez, se sirvió en silencio café frío y se dirigió como una sonámbula hacia el cuarto de baño. Jacques se levantó inmediatamente después de ella. Se acercó a Sara, le dio un beso, sin pronunciar palabra, y se tomó también una taza de café frío. E inmediatamente después, hizo igual que Sara, fue a sentarse a las gradas del porche. Sara le oyó hablar en tono exhausto de la existencia de lagartijas coloradas. Luego estuvo listo el té y le llevó una taza al niño.

—Qué noche —dijo Jacques—. Pero después del café se siente uno mejor.

—Tiene, tiene que llover.

El niño se bebió de un sorbo el té, y pidió más. Los niños y las plantas se morían de sed.

—He dormido un par de horas en el porche —dijo Jacques—, la cama estaba ardiendo. Estoy completamente atontado.

—Lo estamos todos, excepto Ludi —dijo Sara.

Fue a sentarse a su lado en las gradas.

—Una lagartija colorada papá.

—Imposible —dijo Jacques.

Fue a la cocina, llenó un cubo de agua fría y volvió para ducharse en el jardín, cerca de las coloquíntidas.

—Eso que saldrán ganando estas pobres tontas de coloquíntidas —dijo.

Ella fue a su vez a la cocina, llenó un cubo de agua, y luego estuvo duchando despaciosamente al niño, esta vez al lado de las zinnias. Desde el otro lado de la cerca, el pescador les observaba sonriendo. El niño, con los ojos cerrados, reía bajo el agua. Sara fue a buscar tres cubos más, y siguió duchándolo, despaciosamente, lentamente.

—Menos mal que aún queda agua en los pozos —dijo el pescador.

—Menos mal.

Dejó al niño correr desnudo por el jardín, sin secarlo, para que conservara más rato el frescor de la ducha.

La chica salió a la escalinata, arreglada ya, maquillada, con un trapo en la mano.

—Qué tomamos —dijo—. Me estoy muriendo.

—Nos estamos muriendo todos —dijo Jacques.

Sara se duchó también, como Jacques, cerca de las coloquíntidas. Luego, como el cuarto de baño estaba por fin libre, se vistió, se peinó, muy despacio siempre. Más despacio aún, sin duda, de lo que exigía el calor.

Así pasó una hora.

Jacques, sentado en las gradas del porche, fumaba, con la vista fija en el río. No jugaba ni hablaba con el niño. Las noches eran demasiado calurosas. Dormir resultaba agotador. Y las mañanas, pesadas y vacías, se pasaban tratando lentamente de salir de esas noches. Sara vino por fin a sentarse junto a él. Había llegado casi la hora del baño. El momento heroico del día en que había que decidirse a llegar hasta el mar.

—Ya me siento mejor —dijo Sara—. ¿Y tú?

—Bien —la miró—; tú, efectivamente, tienes ya aspecto de estar mejor.

—Esto ya es otra cosa. En todo el mundo hace calor.

—Puede que sí —dijo Jacques—. Pero ya ves tú, ahora me parece que soy yo quien empieza a estar harto de este sitio.

Cogió un cigarrillo, lo encendió, y dijo en tono natural:

—Y dime, ¿qué os contasteis ese individuo y tú?

—Todo y nada.

—¿Pero qué?

—Estuvimos hablando como suele hablarse siempre, de todo, y de nada.

—Ya veo —dijo él.

—Es curioso —dijo ella—, a mí no se me ocurriría preguntarte de qué estuvisteis hablando Diana y tú.

—Con Diana es muy distinto —dijo él. Y añadió con una leve vacilación—: Y además, a Diana, lo sabes muy bien, ya te la di.

—Lo sé —dijo Sara.

Jacques se estiró, de pronto.

—Cómo me gustaría viajar, viajar —dijo—, irme.

—¿Cuándo me la diste? —preguntó Sara.

—Eso no importa —dijo Jacques, sorprendido.

—He dicho que lo sabía, pero no hasta ese punto.

—No lo sé ya... dos años... ¿Qué más da?

—Es verdad. Yo ya no tengo ganas de marcharme de aquí.

—A mí me gustaría irme —dijo Jacques—, viajar, me muero de ganas. No trabajar en dos años y viajar.

—Vivir en hoteles, debe de ser fenómeno —dijo Sara—. Diana vive mucho en hoteles, en el fondo.

—Sí. Yo creo que a ella le resulta más indispensable que a cualquier otra.

—Sin duda. A mí también me gustaría a veces. En este momento, por ejemplo. ¿Por qué le resulta más indispensable eso que a otra?

—¿Cómo te lo diría? Tal vez porque le repugna más que a otra el asentarse, en la vida...

—Tiene suerte —dijo Sara—, es muy inteligente.

—¿Y eso qué tiene que ver?

—Nada. Es una reflexión que yo me hago. Es la mujer más inteligente que hayas podido conocer.

—Sí, probablemente. Pero eso no quiere decir nada.

—Qué lástima —dijo Sara.

—¿El qué?

—Que me la dieras.

—¿Y por qué?

—Porque yo, la inteligencia, no la necesito para nada.

—Eso es presunción —dijo Jacques—. Y además, que a mí también me importa un rábano.

—Siempre dices lo mismo. Y sin embargo, ya ves tú, cada vez estoy más convencida de que yo no la necesito para nada.

—Eso no es verdad —dijo Jacques—. Ésa es la mayor de las presunciones.

—Si estás tan seguro, tendré que creerte.

—Mira que eres cargante —dijo Jacques.

Se levantó, fue a la cocina, se puso otro tazón de café frío y regresó.

—Me parece que de todas formas voy a hacer un viaje —dijo.

Miró a Sara, que miraba el río. El niño estaba jugando al sol.

—Cuando estoy de viaje soy capaz de prescindir de todo.

—Sí —dijo Sara—. En el hotel se puede prescindir de todo el mundo.

—Sí.

Volvió a sentarse junto a ella en los peldaños.

—¿Qué tal es ese tipo?

—No lo conozco —dijo Sara—. Y no es muy charlatán.

—¿Y hay mucha diferencia con los que lo son?

—Alguna.

—No sé por qué, pero no me resulta muy simpático.

Sara no respondió.

—Desconfío de las personas que están en guardia siempre. Existe una reserva de tipo aristocrático que no me gusta.

—Tú siempre necesitas algún tiempo para que la gente te caiga simpática.

—Efectivamente —dijo Jacques.

—Pero ya verás como le encuentras simpático.

—¿Tú crees?

—Ya verás.

Callaron, porque Diana abría en aquel momento la puerta del jardín. Generalmente, cuando venía, llegaba siempre bastante después que Ludi. Iba en bicicleta.

—Me estoy muriendo —dijo—, necesito agua fresca. He cogido la bicicleta de Ludi para venir más de prisa.

La chica le trajo un vaso de agua. Se lo tomó de un trago. Luego se sentó en la escalinata.

—Aparte de eso, todo va bien.

—Llevas una falda muy bonita —dijo Jacques.

—Es una falda vieja —dijo Diana (y miró a Sara)—. ¿Vamos a bañarnos?

—Cómo te lo diría —dijo Jacques—. Voy a buscar los bañadores.

Desapareció dentro de la casa. El niño se puso a jugar a la sombra de las coloquíntidas, cerca de Sara y Diana, en el lugar mismo en que se había duchado Jacques.

—Está bien eso de jugar con el barro —le animó Diana.

El niño estaba ya lleno de barro, pero cualquier cosa era mejor que el sol para los niños. El sol daba miedo.

—Nos hemos peleado —dijo Sara.

—Ya lo veo —dijo Diana. Añadió—: ¿Y por qué?

—Por cosas sin importancia —dijo Sara. Hizo un vago ademán.

Diana se inclinó hacia ella sin dejar de mirarla.

—¿Realmente sin importancia?

—Realmente.

—Te viniste muy pronto a casa anoche —dijo Diana en tono normal de conversación.

—Fuimos a tomar una copa juntos ese individuo y yo.

—Lo he visto en el hotel esta mañana. Es simpático.

—Así se varía un poco —dijo Sara.

—Sí, así se varía —dijo Diana.

Apareció la chica, lavada y peinada.

—Vamos a ver —dijo—, ¿qué hacemos hoy?

Ellas se echaron a reír.

—No lo sé —dijo Sara.

—Pues no voy a ser yo quien se lo diga —dijo la chica, bromeando.

—Lo pensaremos —dijo Diana.

Jacques llegó con la bolsa de los bañadores.

—¿Vamos?

—Ludi está a punto de llegar —dijo Diana—, esperémosle. Ha salido al mismo tiempo que yo.

—Siempre esperando a todo el mundo —dijo Jacques—. Esperemos.

Todo el mundo se quedó sentado en silencio en los escalones, fumando, y luego Ludi apareció tras la cerca. Venía tan fresco como una rosa.

—Qué tiempo más estupendo —dijo.

—Tienes ganas de pitorreo —dijo Jacques.

—¡Qué va! —dijo Ludi—. Este calor es estupendo, por el camino venía oyendo cómo me hervía la sangre, la oía realmente. Tenéis que daros prisa, está allí ese tipo que quiere ir a Pointa Bianca, y la verdad es que vale la pena. Llevará a cuatro personas en su barca, y Giulio a seis en la suya. ¿De acuerdo?

—De acuerdo, ¿no? —dijo Diana.

Sara asintió con la cabeza. Jacques titubeó:

—Yo me hubiera quedado leyendo aquí tranquilamente —dijo.

—No se puede leer —dijo Sara—, lo sabes muy bien.

La chica apareció otra vez.

—A lo mejor les estoy dando la lata —dijo—, ¿pero qué van ustedes a hacer hoy?

—Vamos a dar un paseo en barca —dijo Ludi—. No podemos llevarnos al niño, hoy sí que no, el sol de Pointa Bianca es demasiado fuerte para los niños.

—Así que le da usted de comer —dijo Sara— una loncha de jamón y una alcachofa.

—Jamón, ¿cómo se dice aquí eso?

—*Prosciutto* —dijo Ludi—. Y jamón en dulce *prosciutto cotto.*

—Si cree usted que yo voy a acordarme de ese lío —dijo la chica.

—Traiga usted un papel antes de preguntar nada —dijo Sara.

—No sé qué demonios les pasa a todos ustedes esta mañana —dijo la chica.

Trajo el papel. Ludi se lo escribió.

—¿Y qué van a hacer ahora del niño?

—Lo lleva usted a la playa y tiene cuidado de él —dijo Sara.

—Se lo advierto —dijo la chica—, si se me escapa y se mete en el agua, no seré yo quien vaya a buscarlo, a mí me da miedo el agua y no puedo remediarlo.

Ludi se levantó y se la quedó mirando.

—Es usted extraordinaria —dijo—, no he visto en mi vida a nadie como usted.

La chica, halagada, le sonrió.

—Pero qué narices —dijo Diana—, no tiene más que coger el tren y largarse al fin del mundo.

La chica dejó de sonreír y miró a Diana, confusa.

—Escuche —dijo Jacques—, va usted a llevarle a la playa. Si se ahoga, la ahogo yo a usted al volver. ¿Entendido?

Todos soltaron la carcajada. Incluida la chica, que se dirigió al niño.

—Hale, ¿has oído? —dijo. El niño obedeció—. Ven a vestirte que nos vamos.

—Tenemos que irnos ya —dijo Ludi—, porque Gina quiere ir a ver a los viejos antes de comer.

—¡Ah!, es verdad, que están ésos aún ahí —dijo Diana.

—No sé aún si ir —dijo Jacques—, me parece que me voy a quedar a leer.

—Son muy bonitas las rocas —dijo Ludi—, vente, no puedes imaginarte lo bonito que es. Es blanco, un blanco que tú no has visto nunca, estoy seguro, en tu vida.

—Vente —dijo Sara.

Ludi y Diana se fueron. Jacques cogió el traje de baño y salieron inmediatamente después de Ludi y Diana.

—Así, ¿quieres que vaya? —dijo Jacques.

—Sí.

—A mí me pasa igual. Cuando tú no estás, me aburro como una ostra.

Se miraron y se echaron a reír.

—¿Qué le vamos a hacer? —dijo ella.

Ludi y Diana les esperaban a la entrada de la casa. No hacía mucho sol. Una espesa bruma cubría el cielo. El río despedía una luz de hierro. Nunca hacía viento por la mañana. El incendio había avanzado poco, pero el aire olía a fuego. Ludi y Jacques caminaban delante.

—Le pegará —dijo Sara— y le dejará ahogarse.

—Todo el mundo está en la playa por la mañana —dijo Diana—, no hay ningún peligro.

—Tengo que acostumbrarme a pensar menos en él.

—No sé por qué —dijo Diana, señalando a Jacques—, pero a veces me parece que tengo más amistad contigo que con él.

—No —dijo Sara—, no es eso.

—Tú qué sabes —dijo Diana.

El sol reapareció tras de su espesa capa de bruma. Brilló un instante.

—Sí que lo sé —dijo Sara—, hasta cuando te peleas con él, incluso por mí, lo sé también.

Diana no respondió. Se detuvo.

—¡Cómo me gustaría que lloviera! —dijo.

—Claro que lloverá, ven —dijo Sara. Jacques y Ludi se habían vuelto.

—Hace un calor de muerte —les dijo Sara.

Jacques miró a Diana con cierta insistencia, y luego ellos prosiguieron su camino.

—Ya verás —dijo Sara—, el día que menos nos lo esperemos llegará la lluvia.

—No hay más remedio que pensar siempre en algo, y yo no soy muy joven, y he conocido a muchos hombres.

—Ya lo sé —dijo Sara—. Pero sigues interesándote por la vida de los demás.

—¡La vida de los demás! ¡Pues anda que no estoy harta! —dijo Diana.

—Pero seguramente tú tengas tu historia, como todo el mundo —dijo Sara—. Ni más ni menos que los demás.

—Eso no es cierto, es difícil tener una historia una sola. Tú, hagas lo que hagas, tienes la historia con Jacques, es inútil.

—No es eso, una historia —dijo Sara—, una sola cada vez.

—Estás demasiado profunda para haber pasado una noche como todo el mundo —dijo Diana.

—Pues he pasado una noche como todo el mundo —dijo Sara.

—¿Estás segura?

—Segura —dijo Sara.

Habían llegado al embarcadero. Jacques y Ludi estaban esperando.

—No me cabe duda de que si sigue sin llover —dijo con calma Diana— nos moriremos todos.

—Que no —dijo Ludi—, eso es lo que parece, pero no.

—De todas formas —dijo Jacques—, es como un récord.

—Es por el estilo en toda Europa —dijo Ludi—; en París, 43; en Módena, 46, y en Berlín, también 43, como en París.

—Ésa no es una razón —dijo Sara.

—Tú tienes tendencia —dijo Jacques sonriendo (había recobrado su buen humor)— a tomarte el calor como una desgracia personal.

—Pues a mí también empieza a pasarme igual —dijo Diana—, debe de ser algo femenino.

—Pero es hermoso como la revolución, este calor —dijo Ludi.

—Ahí están los demás —dijo Sara.

Los demás llegaban efectivamente en aquel momento del hotel. Gritaron que estaban listos y se precipitaron a las embarcaciones. Jacques prefirió no subir en la del hombre. Diana y Sara sí subieron, seguidas de Ludi y Gina. La otra embarcación era una motora guiada por un chico del pueblo. Dentro estaban otros diez de los clientes del hotel. El hombre saludó a Sara después de haber saludado a Diana y Gina. Diana lo miró, pero no había nada de particular en la mirada del hombre que pudiera percibir Diana. Se sentó junto al motor en la parte delantera. Ludi fue junto a él. Diana se sentó en la parte de atrás con Gina. Todo el mundo, antes de subir, se había puesto el traje de baño. Gina guardó sus cosas en una bolsa de goma y partieron por el río. La otra barca se les había adelantado, pero pronto la alcanzaron. El hombre iba de prisa. Desde la salida misma, para tener viento. Ludi reía. Diana gritaba de placer y hasta la misma Gina cerró los ojos y se dejó llevar al viento. Sara se tendió a lo largo al lado de Gina, en sentido del viento, con los pies pegados al borde de la barca. El pueblo desfiló, triste, bajo el sol. Unos niños gritaban de alegría, en la orilla, al ver pasar la barca. Algunos se echaron al río de entusiasmo. Ludi les llamó por sus nombres gritando y riendo. Pronto llegaron al mar. Sara vio a Jacques en la parte delantera de la motora, de pie y como azorado, mirándoles sonriente. Luego llegó el dique. Al llegar a su altura, el hombre viró describiendo un círculo amplio y perfecto, sin aminorar casi la marcha. Gina cayó sobre Diana y empezó a chillarle al hombre como si le conociera desde hacía tiempo. La embarcación pasó enseguida por delante de la playita. Sara miró con toda su alma sin conseguir ver ni al niño ni a la chica. No pensó más. Inmediatamente después de la pequeña playa, aparecieron los acantilados. Eran bastante bajos, pero iban elevándose cada vez más hasta Pointa Bianca. Allí estaban aún cubiertos de higueras y madroños con algún pino, de vez en cuando, o un tejo enano, totalmente pelados por el viento. En aquel lugar, y a lo largo de los acantilados, había siempre un mar de fondo, muy prolongado, y el barco avanzaba despacio. El hombre maniobraba a un tiempo el motor y el remo por medio de una cuerda. Se mantuvo siempre a igual distancia de los acantilados hasta llegar al pequeño golfo de después de la playa. Una vez allí, le gritó a Ludi:

—Vamos a pasar más cerca para ver el fondo del mar.

Fue progresivamente disminuyendo la velocidad y acercándose oblicuamente a los acantilados, que ahora tenían ya un centenar de metros y eran mucho más pelados que hacía un momento. Llegó hasta una decena de metros de su base. Todos se volvieron y miraron el fondo del mar. Sólo era visible en el lado en que el casco de la barca hacía sombra y no pudieron mirar más que de uno en uno. Sara miró después de Ludi. El fondo del mar parecía muy próximo, brillaba como un claro de luna atravesado por verdes rayos de luz. El hombre le dijo a Ludi que intentara sujetar el volante del fuera-borda, que no era muy difícil y que él se ocuparía del timón. Ludi cogió el volante, un tanto asustado. El hombre pasó atrás, cerca de Sara. Abrió el cofre en que se encontraban las gafas submarinas y se inclinó hacia Sara. Ludi conducía, atemorizado por su responsabilidad, de cara al frente. Gina y Diana, por su parte, estaban asomadas al fondo del mar. Hola, dijo el hombre. Sara no contestó. Él sacó lentamente las gafas submarinas del cofre, rozó con la cabeza el pie vacilante de Sara y le dio un beso. Nadie lo vio, no podían verlo. Regresó a la parte de delante y volvió a tomar el volante de manos de Ludi. Le ofreció las gafas submarinas a Gina. Pero Gina exclamó que no se atrevía a tirarse al agua tan cerca de las rocas por miedo a no poder volver a subir al barco a causa de la corriente. El hombre no insistió. Aumentó un poco la velocidad y explicó, a gritos siempre —los cercanos acantilados hacían retumbar las voces de manera asombrosa— que se veía obligado a aumentar la velocidad porque allí era peligroso. La corriente se hizo más profunda y poderosa —estaban doblando un cabo— y la embarcación cortaba la superficie como buenamente podía, iba de acá para allá, como un insecto, arrastrado siempre hacia la costa. El menor descuido y hubiera salido disparado contra las rocas. Un pequeño golfo llegó por fin, más en calma, y en él la roca, nuevamente, estaba florida de cinerarias y madroños. Una de las paredes del golfo proyectaba sobre el mar una sombra bastante amplia. El hombre decidió atravesarla y seguir el movimiento de los acantilados. Una vez alcanzada la sombra, apareció el fondo del mar. Sara gritó. El hombre se volvió, sonrió, pero no salió de la sombra del golfo. Dijo que intentaran continuar mirando. Era el envés del mundo. Una noche luminosa y quieta le arrebataba a uno, exuberante en las algas quietas y heladas del silencio. La carrera de los peces estriaba su grosor de inaprehensibles cruces. De tanto en tanto, la vida cesaba aparentemente. Y entonces aparecían abismos profundos y desnudos. De ellos, una sombra azul se elevaba deliciosa, la de una pura e incognoscible profundidad, tan demostradora sin duda de la vida como el espectáculo mismo de la muerte. Pero Diana gritó que había que irse.

—¿No sabe usted —dijo Diana— que nosotros no podemos soportar el fondo del mar?

—Pero si nadie puede —dijo el hombre.

Miró a Sara riendo, a su vez, pero de un modo insistente, como no lo había hecho desde que salieron, y como si al mirar tales cosas le asaltara de pronto una audacia.

Se alejó de los acantilados y abandonó la sombra del golfo. Cuando salían de ella para ganar el mar, se cruzaron con una balsa cargada de bloques de piedra que se dirigía al malecón del río. Iba tan despacio que parecía inmóvil: unos obreros, sentados o tumbados en las piedras, descansaban para la eternidad sobre aquella isla flotante. De embarcación a embarcación se gritaron un saludo y algo sobre el calor y el mar. Luego adelantaron la barca. El hombre se alejó algo más de los acantilados y, a un centenar de metros de ellos, bruscamente, aceleró de un modo considerable y enfiló en línea recta hacia Pointa Bianca. La motora, en aquel momento, ya les había casi alcanzado. Sara pudo aún ver a Jacques, desnudo, en la parte delantera de la asmática barca. Él le sonrió como un pobre pescador hecho a su destino. Ella rió, le sonrió y le hizo señas con la mano. Él le respondió. El hombre aceleró aún más y nuevamente volvieron a dejarle muy atrás. En diez minutos escasos llegaron. Las rocas de Pointa Bianca eran algo más altas que las que dominaban el golfo. Eran de mármol blanco, totalmente desnudo, sin una hierba. Parte de ellas se había derrumbado y caído al mar, que estaba salpicado de bloques deslumbrantes. La playa estaba precisamente en el hueco excavado por la caída. No era de arena sino de piedrecillas de mármol, igual de deslumbrantes. Era tal la reverberación que resultaba imposible mirar las rocas sin dañarse. Ludi y el hombre saltaron al agua y remolcaron la barca hasta la playa. Diana, Sara y Gina bajaron también para aliviar el peso. Se zambulleron enseguida. Una vez parado el barco, el calor era extraordinario y no se podía esperar sin zambullirse en el agua. Diana y Sara, nadando, siguieron el barco hasta la playa. La sombra de su caoba hacía enrojecer los guijarros de mármol bajo su casco. Una vez amarrada la embarcación, el hombre, Ludi e inmediatamente después Gina, se dirigieron mar adentro, nadando con todas sus fuerzas. Diana se quedó junto a Sara, tendida en el agua. Allí no había algas, sólo piedras que hacían daño en los pies. El agua era pura y viva como un alcohol. Llegó la motora. La amarraron cerca del fueraborda. Ludi y el hombre fueron a ayudarles. Luego Jacques se tiró al agua, salió disparado hacia alta mar también y volvió a tumbarse junto a Sara y Diana. Ellas le dijeron que su barca había llegado cerca de las rocas y que habían visto el fondo del mar, que era extraordinariamente hermoso. En el acto, Jacques se incorporó y le gritó al hombre que le prestara sus gafas submarinas. El hombre le indicó el sitio en que estaban en la barca y Jacques fue inmediatamente a buscarlas. Había dos pares. Cogió los dos y preguntó como al aire quién quería ir con él. Diana se negó diciendo que estaba tan a gusto que no podía moverse. Gina aceptó.

—Yo iré contigo, hijo —dijo Gina.

Todo el grupo estaba en el agua, disperso más cerca o más lejos. Jacques y Gina se alejaron uno junto a otro, en un mismo movimiento.

—Mira que le gusta el agua —dijo Diana—. Cuando está dentro, es como una muchacha.

—¿Tú no te bañas?

—No me apetece hoy, pero lo haré de todas formas. Gina es capaz de nadar todos los días, no se cansa nunca. Yo sí.

—Lo que es yo, no hay problema —dijo Sara—, y lo siento.
—¿Qué hiciste anoche?
—Dices que estás harta de las historias de los demás, y vuelves dale que dale.
—En realidad, no es que yo quiera saberlo, es que me gustaría que tú me lo dijeras.
—Y tú, ¿qué hiciste?
—Fui a bañarme con Jacques. Me apetecía bañarme y él me acompañó. Además, ya lo sabes.
—Yo sé muy pocas cosas —dijo Sara—. Pero la verdad es que me lo ha dicho.
—Hay que sacarte las cosas con sacacorchos, qué rabia me da...
—Ya te lo digo —dijo Sara—. Yo no le he preguntado nada y él me ha dicho que se había estado bañando contigo en la playa pequeña.
—Fui yo quien le pedí que me acompañara. La partida terminó pronto.
—Eso también me lo ha dicho.
—Ves, Sara —dijo Diana despacio—, yo sabía hace tiempo que esto os tenía que ocurrir un día u otro.
—Tú no sabes nada —dijo Sara.
Diana se marchó nadando. Nadaba bien. Sara pensó que ella también debería nadar un poco. Probó a hacer dos o tres brazas hacia donde estaban los demás, pero el fondo se hundía tan de prisa que le dio miedo y renunció. Volvió a donde antes estaba. Estaba sola en aquel sitio, tan cerca de la playa. El hombre se acercó a ella, con calma, en cuanto Diana se fue. Se tendió también en el agua, junto a ella. Jacques estaba lejos, contemplando el fondo del mar.
—Ven conmigo hasta esa roca —dijo el hombre.
La roca estaba a doce metros de allí, bastante ancha y plana.
—Me da miedo cuando no hago pie —dijo Sara.
—Sí que se hace pie —dijo el hombre—. Yo iré andando a tu lado y ya verás como se hace pie, tú irás nadando.
—¿Pero por qué no nos quedamos aquí?
—No sé, por ver cómo nadas, por hacer algo contigo.
Ella le siguió, y se aplicó a nadar bien. Él la miró nadar sonriendo. A medida que ella avanzaba iba hundiéndose él más y más en el agua.
—Mírame —dijo—. No tengas prisa. Estás ya muy cerca de la roca.

Cuando llegaron, sólo su cabeza decapitada sobresalía del agua, cerca de la suya, muy cerca. La roca era lisa y tenía a un lado una especie de pequeña plataforma. La ayudó a subir. Ella se tumbó, cansada de tanto nadar. Él se sentó a su lado, con los pies en el agua.

—Hola —dijo él.

—Cómo me late el corazón —dijo ella, y le sonrió—. Hola.

Miraron a lo lejos. Diana y Ludi se habían alcanzado. A su izquierda, estaban casi todos los clientes del hotel, y entre aquel grupo y Ludi estaban Jacques y Gina tendidos en el agua como ahogados, completamente inmóviles, cara al envés del mundo.

—Me gusta la idea —dijo Sara— de haberme acostado contigo.

Él se inclinó hacia ella.

—Te necesito. Me gustaría aquí mismo, enseguida.

Ella le sonrió, pero él no.

—Me gustaría fumarme un pitillo —dijo ella.

—A lo mejor estoy enamorado de ti. —Volvió a mirar a lo lejos el tranquilo horizonte.

—¿Y eso qué importa? —dijo Sara riendo.

No se dijeron nada en unos segundos.

—Si quieres un pitillo —dijo él—, puedo ir a buscártelo, puedo nadar fumando. ¿Quieres?

—Es mucha molestia.

—Me gustaría ir a buscarte un cigarrillo.

—Pues entonces venga. Pero antes échame agua, no puedo soportar más el sol.

Él cogió agua juntando las manos y la roció. Ella gritó un poco, porque el agua estaba, por contraste, helada. El horizonte seguía estando perfectamente en calma.

—Cómo te necesito —volvió a decir él.

—Ve a buscarme ese cigarrillo.

Se tiró al agua. Ella le vio a lo largo de unos metros surcar como una flecha el agua, aspirado por su propio nado, como algo inhumano y malévolo. Luego la roca se lo ocultó. Volvió enseguida, fuera del agua la cabeza y en la boca un cigarrillo.

—Cógelo —dijo.

Ella se lo retiró suavemente de la boca. Él fue a sentarse a su lado, chorreando.

—Tengo que acostarme contigo otra vez —dijo.

—Tal vez fuera mejor que no habláramos de eso.

—Quiero acostarme contigo otra vez. Lo quiero.

—Tengo calor. Échame otro poco de agua.

La roció como hacía un rato, y esta vez la acarició, de prisa, como un ladrón. Pero el horizonte seguía azul y en calma.

—Pero por qué me gustarás tanto —dijo.

—No lo sé. —Ella se echó a reír.

—Yo tampoco —dijo él.

Le miró sin responder. Él no insistió más.

—¿Se lo has contado a Diana?

Ella negó con la cabeza.

—Sí —dijo él—, estoy seguro, ¿no? ¿Ni siquiera a Diana?

—Diana se aburre mucho, hasta de cosas como... ésta.

Jacques y Gina, siempre boca abajo, se acercaban hacia ellos.

—Vete —dijo Sara.

—Te veré esta noche —afirmó él.

—No, esta noche vamos a robarte la barca y a dar un paseo.

La miró, incrédulo, y se echó a reír.

—¿Robármela, del todo?

—No. Por hacerte rabiar. Sólo para dar un paseo.

—Me lo figuraba. —Reflexionó—. Pero no sabréis manejarla.

Pensó en su barca, evidentemente, y aquello sólo ocupó sus pensamientos unos minutos.

—Pero podría llevaros yo y traeros luego, ¿no?

—Se nos ha metido en la cabeza robártela, no puede ser. Ya sabes lo que pasa, son cosas que se le ocurren a uno en vacaciones.

—¡Bueno! Cogedla.

—Todos te encontramos demasiado pendiente de tu barca.

Súbitamente, él le tomó un pie y lo oprimió.

—¿Fue también por eso por lo que me invitaste a... ir a tu casa anoche?

Ella se echó a reír.

—Y aun así —dijo él, mirando a lo lejos—, me da igual.

Ella no contestó. Él le soltó el pie bruscamente.

—Tú también —dijo—, tú también me deseas, así que me da igual.

—¿Dónde dejas la barca, de noche?

—En la isla, al lado de la casa de Ludi.

—¿Y por qué esconderla así?

—No sé, por fastidiaros.

—Ahora vete —dijo ella.

Estuvieron bañándose una media hora más. Sara volvió a la playa. Jacques le hizo probar a nadar de espaldas. Luego ella regresó a la playa otra vez. Después fueron volviendo los demás también. Y luego todos, de uno en uno o bien en grupo, volvieron otra vez al agua. Luego Gina llamó a todo el mundo porque había llegado la hora de volver. El regreso fue muy tranquilo. Sara subió a la motora y Jacques le describió las maravillas que había visto en el fondo del mar, le dijo que le habría gustado tanto poder verlas con ella, y que siempre sentiría que ella fuera víctima de miedos tan absurdos como aquél, por ejemplo, que le tenía al mar. Le pidió que hiciera un esfuerzo por superarlos. Y ella se lo prometió. Se tumbaron en la parte delantera del barco y estuvieron hablando los dos juntos todo el rato que duró el regreso de unas cosas y otras que no concernían directamente a su existencia.

Cuando llegaron eran poco más de las doce. Gina se fue a su casa a recoger los tomates rellenos que había prometido llevar arriba. El niño había vuelto a la casa con la chica. Subieron todos hacia la casa blanca, incluido el hombre. Iguales ánimos les embargaban, cada día, cuando había que remontar trabajosamente aquel camino para ir a ver a los ancianos, y si una cosa tenían en común era el hecho de que a ninguno de ellos le hubiera parecido inútil, una u otra vez, el ir. Seguía sin levantarse el viento y el bosque olía a fuego. Pero la bruma que tamizaba el cielo se había desgarrado, y el sol resplandecía, desnudo y solitario, en su cenit. El incendio, a causa de aquel sol, no era visible, pero a su altura, un humo espeso y negro salía a grandes rachas de la espesura de los pinos, y, al este, un pueblecillo fortificado temblaba entre sus efluvios. Sara caminaba detrás del hombre y Diana. Ludi, que llevaba a regañadientes los tomates rellenos, iba al lado de Jacques. Gina se había adelantado a todos y, completamente sola, abría la marcha. Hubiérase dicho, siempre se tenía la misma sensación, que el calor había aumentado aún más y que en aquel instante era mayor que nunca.

—Yo diría que hace aún más calor —dijo Jacques—, pero a lo mejor es este olor a fuego. Vaya baño esta mañana.

—El mejor desde que estamos aquí —dijo Diana.

—¿Viste —dijo Ludi— aquel sol en el mármol? Era casi el sol griego. Como para emborracharle a uno. No, no hay que quejarse del calor.

—¿Quién se queja? —preguntó Sara.

—Hay que entenderlo —dijo Ludi—, dejarlo, oírlo. Y entonces, se le toma el gusto.

Se volvió hacia el hombre.

—¿Ha viajado usted mucho?

—Bastante.

—¿Es cierto que en ninguna parte hay este mismo sol?

—No, en ninguna parte.

—Es menos blanco, menos seco, ¿no?

—Sí —dijo el hombre—, y además, no sé, no huele igual. —Añadió—: Y además, no le hace a uno tan feliz.

Jacques se volvió a mirar al hombre.

—Ya entiendo —dijo Ludi al cabo de un rato.

—En lo que yo conozco —dijo Sara— tampoco hay el mismo sol, es un sol gris, lleno de lluvia, y el cielo está siempre cargado.

—Cuántos soles —dijo Jacques bromeando—, cuántos soles distintos.

Allí estaba el tendero. Estaba hablando. Los viejos le escuchaban atentos. Asentían con movimientos de cabeza. Los tres seguían estando a lo largo del muro paralelo al camino, ante la caja de jabón. El muro estaba lleno de inscripciones, de nombres enlazados, de frases políticas. La última, cronológicamente, estaba dirigida a los veraneantes: «No habléis tanto, no olvidéis a los cincuenta mil parados del distrito». Pero el tendero estaba hablando de su vida. Los dos carabineros, a la sombra de la otra pared, dormían, con la boca abierta, el fusil en bandolera, rendidos de aburrimiento.

—Y luego las familias se pusieron de acuerdo —decía el tendero— y nos casamos. Yo dejé mi empleo en el arsenal. Enseguida pusimos la tienda de comestibles. A ella le gustaba la tienda, despachar. A mí no, pero me gustaba ella, así que daba igual, mientras que ella, la pobre.

—Salud —dijo Gina—, aquí están los tomates rellenos, pero de vigilia. Con el calor que hace, encuentro que es mejor rellenarlos sin carne.

—Pero ella bien debía quererte también —dijo Ludi.

—No —dijo el tendero—, no fue nunca capaz, en veinte años, de distraerse una hora de sus comestibles. Al principio, como estábamos allí, tan junto al mar, yo quería todo el tiempo ir a pasearme en barca. Enseguida le pareció una tontería. Durante dos años estuve insistiendo. Luego, al cabo de dos años, ya no se lo pedí más.

Se sentaron todos a la sombra del muro más alto, y la anciana se echó un poco a un lado. Sara quedó entre el hombre y Ludi. Jacques estaba enfrente, a la sombra del muro bajo.

—Y ahora —dijo Ludi—, los paseos por el mar ¿no te dicen ya nada?

—No —dijo el tendero—, con ella perdí la alegría de vivir. Ahora no soy más que tristeza.

—¡No, hombre, no! —dijo Ludi—. Eso que dices no es verdad.

—Sí —dijo el tendero—, veinte años con una mujer que no cambia en absoluto no pasan así como así. Queda uno destrozado para siempre.

—Hubiera podido hacerlos rellenos de carne, pero no he encontrado carne que me conviniera.

—Al cabo de cinco años, ya ni me llamaba por mi nombre, me llamaba... de otra manera. Muchos, en el pueblo, sobre todo los niños que venían por la tienda, me llamaban como ella. Pero al final, eso ya no quería decir nada. Lo curioso es que nunca le rompí la cara a nadie. Si yo hubiera querido hubiera podido romperle la cara a todo el pueblo, y nunca lo hice.

—Yo lo habría hecho —dijo el viejo.

La vieja dejó oír un sonido lastimero en señal de asentimiento. Escuchaba al tendero con toda su atención y había, de momento, olvidado su propia vida. Aquel día no parecía tener sueño.

—Lo curioso también —prosiguió el tendero—, realmente curioso, es que jamás pensé en la posibilidad de dejar a aquella mujer. No se me ocurrió la idea.

Se hizo un breve silencio. Todos se miraron. El hombre se sacó un paquete de tabaco del bolsillo y ofreció a los demás. Sólo Sara cogió un cigarrillo. Jacques miró al hombre un segundo, con aire perplejo. Desde su reflexión a propósito del sol, le miraba con cierta frecuencia.

—¿Conque no le rompió usted nunca la cara a nadie? —dijo Diana.

—Ya ve, yo tenía mis principios —dijo el tendero—, aún los tengo, y hasta puede que más, no quería usar de mi fuerza más que por amabilidad y no de otra manera. O sea, que esperaba encontrar la ocasión de la mayor amabilidad para usarla. Y no llegó nunca. Me hubiera repugnado usarla para mí solo.

—¡Bueno! —dijo Ludi sonriente—, tú dirás lo que quieras, pero la verdad es que eres flaco como una cerilla, tendero.

Rió bonachonamente. El tendero se rió también, pero con pena.

—Desde el momento que cuentas tu vida —prosiguió Ludi—, hay que decirlo todo, y también eso. Puede que fueras fuerte, pero de eso a romperle la cara a todo el pueblo...

—¿Y el judo —dijo el tendero—, qué me dices? Al salir del arsenal yo era campeón de judo de toda la región. Y había, te lo digo yo, bastantes que practicaban aquel deporte nuevo; bueno, pues yo era el mejor. Con estos retrasados de aquí, hubiera podido hacer polvo a todo el pueblo.

Se puso la mano perpendicularmente al cuello, en una llave de judo.

—Pues entonces —dijo Ludi—, te has vuelto realmente bien canijo con los años.

—Yo —dijo Jacques—, yo le creo.

—Y además —dijo Gina—, ¿y si él lo creía? ¿No es eso lo principal?

—Es verdad —dijo el tendero—. Mi judo me lo estuve guardando para mí durante veinte años. Me hizo aguantar inútilmente muchas cosas, pero yo no quería usarlo, no quería echar mano de aquella fuerza que tenía, tan escondida. Me decía para mí: ya llegará esa ocasión de una gran amabilidad, ya llegará, no te preocupes, ya llegará la ocasión de usarla. No llegó. Y ya está.

—Perdone —dijo Diana—, pero si con ella usted hubiera empleado un poquito su judo, no creo que hubiera sido mala cosa, en fin, ya me entiende.

—No —dijo el tendero—, no me habría servido de nada. Enseguida hizo de mí un hombre al que era imposible ya querer, que ninguna mujer habría podido querer, ni ella ni otra.

—Eso es lo que tú te figurabas —dijo Ludi.

—No —dijo el tendero—, un hombre sin orgullo, y como ella, sin... gusto por el amor. —Y añadió, abrumado—: Me fue fiel como un perro, ni la menor infidelidad en veinte años.

—Qué cierto es que en el matrimonio —dijo tristemente Ludi— se pierde la feminidad. —Miró a Gina, que empezaba a impacientarse.

—A veces —dijo Jacques— se la conserva. No hay que generalizar.

—Así qué —dijo Gina—, ¿ha venido el párroco?

—Ha venido, y volverá esta noche —dijo el viejo—, pero —miró a su mujer— me parece que no va a haber más remedio, hace ya cuatro días. Ha venido también el jefe de carabineros.

La mujer bajó los ojos y lanzó un suspiro. Pasó un rato.

—Yo creo —dijo finalmente el tendero—, yo creo que me he vuelto un poco malo.

—¡No, hombre, no! —exclamó Diana.

—Sí —dijo el tendero—, ese judo que no utilicé nunca...

—¿Y por qué el jefe de carabineros? —dijo Jacques. Miró al hombre y le sonrió haciendo un esfuerzo.

—Demasiado buscar la ocasión de la mayor amabilidad —dijo el tendero—; lo que es ahora, si pudiera, la provocaría, y debe de ser por eso.

Se sirvió una copa. Debía de haber bebido bastante aquella mañana. Le ofreció una a Jacques, que aceptó.

—La ocasión de la mayor amabilidad —dijo Ludi en voz baja—, o cualquier otra cosa...

—¿Así que se van ustedes? —dijo Gina a la anciana.

—Todo el mundo espera la ocasión de la mayor amabilidad —dijo Jacques— y nadie ha tenido jamás ocasión de utilizar su judo. —Se dirigía a Ludi—. No hace falta pegarse, para suerte de todos.

—Pero de todos modos —dijo Ludi.

—No —dijo Sara—, no todo el mundo la espera tan exclusivamente.

—Debería usted ir a la ciudad —dijo Diana al tendero.

—Ya es tarde. ¿Qué diablos haría yo, a estas alturas, en una ciudad? ¿Para que me atropelle un coche?

—Sí, sí —dijo Ludi—, una mañana uno se despierta, y ya está, se le ha hecho tarde, yo creo en esas cosas. Antes no creía y me parecían tontadas...

—Pues si se cree en esas cosas, ¿a qué se espera?

—Ya es tarde —repitió el tendero—. A las ciudades se va por amor, por amor al amor, vaya que sí. ¡Ah cómo me gustaban a mí las ciudades! Con locura. Durante mucho tiempo estuve soñando maravillas de ciudades imaginarias por las que yo transitaría libremente, a la ventura. Pero los sueños no bastaron y me he vuelto un poco malo.

—Es curioso —dijo Diana—, yo creo que cuando empieza uno a querer pasar sus vacaciones en parajes solitarios ya no se sueñan maravillas de ciudades imaginarias. Es una opinión mía, ¿qué opinan ustedes?

—Está el tren —dijo Gina—, y los barcos, y los coches, para dejar todos los parajes solitarios de la tierra que uno quiera.

Ludi se sobresaltó, y luego miró sonriendo a Diana.

—El matrimonio... —dijo con esfuerzo. No continuó.

El tendero se tomó otra copa. Su propio razonamiento le encantaba y apenaba a un tiempo.

—¿Y en las ciudades —preguntó Jacques—, en aquellas ciudades imaginarias y maravillosas, es donde se veía usted encontrando la ocasión de la más grande amabilidad?

—Sí —dijo el tendero—. En mis sueños, de noche, y a veces también durante el día, detrás de aquel malhadado mostrador. Mientras ella llevaba la contabilidad sobre todo. Yo me veía defendiendo a una mujer, cierta mujer, siempre la misma, que una vez, a los quince años, había visto en el cine, y a quien unos malhechores atacaban en medio de una calle llena de sol, en verano, a mediodía. La atacaban de una manera injustificada y que yo nunca traté de poner en claro. Yo me plantaba allí, los liquidaba a todos, y luego nos marchábamos, ella y yo, a la ciudad. Yo me he hecho viejo, y la mujer de mis sueños no se ha hecho vieja nunca. ¿Por qué será que cuando ella llevaba la contabilidad era cuando mejor la veía? No sabría decir por qué. Pero lo pensaré. He decidido interesarme por mi vida, de ahora en adelante.

—Son las doce y media —dijo Gina—. No sé a qué hora vamos a comer.

—¡Y dale —dijo Ludi— con las horas de comer!

—Si yo le hubiera conocido —dijo Diana—, le habría seguido a la ciudad, a donde usted hubiera querido.

El tendero levantó bruscamente la cabeza y se rió por primera vez.

—¡Señora! —dijo.

Todos sonrieron a Diana. Se había puesto un poco colorada.

—Es cierto —dijo Jacques—, a lo mejor se habría ido con usted a la ciudad.

—Pero ella no —dijo Ludi, señalando a Gina.

—Y ella también —dijo Jacques, señalando a Sara—, seguro que ella se habría ido con usted. Ya ve, las hay que se hubieran ido con usted...

—Yo también —dijo el hombre—, yo también creo que se hubieran ido con usted.

Tomó el vaso de la caja de jabón, se sirvió vino y bebió.

—¿También usted lo sabe? —le preguntó Jacques.

—¿El qué? ¿Que se hubieran ido con él?

—Sí.

—No es difícil saber esas cosas —dijo el hombre con amabilidad.

—Es cierto —dijo Ludi—, con las mujeres se sabe enseguida. Como también se sabe enseguida quiénes no se hubieran ido con él.

—Es verdad —dijo Jacques.

Todos callaron. El tendero sonreía beatíficamente.

—Me gustaría saber por qué me vas detrás —exclamó Gina—,

si hasta... hasta mi manera de comportarme como mujer, hasta eso... te disgusta.

—¡Bueno! No pueden vivirse todas las vidas a la vez —dijo Ludi—, la verdad. Eso no quiere decir que no me guste la vida que llevo contigo.

—A veces —añadió sosegadamente Gina—, puede uno equivocarse. A veces las que menos lo parecen son las que siguen a los hombres más lejos de ciudad en ciudad. Pero ésas no lo dicen.

—Eso es verdad —dijo Sara.

—Sí —dijo Jacques.

Ludi sonrió a Gina, pero Gina no sonrió.

—A él —dijo el viejo, absorto en sus pensamientos, y señaló la caja—, a él, desgraciadamente, no le gustaban las ciudades, sino sólo estos cochinos montes.

—Zaragoza —dijo la anciana.

—Bueno, sí —dijo el viejo—, pero porque no podía ir.

La anciana siguió mirando la caja y gimiendo bajito.

—Basta de bobadas —dijo Gina—, hay que ir a comer.

Señaló a la anciana que lloraba.

—No —dijo Diana.

—Sí, vámonos —dijo Ludi.

Dijo adiós y echó a andar enseguida, él solo. Los demás le siguieron. Sara iba a su lado y le cogió del brazo.

—Ella también presume —dijo Ludi— de no haber cambiado nunca. Es el mismo caso. Igual hubiera podido referirse a ella.

Le pasó un brazo por encima a Sara. El hombre, Jacques y Diana seguían detrás sin decirse nada, escuchando lo que Ludi y Sara se decían. Gina se les adelantó a todos silbando arrogantemente, con las manos en los bolsillos del short.

—Esa loca, esa loca —dijo Ludi—, y presume, sí, presume, de ser así, sorda a todo lo que se le diga.

Apretó a Sara contra sí.

—Pequeña —dijo. Y añadió—: ¿Sabes?, yo ya lo sé, no cambiará nunca, hasta que se muera.

—La querrás siempre —dijo Sara— tal como es. Y nosotros también seguiremos queriéndola tal como es.

—No lo sé.

—Yo estoy segura. Como le sigue a uno gustando, no sé, el mar. Y además, a lo mejor tú necesitas este amor difícil.

—Pues mira —dijo Ludi—, desde hace algunos años pienso en cosas posibles de querer, por ejemplo, una chica, sí... eso es, una muchacha. Y al mismo tiempo no concibo el no quererla ya, el pasarme sin ella, eso no, no podría jamás. Pero antes, mucho antes, no podía imaginar otra mujer en la vida más que ella. Conque ya ves, las cosas cambian —lo dijo en voz muy baja y nadie le oyó.

—Pero ella lo sabe —dijo Sara—, lo sabe todo. ¿Y por qué una muchacha?

—No lo sé exactamente, porque las chicas no saben lo que quieren, son así, lo quieren todo y nada, una cosa y la contraria al mismo tiempo. Pero querer a una muchacha es no querer a nadie, porque cambia al hacerse mujer. Y, sin embargo, a veces lo pienso. Es mi sueño dorado de ciudades imaginarias.

—Ya entiendo —dijo Sara.

En una vuelta del camino apareció Gina, bajando la pendiente y sin dejar de silbar con arrogancia.

—¡Ah, qué rabioso estoy! —dijo Ludi—, no voy a ir a comer a casa, me voy a comer con vosotros al hotel, que se guarde sus tomates rellenos.

—Pues a ti te encantan los tomates rellenos.

—Sí —dijo Ludi—, me encanta cómo los hace ella. Guisa tan bien que ha hecho de mí un hombre que dos horas antes de la comida ya está pensando en los tomates rellenos que ella ha hecho. Es todo un éxito, ¿no?

Jacques se adelantó a Diana y se puso al otro lado de Ludi. «Si hay algo que no puedo soportar», solía decir Jacques, «son las penas de Ludi». El calor, en la montaña, había alcanzado su punto culminante. La inmovilidad de las cosas era mortal. Sólo se oía el sordo embate del mar contra las rocas y el enorme zumbido de las abejas sobre los madroños. El aire olía a la vez, por aquel lado de la montaña, a fuego y al azúcar de las flores. Era un olor que empecinaba el aire, el de una enorme cocina almibarada.

—Vente a comer al hotel, Ludi —dijo Jacques—, vente, hombre, por una vez.

Se alejó corriendo y gritando, súbitamente alegre:

—Voy a pedir los bitters para que os los encontréis ya.

—Eso es —dijo Ludi. Añadió—: Ese Jacques es formidable. —Y siguió—: Me parece una idea estupenda eso de comer con vosotros dos y Diana y ese individuo. No, aunque ella se lo crea, qué más querría ella, pero no puede ocupar el puesto de mis amigos, eso no. Me cae simpático ese tío, cada vez más.

Sara no respondió. Ludi se volvió a mirarla.

—Y a ti, ¿no te resulta simpático?

—Sí —dijo Sara.

Y le sonrió.

—Pues ya ves —dijo Ludi—, ya ves, yo creo que está un poquillo enamorado de ti.
—¿Y tú qué sabes?
—¿Te crees que soy tan tonto? —dijo él riendo.
—Eso me gusta —dijo ella.
—¿El qué? ¿Que esté un poco enamorado de ti?
—Sí.
—¡Ah, cómo me gustaría que ella fuera un poco como tú!
—No lo soportarías, menos aún que Jacques.
—Pues claro que no lo soportaría —dijo Ludi—; pero el sufrimiento es como la felicidad, de vez en cuando hay que cambiar de sufrimiento, si no se vuelve uno viejo y tonto.
—Eso creo yo también —dijo Sara.
Diana y el hombre llegaron a su altura. Diana había oído lo que había dicho Ludi sobre el sufrimiento.
—Eso es muy fácil de decir —dijo—; sería demasiado bonito si se pudiera sufrir sólo de lo que a uno se le antojara.
—¿Pero qué es lo que le pasa a veces a Diana? —preguntó Ludi.
—Se aburre —dijo Sara—. ¿Tú no te aburres nunca?
—Pues sí, a veces sí —dijo Ludi—. En invierno me pasa a veces. En verano no, nunca.
Llegaron al hotel. Allí estaba Jacques, bajo la pérgola, ante seis bitters campari. El pequeño estaba jugando con los demás niños del hotel. La chica, taciturna, miraba a lo lejos, absorta en sus pensamientos.
—He pedido uno de más —dijo Jacques—, Gina no quiere.
—No importa —dijo Diana—, yo quiero dos volando.
—No le gustan los aperitivos —dijo Ludi—. Nunca, pero nunca, le han gustado los aperitivos.
Sara se dirigió hacia el niño, lo levantó y le dio un beso.
—¿Qué hacen aquí? —le preguntó a la chica.
—La estaba esperando. No quiere comer en casa, sino en casa del señor Ludi.
—¡Qué lástima! —dijo Ludi—, este mediodía no como en casa.
—Tendría que estar durmiendo a estas horas —dijo Sara.
—No hay manera —dijo la chica—, le ha dado un ataque en el momento de volver.
—Quiero ir a comer ahora mismo a casa de Ludi —dijo el niño.
—¡Hale!, iros —dijo Ludi—. Me importa un rábano, hoy yo no

estoy, podéis zampároslo todo. —Explicó—: Cuando ella come en casa, no queda nada que comer cuando se va. No he visto nunca comer como ella.

—Pues sí —dijo la chica—, estamos buenos. Yo no puedo tragar nada, no tengo gana en este momento. —Rió bajito.

—No era un reproche —dijo Ludi—, al contrario, a mí me gusta.

—Tome un bitter —dijo Sara—, tiene usted mala cara, le sentará bien.

—Esto del bitter es algo repugnante; pero bueno, tomaré uno, a ver si me animo. Me las ha hecho pasar moradas en la playa; todo lo que se diga es poco.

—Es un niño difícil —dijo Sara—; pero no es malo.

—Yo no digo que no —dijo la chica—; pero a mí me tiene bien harta. Gracias por el aperitivo. ¿Después de comer, qué hago?

—¿Qué va usted a hacer? Lo lleva a acostar, y yo iré para allá. Sea amable con él.

Tomó al niño y lo besó en el pelo. El niño chillaba que tenía hambre y se debatía.

—¿Usted comprende? —dijo modosamente la chica—. Para usted es distinto, es suyo, así que no puede comprenderlo.

—Sí que lo comprendemos —dijo Jacques—. Pero aunque no lo comprendiéramos, ¿qué le íbamos a hacer, si es precisamente nuestro?

La muchacha rió, saludó a todos y se fue hacia casa de Ludi.

—No la puedo ni ver —dijo Diana.

—Pues a mí, hay días que me gusta mucho —dijo Ludi—, hoy por ejemplo. Tiene días que está hasta guapa.

—Yo le tengo cariño —dijo Jacques—, no puedo remediarlo.

Hacía fresco bajo la pérgola. Tomaron sus bitters en silencio. Dos cada uno; Diana y Jacques, tres. Los demás huéspedes habían empezado a comer. Ellos eran siempre los últimos, pero les trataban con miramiento porque eran buenos clientes a la hora del aperitivo. El hombre se tomó también tres bitters.

—Empiezan a gustarme —dijo—; es curioso.

Se había dirigido a Sara. Sólo Diana se dio cuenta. Los bitters campari hacían enseguida efecto, y sobre todo que estaban en ayunas, limpios por el baño. Eran bebidas frescas, que se bebían como agua y que le ponían a uno contento y emprendedor enseguida.

—Voy a comprar tabaco —dijo Sara—, ya podéis sentaros a la mesa.

—Tráeme dos paquetes para mí —dijo Jacques.

Ella se alejó. No había aún llegado al camino cuando el hombre la alcanzó. Sonreía, parecía algo achispado.

—Yo también estoy sin tabaco —dijo.

Se fueron. El camino abrasaba a través de las sandalias, mucho más que el del monte, donde había al menos la breve sombra de los madroños. Unas canijas adelfas lo bordeaban, expandiendo un perfume también dulzón, pero ya empalagoso. No podían ni siquiera mirarse a causa del aplastante sol. Sólo podían verse uno al otro sus polvorientos y desnudos pies dentro de sus sandalias playeras, y caminaban aprisa entre la cegadora reverberación de las paredes blancas de las casas y el río.

—No quería que fueras sola a casa del tendero —dijo riendo.

—Me temo que lo noten —dijo Sara.

—El calor, los campari —dijo el hombre—, no tengo yo la culpa.

Llegaron a la tienda. Estaban cerradas todas las ventanas y se estaba muy fresco allí dentro. El tendero había bajado ya de la montaña, y sentado en una silla, en medio de la tienda, comía un trozo de pan con embutido.

—¡Es como un baño! —dijo Sara.

La tienda olía a embutido, ajo y naranjas. El hombre pidió cigarrillos americanos. El tendero dijo que ya no vendía, pero que tenía algunos de reserva arriba, y que a él se los daría de buen grado. Subió a buscarlos, vacilando por efecto del vino que había bebido arriba con los padres del zapador, y de los años. Luego le oyeron cruzar la dependencia con pasos tranquilos. El hombre se echó sobre Sara con todas sus fuerzas y la besó mientras el tendero estuvo buscando los cigarrillos. Luego se oyeron nuevamente sus pasos. El hombre la rechazó casi con brusquedad y se sentó en la silla que había en medio de la tienda. Sara se apoyó en los estantes vacíos, junto a la caja. El tendero, arriba, cerró un armario y reanudó su camino en otra dirección.

Luego otra puerta se abrió en el fresco silencio de la casa.

—No debe de encontrarlos.

—Esta noche. Quiero verte esta noche.

—Sí —dijo ella—, esta noche.

—Irás al otro baile, en la otra orilla. No irás a ese paseo en barca. Dirás que tienes ganas de ir al otro baile, no a éste. ¿Lo dirás?

—Lo diré.

El tendero había dado con lo que buscaba. Cerró la alacena, que rechinó otra vez, y atravesó de nuevo la habitación.

—Pero a lo mejor quieren acompañarme —dijo Sara.
—Tienes que venir sola, tienes que hacerlo.
—Lo haré.
Él la miró, quiso decir algo, y luego se echó a reír sin haberlo dicho.
—¿De qué te ríes?
—Estaba pensando en algo que me habría gustado decirte.
El tendero apareció en la escalera.
—Aquí tiene cinco paquetes —dijo—, pero son los últimos.
El hombre no pareció oírle. Sara se adelantó y tomó los cinco paquetes de cigarrillos en su lugar. El tendero los miró detenidamente uno después del otro.
—Están ustedes cansados —dijo. Y añadió—: La verdad es que está en la otra punta del pueblo esta dichosa tienda, y con este sol...
—Muchas gracias —dijo el hombre—. ¿Cuánto es?
—Yo quería Nacionales —dijo Sara—; no quiero más que dos paquetes para tener ocasión de volver más a menudo a verte.
—Muy amable —dijo el tendero—. Ahora que ellos se van, estaré con más frecuencia en la tienda. ¿Qué voy a hacer si no?
—Pero irás a verles —dijo Sara.
—Sí que iré. Y en invierno beberé para que el tiempo pase más de prisa.
Pagaron y volvieron a hallarse en el camino tórrido.
—¿Vendrás?
—A mí sí me apetece.
El camino, hasta donde podía verse, estaba desierto, ni la sombra de un pájaro se perfilaba en él. Todo el mundo estaba dentro de las casas comiendo.
—Eso no basta —dijo el hombre—, tienes que querer venir.
Caminaban de prisa, con la cabeza gacha, casi como unos prófugos.
—No reconozco ya tus pies —dijo Sara—; tal vez es que los veo por primera vez.
—Pase lo que pase —dijo él—, tienes que venir.
—Él me había engañado muchas veces, pero yo aún no le había engañado nunca.
—Lo sé —dijo el hombre.
Voces mezcladas brotaban de las ventanas abiertas para estallar al sol.
—Es una cosa importante, un secreto —dijo Sara—. Nunca lo hubiera creído.

—Sí.
—Por muy secreto que sea —añadió Sara.
El hombre no contestó. El hotel apareció a veinte metros.
—Aquí, bajo este sol, ahora, sería capaz —dijo el hombre.
—Yo también sería capaz —dijo Sara.
—Esta noche, en el baile, al otro lado del río, a la hora que quieras.
Llegaron al hotel. Los demás estaban ya empezando a comer. Menos Ludi.
—Tardabais tanto que hemos empezado —dijo Jacques.
—Bien hecho —dijo Sara—. Ha estado buscando tabaco americano por toda la tienda, no había manera de acabar.
—¿Dónde está Ludi? —preguntó el hombre.
—Se ha ido a casa —dijo Diana—. Ni siquiera ha venido Gina a buscarle. Se ha ido él solo, le ha dado de pronto, como un repente. Precisamente estábamos ahora hablando de eso con Jacques. Porque estaba bien decidido a quedarse con nosotros.
—La primera vez no parece que puedan quererse esas cosas de motu proprio —dijo Sara—. Haría falta, no sé... que alguien, una mujer, la misma Gina, fuera quien lo quisiera, realmente.
—Ella no quiere, en realidad —dijo Diana—. Lo que ella quiere no es que él vuelva, como todos los hombres, sino que se rinda al volver, igual que un enemigo.
—Es bonito —dijo Sara— preferir vivir el amor así, querer retener así el amor.
—No sé —dijo Diana.
—¿No sería al ver este eterno pescado a la plancha del hotel —preguntó el hombre— cuando se marchó?
—Sí —dijo Jacques riendo—. Lo volvió al derecho y al revés, lo miró con cara de asco, lo olió bien y salió corriendo.
—Cuando Gina les regala a los viejos la pasta con vóngolas —dijo Diana—, es en castigo de su gula por las cosas que ella cocina.
—En fin, si se quiere —dijo Jacques—. Gina no lo aceptará nunca... en fin.. ya me entendéis. Ante todo, ella está en contra de la vida que lleva o... o de su fidelidad, da igual.
—¿Acaso hay fidelidades que tengan un sentido? —preguntó Diana.
—Yo creo que sí —dijo Jacques. Vaciló y dijo riendo—: Pero son precisamente ésas a las que no puede uno sustraerse.
—A lo mejor un día acabará Ludi comiendo el eterno pescado a la plancha del hotel —dijo el hombre.

—¿Quién sabe? —dijo Jacques.

Comieron con hambre, hablando mientras de muchas cosas diferentes, como el calor, los viajes, el menú del hotel. Tomaron café, que estaba bueno, y eso les consoló un tanto de la comida del hotel.

—El incendio se ha extendido aún más —dijo el hombre.

A través de las parras negras de la pérgola se veía, al este, mucho mejor que el día anterior, el inmenso brasero negro. Se desplegaba sobre el abrupto flanco de la montaña, frente al río. En su centro había una porción de bosques intacta, verde aún.

—De todas formas —dijo Diana mecánicamente—, no tendrán más remedio que irse ahora.

—Como todo estará pronto en regla, es ya cuestión de horas —dijo el hombre.

—No es por el fuego —dijo Jacques—. Aquí el fuego es un poco como el aire, o el mar, forma parte del mundo.

Estuvieron comentándolo un rato, y luego Jacques le dijo a Sara:

—Quería decirte una cosa, una idea que he tenido.

—¿Cuándo?

—Esta noche, cuando no me podía dormir de calor. Me gustaría mucho hacer un viajecito de una semana, por ejemplo, tú, Diana y yo. Dejaríamos el nene con Gina y Ludi.

—¿Por qué?

—Por variar un poco. Y además, que hay cosas que me apetece ver.

Diana parecía estar ya en el asunto. Jacques debía de haberle hablado ya. Imposible saber si estaba de acuerdo. Ellos dos se conocían desde hacía mucho tiempo. Su armonía, en el fondo, era perfecta, turbada solamente por sus cambios de humor, pero nada más.

—Ahora no —dijo Sara—. Pero dentro de unos días sí, me parece muy bien.

Jacques, que estaba inclinado hacia ella, cambió de expresión. Se recostó en su silla, encendió un cigarrillo, y hubiérase dicho que aquello era cuanto quería saber de su mujer. El hombre encendió también un cigarrillo, sin dejar de mirar el incendio.

—Creía que no te gustaba este sitio —dijo Jacques.

—Lo detesto —dijo Sara—; es más, creo que lo detesto aún más de lo que merece, más de lo que puedas detestarlo tú.

—Cuando un sentimiento es tan desmesurado, es siempre equívoco —dijo Diana veleidosamente.

—No cabe duda —dijo Sara.

—Hay personas —siguió Diana— a quienes el sol asolador y los caminos del desierto hacen insensatos; eso es lo que pasa.

—Eso es —dijo Sara—, nos gustaría marcharnos, y al mismo tiempo nos resulta difícil marcharnos. ¿No es así?

—Así es —dijo Diana.

—Cuánta literatura —dijo Jacques.

—La literatura siempre es útil —dijo Diana.

Jacques sonrió y se volvió hacia el hombre:

—¿Había visto usted alguna vez tal complacencia en lo sentimental?

—Yo sobre eso no opino —dijo él como excusándose. Continuaba mirando hacia el incendio.

—¿De veras no opina usted nada?

—Nada.

Jacques se volvió hacia Sara. Esperó un poco y dijo:

—Un viajecito. De aquí a Roma de un tirón. Y luego Nápoles. Pararíamos en Paestum. Hasta podríamos ir un poco más allá.

—Valdría más esperar —dijo Diana—, con este calor...

—Es verdad, nos vamos a morir —dijo Sara.

—¿Y qué más da? —dijo Jacques sonriendo. Y añadió—: El calor pasará. Mañana, pasado mañana, dentro de unos días como mucho, lloverá y se terminó.

—En esta tierra, como no hay coñac —dijo Diana—, no sabe uno qué tomar después de la comida. Me parece que me voy a tomar un campari. —Se volvió hacia Sara—: ¿Un campari?

—No. —Sonrió a Diana.

—A lo mejor hasta llueve hoy —dijo Jacques.

—Con el tiempo que hace que llevamos esperando la lluvia —dijo Sara—, me extrañaría.

—Todo llega —dijo Jacques.

—Entonces esperaremos a que llueva para marcharnos —dijo Sara.

—¿Quiere tomar un campari conmigo? —preguntó Diana al hombre.

—No, si acaso un café; un campari ni hablar, después de comer.

—Qué sola me siento con mis camparis —dijo Diana—. La verdad es que debe uno asarse ahora viajando. Y eso cuenta lo suyo, es verdad, a la hora de disfrutar en un viaje.

—No —dijo Jacques—, sólo cuenta si uno quiere.

—Yo no sirvo para viajes heroicos —dijo Sara.

—Pues yo no tengo tantas vacaciones —dijo Jacques—, yo no puedo esperar a que llueva.

—Me parece que me voy a tomar un campari —dijo Sara.

—He estado mirando el mapa esta noche —dijo Jacques—. Yendo hacia Roma podríamos parar en Tarquinia para ver los caballitos etruscos de Ludi. El tiempo que hace que está siempre a vueltas con lo mismo. Y a partir de Nápoles, no tendríamos mucho más calor que aquí.

—Dentro de unos días —dijo Sara.

—¿Puede saberse por qué?

—No me apetece ahora.

—Pues a mí siempre me apetece viajar —dijo Jacques—, siempre.

—A mí no —dijo Diana.

—Nos disculpará usted —dijo Sara al hombre.

—Soy yo quien debería disculparse —dijo él—. Debería irme, pero siempre resulta difícil no meterse en la vida de los demás.

Se hizo un silencio. Jacques reflexionó. Sara pidió un café, y Diana otro campari.

—Yo estuve en Paestum el año pasado —dijo el hombre.

—¡Ah!, ¿sí? —dijo Jacques—. ¿Y qué?

—Es muy bonito —dijo el hombre—. Está junto al mar.

—Sobre todo el Poseidón, ¿no?

—Sí —dijo muy lentamente el hombre—, sobre todo el Poseidón. El de Ceres no es, ni con mucho, tan bonito.

—Ludi dice que es casi tan bonito como el de Agrigento, en Sicilia.

—No lo conozco —dijo el hombre—. Éste es de granito rojo, macizo. Hay allí una luz extraordinaria.

Jacques escuchaba, absorto todo él en Paestum.

—Y todo aquello está lleno de búfalos —dijo el hombre—. Aquellos parajes están desiertos.

—A lo mejor llueve —dijo Sara—, hace ya diez minutos que está muy nublado, pero con esta discusión no nos hemos dado cuenta.

—Ya ves —dijo Jacques.

—No creo que llueva aún —dijo el hombre sonriendo.

—No les diga usted eso —le dijo Jacques sonriendo también.

—La verdad es que yo no tengo ganas de ir con este calor que hace —dijo Sara—. Lo siento.

—¿De veras? —dijo Jacques—, ¿de verdad que no quieres?

—No te enfades.
—No te preocupes de si me enfado o no —dijo Jacques—. Voy a echarme una siesta. Si quieres ya hablaremos otra vez esta noche.
Se fue, volvió sobre sus pasos, se plantó delante del hombre y le preguntó:
—¿Qué dice usted de todo esto?
El hombre no contestó enseguida. Diana se levantó y gritó:
—¡Jacques!
—¿Pero qué te pasa? —preguntó Jacques calmosamente.
—¿Por qué me lo pregunta? —inquirió el hombre con la misma calma.
—No lo sé exactamente —dijo Jacques—, a mí me gustan las cosas claras.
—¿Hasta ese punto?
—Si es posible, sí —dijo Jacques.
—No le conteste, por favor —dijo Diana—. Que una vez al menos alguien se niegue a contestarle.
—No voy a contestar. —Sonrió—. Discúlpeme.
—Es como si me hubiera dado ya su opinión —dijo Jacques.
—Precisamente, ¿por qué me pregunta entonces?
—Al no responder, quería decir... —dijo Jacques. Se volvió a Sara, y como si nadie más contara ya le dijo—: ¿No vienes a echarte una siesta?
—Iré dentro de diez minutos —dijo Sara.
—Yo no creo que sea tan grave —dijo el hombre— el que no tenga ganas de ir a Paestum.
—Yo tampoco —dijo Jacques.
Se fue. Cuando se hubo marchado, Diana dijo:
—Al principio siempre estoy en contra tuya, y luego, al final, todo da media vuelta y estoy a tu favor, aunque no tengas razón.
Ni el hombre ni Sara hicieron ningún comentario.
—Él cree que hay que decirle la verdad como si fuera Dios —dijo Diana—. A veces me dan ganas de pegarle.
—Tiene muchas ganas de ver Paestum —dijo el hombre. Y añadió—: Yo le encuentro muy simpático.
Diana y Sara se miraron asombradas.
—No se trata de eso —dijo Diana.
—Sí para mí —dijo él—, que no lo conozco.
—De toda la gente que hay aquí, él es el más loco —dijo Sara.
Diana había bebido ya varios camparis.
—Yo también —dijo— tenía ganas de ir a Paestum.

—Y yo —dijo Sara—. ¿Quién no iba a tener ganas de ir a Paestum? Pero no quiero que me obliguen.

—Ya lo he visto —dijo Diana. Y añadió—: Así nadie irá a Paestum. Así es como nos lo perdemos todo...

Sara no rechistó. Se habían quedado solos en la terraza del hotel. Era mucho más tarde que otras veces. Tan sólo un camarero daba cabezadas al otro extremo de la pérgola esperando a los clientes.

—Ha vuelto a salir el sol —dijo el hombre—, lo que yo decía.

—Si esto sigue así, nos moriremos —dijo Diana—. Voy a echarme una horita. Entonces, ¿a eso de las cinco y media en la playa larga, como siempre?

—De acuerdo —dijo Sara. Vaciló un poco—. Esta noche pienso ir al baile del otro lado del río.

—Buena idea —dijo Diana con los ojos bajos—. Así se varía un poco, realmente...

—Sí —dijo Sara—, por variar un poco.

Se fue Diana. El hombre y Sara se quedaron solos. En la otra punta de la pérgola el camarero bostezaba contemplándolos. El hombre miró a Sara. Pero ella miraba solamente el incendio que cada vez ganaba más terreno en la montaña llena de humo.

—Me parece que han desistido de ese paseo en su barca —dijo Sara.

—Vente a mi habitación.

—Las paredes oyen.

Se levantó. El camarero, por matar el tiempo, trataba de escuchar lo que ellos se decían, bostezando siempre, al otro extremo de la pérgola. El pueblo todo permanecía inmóvil, sumido en el olvido de la siesta estival.

—No te vayas tan pronto.

—Si no me voy enseguida, acabaré subiendo a tu habitación.

—Entonces no te vayas.

—Odio las paredes que oyen.

—Sara —dijo él.

Ella se asombró, pero no lo manifestó apenas.

—Aún estás triste.

—Todo el mundo está triste. Yo estoy menos triste que Diana.

—Te lo suplico, ven a mi cuarto.

—Si voy a tu cuarto estaré pensando en él.

Él hizo un ademán, como de defensa.

—De todos modos, me da igual —dijo.

—A mí no. A mí me gustaría poder subir a tu habitación y ya no pensar más en él.

—Esta noche entonces.

—Sí. Esta noche diré que voy al baile del otro lado del río para que puedan robarte la barca.

—Pero si, como tú acabas de decir, a nadie le importaba ya esa historia de la barca.

—Me es igual. Haré como si de todas formas hubiera que robártela esta noche. ¿Quién sabe? Cuando oyéramos el motor de la lancha en el río tendríamos que separarnos y volver.

—Vine aquí sin saber nada —sonrió—, y ya tengo mi historia como todo el mundo.

—Esperarán que te sorprendas cuando oigas el motor. Tendremos que volver enseguida. Tendrás que asombrarte mucho cuando vuelvan ellos.

—A lo mejor no sé, pero ya se me ocurrirá cómo hacerlo cuando llegue el momento. Ahora no puedo pensar en nada más que en ese baile contigo.

—Si no muestras asombro, lo adivinarán todo. Piensa en eso.

—¿Y qué? No sería tan terrible como tú te crees...

—Sí —dijo Sara—. Sería tremendo. Claro que yo podría decir por ejemplo que te lo he dicho todo cuando hemos oído el motor de la barca en el río. Supondrán que te asombraste antes.

—Di lo que quieras. —Y añadió, más bajo—: Detrás del baile, he visto campos de maíz, muy junto al mar.

—Sí hay —dijo Sara—. Y la playa es muy grande por aquel lado.

—En aquel llano —dijo el hombre— nada detiene al viento, y las noches son allí más frescas que en este lado.

—En este lado, nada resulta fácil —dijo Sara.

Pasaba el tiempo. El camarero seguía sin dormirse.

—¿Es muy cara esa barca? —preguntó Sara.

—No te preocupes por mi barca —dijo él.

Ella se levantó. Él trató aún de retenerla, esbozó el ademán, pero por la presencia del camarero no lo terminó. Ella se fue. Caminó muy de prisa y llegó bañada en sudor a la casa. Jacques estaba leyendo, tumbado en el porche.

—Qué suerte tienes de poder leer —le dijo Sara.

—Yo soy capaz de leer en cualquier parte —dijo Jacques—. Y en cualquier momento.

Corrió al cuarto de baño y empezó a desnudarse. Él fue allí a reunírsele. Se duchó. De pie contra la puerta, él la miraba hacer.

—Ahora, a mí también me resulta simpático ese tipo —dijo.

—Ya ves.

—Y además, que la gente a quien tú le gustas me resulta simpática siempre —dijo sonriendo.

Ella se echó un último jarro de agua por los hombros y volvió a vestirse.

—¿Y a ti, no te cae simpático?

—Pues claro que sí —dijo ella.

Salió del cuarto de baño y ambos volvieron al porche. Imperceptiblemente, algunas hojas empezaron a moverse.

—Es tarde —dijo Sara—, tendríamos que dormir un rato.

—Me gustaría que me dijeras qué piensas hacer. ¿Puedes decírmelo?

—Hacer ese viaje, pero dentro de unos días. Cuando llegue la lluvia.

Jacques se sentó en el suelo sin responder. Ella siguió de pie.

—Podríamos pararnos en Tarquinia —prosiguió Sara—, es una buena idea.

—Sí podríamos —dijo él.

—Voy a dormir hasta las cinco; si no, llegaremos tarde al baño.

—No te vayas a dormir tan pronto.

Ella siguió de pie, y tomó el libro abierto que había sobre la mesa.

—De todas formas tampoco tú lees mucho —dijo.

—No —dijo Jacques—. Dime...

Apoyó la cabeza en el sillón.

—Dime.. yo quería decirte que tengo muchas ganas de hacer este viaje contigo.

Su rostro expresaba un gran cansancio. Incorporó la cabeza y dijo:

—No soporto la idea de no marcharme enseguida contigo. No la soporto. Estoy dispuesto a hacerme cargo de todas tus razones, el calor por ejemplo. Pero la idea de quedarme aún aquí, aunque sea un día, es... más fuerte que yo.

—Si tanto es —dijo Sara—, podríamos irnos.

—No —dijo Jacques—, no, mira, lo que haría falta es que yo me resigne, que lo consiga. Lo desearía con todas mis fuerzas. Desearía con toda mi alma ser capaz, por ejemplo, de marcharme yo solo. Sin ti.

Ella se levantó y penetró en el pasillo. También él se levantó.

—Yo querría —repitió—, querría conseguirlo.

—Yo ya lo he conseguido —le recordó ella.

—Ya lo sé.

La siguió a la fresca sombra del pasillo.

—Perdóname —dijo.

Ella se le apretó.

—Desde hace algunos años —le dijo—, a veces, por la noche, sueño con hombres nuevos.

—Lo sé. Yo también sueño con mujeres nuevas.

—¿Y qué vamos a hacer?

—Ningún amor del mundo puede ocupar el sitio del amor, no hay nada que hacer.

—¿No podemos hacer nada?

—Nada —dijo Jacques—. Vete a dormir.

Sara se fue a acostar. Él no la retuvo. Sara se echó al lado del niño, que dormía profundamente, empapado en sudor. En lugar de pensar en las cosas que acababan de pasar, volvió a pensar en los inconvenientes de aquella casa tan mal ventilada y aquel lugar para los niños. Imaginó otras vacaciones en que él hubiera podido jugar en medio de un delicioso frescor. Hacía tanto calor que hubiérase dicho que iba a llover sin más tardar, aquella misma tarde. Con esa esperanza se durmió.

4

Pero cuando despertó, el tiempo, una vez más, se había despejado. Aquella sempiterna brisilla soplaba nuevamente, como todos los días, desde que llegaron.

Se levantó, vacilante, y se encaminó al jardín. Y allí estaba la brisa, combando, como siempre a aquella hora, las verdes y dulces orillas del río. Al pasar por el vestíbulo vio, por la puerta del cuarto, que Jacques ya no estaba allí. Atravesó el jardín hasta la puerta que daba al río. La brisa era blanda y regular, olía a fuego. Jacques no debía de haber dormido siesta. Habría ido a ver a Ludi, o a Diana, o al hombre incluso si es que seguía allí, bajo la pérgola del hotel. Para seguir hablando del viaje a Paestum. Del templo de Poseidón, entre cuyas columnas pastaban los búfalos. Ludi hablaba a menudo de todo eso. Seis hileras de catorce columnas de granito rojo, entre las que se entregaban los búfalos a sus ensueños. Y el templo apareció, en aquel jardín triste, a orillas de una mar salvaje, alargado en medio de la leonada luz del sol poniente. En la casa en silencio, se oyó un ligero ruido de ratones. Se despertaba el niño. Vino a sentarse junto a ella, totalmente desnudo. Tenía el pelo mojado de sudor. Sara llenó un jarro de agua fresca y le estuvo duchando cerca de las zinnias. El niño se animó enseguida y se puso nuevamente a hablar de la barca y de las ganas que tenía de pescar todos los peces del océano. Después olvidó la barca, y los peces, y se puso a jugar. Luego, y mientras él jugaba a correr en medio de la brisa tibia y blanda, se duchó también Sara, se vistió y se peinó. Luego volvió de nuevo a sentarse en el porche y se puso a esperar a la chica. El baile sería, como todas las noches, al otro lado del río. Era preciso que aquella noche la chica se quedara con el niño. Por fin llegó.

—Parece que esta noche arrancan —dijo.

—No lo sé —dijo Sara—. Esta noche tiene usted que quedarse con el niño, yo volveré tarde, cuando acaben los bailes.

Pareció primero sorprendida y luego fastidiada.

—Ésta sí que es buena —dijo—, he quedado citada con él.

—Sale usted cinco veces por semana. Por una vez...

La chica se dejó caer en un sillón cerca de Sara. La perspectiva de una noche sin baile la abrumaba.

—Ya lo sé —dijo—, pero en este asco de pueblo, si no va una al baile, qué otra cosa va a hacer, digo yo.

—Es verdad. Aparte de las noches, cuando uno duerme, del mar y, en fin, del amor, no sé qué puede hacerse.

Se sonrieron. La chica no tenía la menor malicia.

—Es verdad, vaya si lo es. —Añadió—: ¿No podría usted ir hasta las nueve por ejemplo, y luego yo?

—No puedo; si no, lo haría, ya lo sabe usted. Le dejaré un libro.

—¿Y él? —preguntó la muchacha señalando al niño.

—Me estaré yo con él hasta la hora de cenar, y usted véngale a buscar al hotel. Hasta la hora de cenar, puede usted hacer lo que quiera.

La muchacha se fue a avisar a su carabinero de que no acudiría aquella noche a la cita. Sara se quedó donde estaba, en el porche. Debía de faltar poco para las cinco. El niño jugaba al tren en el paso de cemento que llevaba de la casa al camino. Otra vez estaba bañado en sudor, pero ella se sabía impotente para hacerle dejar de correr y ni siquiera lo intentó. En el río, los mismos pescadores de la víspera lanzaban sus redes de paciencia y hastío. El campo era un desierto. Aparte del autobús, nada pasaba por el camino, excepto, cada cuarto de hora, un vendedor de helados; la campanilla de su carrito llenaba el aire con su cascabel.

Pasó un rato. El pescador sacó sus nasas. Le preguntó qué tal estaba y le dijo que no podía seguir aquel calor, que las hortalizas se morían, que aquello era una maldición. Después pasó otro rato, breve, pero muy denso. Y Jacques no volvió. Probablemente ya no estaría en el hotel. ¿Con quién iba a estar? Debía de estar ya en la playa grande, con los otros, los otros veinticinco que, todas las tardes, pasaban el río después de la siesta. O con el hombre. Si ella hubiera estado en la casa de Ludi lo habría sabido. Allí se sabía todo lo que pasaba en los alrededores. Pero en la suya, en su casa, no se sabía nada de lo que pasaba en el mundo. Era algo que habían echado de menos desde su llegada. Y que echó de menos otra vez esa tarde. Siguió esperando. Y nuevamente se vio en aquel baile que brillaba, a lo lejos, en medio de los campos de maíz. Y en la sombra alargada de las rojas columnas de Paestum, a la puesta del sol, atemorizada ante los adormilados búfalos. Nada había capaz de compensar a la vez la novedad del deseo y del mundo. Le pareció saberlo mejor que las demás mujeres. Siempre parece que esas cosas se saben mejor que las demás mujeres. Y a ella se lo parecía, también.

Cuando se decidió a salir con el niño era ya tarde. Fueron andando lentamente por la orilla del río, contemplando a los pescadores. Sara le explicó al niño la pesca en alta mar. Poco antes de llegar al hotel oyó el motor del fuera-borda del hombre que se dirigía hacia la playa. Debían de ser las cinco y media. No había ya nadie en el hotel. Le dijeron que todo el mundo acababa de marcharse, bien en el fuera-borda o con el barquero, Jacques también. Se tomó un bitter campari mientras esperaba el regreso del barquero, y luego se dirigió al pequeño pontón. Estaba allí el tendero. Sentado en la baranda, vigilaba las idas y venidas de los clientes del hotel. También él le dijo que los había visto marchar, a unos en la barca del hombre, a otros con el barquero. Por primera vez, la tuteó. Tenía un recado que darle.

—Ese señor Jean dice que le esperes —dijo—, que vendrá a buscaros aquí a ti y al niño para ahorraros el trayecto a pie del río a la playa. En parte estoy aquí por eso, estaba esperando para decírtelo. Ahora me voy al monte.

—¿Es la última noche?

—Pues sí. Yo estoy en contra de esa declaración, pero a sabiendas de que tendrán que firmarla un día u otro.

—No deben tener ya tanto trabajo en casa. ¿Por qué iban a marcharse tan de prisa?

—Eso es una tontería —dijo el tendero—. El descanso es como todo, hay que haberse acostumbrado de joven. Y ella no lo ha hecho. Cuando duerme, se cansa.

—Es verdad —dijo Sara—, y además que, como no va a durar siempre, no queda más remedio que desear que se termine pronto.

—Tú tal vez, porque eres joven, pero no yo.

—Probablemente —dijo Sara.

Hablaba distraída. Él se dio cuenta.

—Estás triste —le dijo.

—Será mi manera de ser, pero no estoy triste.

—A veces se pone uno triste cuando se va el sol, a lo mejor es también eso.

—No creo —dijo Sara—. Además, aún falta mucho para ponerse el sol.

—Han estado hablando un buen rato, tu marido y ese señor Jean. No sé de qué.

Ella volvió la vista al río.

—No sé de qué —repitió el tendero.

—De mí —dijo Sara.

Esas cosas no sorprendían al tendero.

—Me figuraba que sería de ti. —Añadió—: Se han ido juntos.

—Es difícil ser la mujer de un hombre —dijo Sara.

—Pues hay tantas que lo son... —dijo el tendero.

Miraron los dos al río. El barquero volvía, entre los apacibles lanzamientos de red de los pescadores solitarios. En el mar, a lo lejos, se dejó oír el crepitar del fuera-borda. Pasaron diez minutos y luego apareció. Describió una amplia curva en el río y lo remontó luego a gran velocidad.

—Están aún juntos —dijo el tendero.

Había dos siluetas masculinas en la parte delantera de la embarcación. Sara tomó al niño en brazos y se la señaló.

—Vamos a ir por el mar en esa barca —dijo. El niño se echó a reír, se escapó de sus brazos y brincó de alegría. El tendero no prestó ya atención más que al avance de la barca en el río, como cada vez.

—Ahora nos iremos hasta donde está esa barca —repitió ella—, y luego nos bañaremos, y luego a lo mejor jugamos un partido de pelota con Ludi.

—Lo bueno que tienen estas lanchas con motor —dijo el tendero—, es que no se cansa uno remando.

—Qué de prisa va —dijo el niño.

—Sí, sí que va de prisa. ¿Pero a dónde ir por el mar? Lo fastidioso es que no puede uno salir de él.

—Algunos viajes cortos, sí que pueden hacerse —dijo Sara. Cogió de nuevo al niño, pero volvió a escapársele, pendiente del barco.

—A veces —dijo el tendero—, yo aún espero algo de la vida. A veces me parece que una barca como ésta, en verano... o bien un cochecito...

—¿Y por qué no? —dijo Sara.

—¿Y si el motor te explota en alta mar?

Sara no escuchaba. El niño sí.

—Yo sé nadar —dijo el niño.

—Yo no —dijo el tendero.

Contemplaba el barco igual que el niño.

—Y verás como un día —dijo—, yendo así de prisa por el río, con la de bancos de arena que hay...

—¿Qué? —preguntó el niño.

—Nada. —Y añadió más bajo—: La verdad es que para llegar a decirle estas cosas hay que haberse vuelto malo.

El niño dejó de interesarse por el tendero.

—¿Realmente te da tanto miedo haberte vuelto malo? —preguntó Sara.

—Es lo peor que hay —dijo el tendero.

—Los lobos son malos —dijo el niño.

—¿Sabes?, la vejez, es demasiado larga —dijo el tendero al niño.

Dijo que ya era hora para él de volverse allá arriba. Se fue sin decir adiós a Sara. La lancha llegó casi inmediatamente después de que él se fuera. Jacques y el hombre seguían de pie en la parte delantera. Ambos tenían la misma sonrisa extenuada. El hombre se volvió para amarrar la barca. Jacques siguió en la misma postura, mirándola con un rostro estereotipado en la sonrisa, de cansado que estaba.

—Qué amables —dijo Sara.

Debían de haber hablado mucho, después de comer, bajo la pérgola del hotel, a esa hora de la siesta tan propicia al sueño y al olvido. Y no debían de haber llegado a entenderse pese a su buena voluntad. Jacques ayudó al hombre en la maniobra de salida. Algo les unía ya, tal vez la vanidad misma de aquellos insolubles conflictos.

Sara se instaló en la parte de atrás con el niño. La embarcación partió inmediatamente. Cortó el río oblicuamente y hasta llegar al mar fue bordeando la otra orilla, costeando las grúas y las pilas de piedras que estaban esperando, desde hacía ya años, a ser utilizadas. Siempre se venía hablando, según Ludi, de hacer un día un puente a aquella altura del río.

—¿Vas bien? —le preguntó Jacques entre el viento.

—Muy bien.

No consiguió mirarle más que furtivamente y a intervalos. Él la miraba con insistente curiosidad, como solía hacer con todas las mujeres, por la calle, en los cafés. Contempló a la que, en la vida, le correspondía. Luego se volvió y pareció interesarse en la maniobra del hombre. Entonces les vio ella de espaldas a los dos. A uno, lo conocía para siempre. Al otro no, nunca lo conocería del todo. El otro estaba convirtiéndose en un hombre al que jamás conocería. «No pueden vivirse todas las vidas a la vez», decía Ludi. Tales conocimientos no eran compatibles. El niño, junto a ella, chillaba de placer. La estela de una embarcación y las primeras olas de las desembocaduras interesan de por sí a los niños. El hombre viró doblando el malecón, muy ampliamente, y luego, a toda marcha, puso rumbo a alta mar. Jacques, de pie, no pareció asombrarse. La playa se iba alejando, y con ella la masa verdeante de los maizales a la orilla del mar. Las cosas habían quedado pues en idéntico punto, con la sola diferencia de que su silencio era ahora violado.

—¡Qué de prisa vamos, qué de prisa! —gritó el niño.

El hombre se volvió hacia él, revueltos los cabellos por el viento, y le sonrió. Hizo un curioso gesto con la mano que significaba sin duda que no le quedaba más remedio. Luego se volvió otra vez hacia adelante. Jacques no se movió, siguió de pie detrás del hombre.

—Más de prisa —chilló el niño.

El hombre se volvió otra vez y gritó también, diciendo que no podían ir más de prisa. Sara resguardó con sus brazos al niño del viento. Él cerró los ojos. Y ella los cerró también para no sufrir más de tanto viento. Y en aquel momento, se alzó de nuevo, en el bramar del viento la potente cuadrilla de las columnas de Paestum a orillas del mar.

Por fin el hombre aminoró su marcha. De un solo viraje puso proa a la gran playa.

Estaban esperándoles.

Sara le confió el niño a Diana y se metió en el agua enseguida. El hombre remolcó la barca hasta la playa, ayudado por Jacques, y luego se metió también en el agua, pero en dirección inversa. Rápidamente se alejó, nadando con todas sus fuerzas. Sara vio cómo se borraba bajo el agua la huella fluida y frágil de su cuerpo. El niño había ido a reunirse con los demás niños, jugaban a correr más de prisa que las olas. Diana, Ludi y Gina conversaban. Todo parecía en ellos habitual. Excepto que Gina pretendía ignorar todo cuanto pasaba. Y Ludi también. Y que Diana —se notaba enseguida— comprendía perfectamente lo que estaba ocurriendo, como lo comprendía todo siempre, y sufría, como siempre sufría, por cada uno de ellos, por su impotencia para resolver los problemas del sufrimiento y del amor. Jacques fue a reunirse con Sara en el agua.

—Prueba a nadar de espaldas —dijo.

—Lo he intentado cien veces, y nada, las cosas son así.

—Prueba de todos modos, quiero que aprendas.

Abandonó la partida, pero esta vez sin enfadarse. Se quedó de pie en el agua, a su lado. Ella dio unas brazadas, él la siguió, paró y él se paró.

—He ido al hotel —dijo—. Estaba aún allí. Hemos estado hablando.

Ella no respondió. Dio otras brazadas más. Luego tuvo otra vez que detenerse.

—Nunca sabré nadar.

—Trata de comprenderme.

—No sé de qué me hablas.

—Yo no quería decirle nada. Me he ido al hotel por salir de casa, por no darte la lata con este asunto. Y él seguía allí, completamente solo, bajo la pérgola. Me he estado resistiendo diez minutos, luego me ha resultado imposible el no ir a hablarle.

Ella volvió a tirarse. No era capaz de dar más de diez brazas sin incorporarse. Él se acercó otra vez.

—Hemos estado hablando de todo y nada —dijo—. Me ha hablado un poco de él.

Ella volvió a nadar, volvió a detenerse. Él la seguía como un autómata.

—No hemos pronunciado tu nombre —dijo.

Ella no podía en absoluto mirarlo. Él estaba pegado a ella.

—Cuando me ha hablado de él, yo ya no me acordaba de quién... de quién era —prosiguó.

Una vez más se alejó, tratando de nadar. Pero aquello la agotaba siempre igual.

—Me había jurado no decirle nada. Y no he podido.

El hombre, a lo lejos, volvía ya, con la mirada fija en ellos. Jacques no lo veía.

—Cuando lo he visto allí, solo, no he podido contenerme, tenía ganas de conocerlo un poco, de conocer un poco al hombre con el que...

—¡Ah, cómo me gustaría saber nadar! —dijo ella.

—Con el que voy a dejarte cada noche durante mi viaje a Paestum.

—Pues no valía la pena —dijo ella—, yo también voy a Paestum.

De pronto él se dio cuenta de que el hombre volvía hacia ellos.

—No —dijo Jacques—, yo no quiero que vengas a Paestum. Miraba al hombre.

—No te quiero ya en Paestum. Por una vez, quiero que las cosas sirvan de algo.

Vaciló un poco y luego dijo, sin dejar nunca de mirar al hombre:

—Ya me entiendes. Que por una vez, las cosas compensen.

—Ya entiendo —dijo Sara.

La miró, un tanto desconcertado.
—Si no, no acabaremos nunca —dijo.
—Está bien.
—¿Bien?
—Como quieras —dijo ella.
Él se decidió a marcharse, con la cabeza gacha, por el agua, contraída la cara de fastidio. Nadaba como el hombre, con toda su alma, hacia alta mar. Gina, Ludi y Diana, que habían vuelto a bañarse, volvían hacia la playa. El niño seguía jugando apaciblemente con las menudas olas del atardecer. Sara intentó otra vez nadar de espaldas. Todos los demás quedaban hacia su derecha, por la parte donde estaban los niños. Jacques estaba ya lejos. Nadaba siempre como si se estuviera pegando con alguien. El hombre, nadando también, pero en dirección contraria a la de Jacques, se dirigía en línea recta a ella, como nunca lo había hecho todavía, sin vacilaciones ni prudencia algunas. El sol estaba ya a ras de las montañas y el mar se veía negro bajo el rojizo cielo. El hombre llegó a su lado y se incorporó fuera del agua. Miró también hacia donde estaba Jacques. Tenía la misma cara que él, contraída en un gesto de fastidio y cansancio. Miró detenidamente a Jacques y se volvió después a ella.
—Hemos estado hablando mucho rato —dijo.
Ella estaba echada en el agua, frente a él, y le veía muy bien, completamente solo, destacándose contra el cielo.
—Quédate así como estás —dijo él. Ya no miraba a Jacques, sino a ella.
—Esta noche —dijo.
Sara se puso de pie también. Él se acercó. Ella retrocedió un poco.
—Cómo te deseo —dijo él.
Había recobrado su tono habitual, con una leve laxitud además que flotaba en su voz. Sara se volvió hacia el llano, sumido ya en la sombra y recubierto del vapor que ascendía de los jardines regados.
—Nosotros no hemos tenido tiempo de hablar mucho —dijo ella.
Él se volvió también hacia el llano, y luego regresó enseguida a ella.
—Tiene un modo de escuchar —dijo—; se estaría uno hablándole dos horas...
—Lo sé. —Sara lo miró a su vez, y lo vio nadando, a lo lejos, igual de rabiosamente siempre, y sonrió ante su recuerdo.

—Es de lo más curioso —dijo—, mientras tú hablabas con él, él no se acordaba de quién eras. —Y añadió—: ¿Habéis hablado también de Paestum?

Una leve sombra de vacilación velaba su voz.

—Sí. También. Me ha preguntado muchas cosas de Paestum y sus alrededores.

—Se va mañana a Paestum.

—No me lo había dicho.

Se miraron.

—Yo también... tengo ganas de ir —dijo Sara—, por lo que tú has contado, del mar que está tan cerca, y de los búfalos que deambulan por allí...

Él la miró escrutadoramente, de un tirón.

—Ya sabes lo que significa... —añadió ella.

Sus manos se alzaron, y volvieron luego enseguida a caer, impotentes, a lo largo del cuerpo.

—Resulta difícil hacerse a esa idea —dijo él.

La miraba con las manos abiertas, como un estrangulador.

—La idea de no acostarme contigo otra vez —dijo—, una... una sola vez.

No esperó su respuesta, permaneció allí, mirándola, con las manos siempre abiertas, y declaró:

—Basta con que tú quieras. Puedes venir esta noche.

Jacques regresaba lentamente, a su derecha, hacia el grupo de los otros, que descansaban en la playa.

—Volvamos —dijo ella.

—¿De veras crees que no vas a venir esta noche?

—Tendría que quererlo como... como soy incapaz ya de querer nada.

—¿Con él irías?

—Con él, una vez, sí quise.

—¿Con él, has hecho cosas así?

—Sí. Vamos.

Se encaminaron a la playa, a un metro de distancia uno de otro, directamente, sin cortar oblicuamente hacia el grupo, para ganar sin duda algo de tiempo.

—Yo tengo mujer —dijo él—. También yo he hecho ya cosas así. Y creo que es posible repetirlas.

—Entonces, a lo mejor es que no tienes mujer.

—A lo mejor. Qué sensata eres.

—No creo que Jacques y yo seamos sensatos —dijo Sara—, más bien todo lo contrario.

Ante ellos, los maizales susurraban a la brisa del atardecer. En aquella orilla, a aquella hora, el calor era ya sólo un recuerdo. Sobre todo porque el aire embalsamaba los jardines regados. Él miró fijamente la cima de los montes, que se recortaban sobre un cielo sin nubes, lleno de sol aún.

—Son las seis y media —dijo—, dentro de tres horas y media, habrías podido estar aquí, a este lado del llano.

Sara miraba a Jacques. Éste avanzaba hacia Ludi, sin dirigirles siquiera una mirada, al parecer sin preocuparse en absoluto de ellos.

—Sólo pensarlo me hace daño —dijo el hombre.

—Es agradable saberlo todavía —dijo ella.

—¿El qué?

—Que tú hubieras querido. ¿Sabes?, podemos seguir creyéndolo esta noche.

Era tan penetrante el olor de los jardines regados que cubría el del mar. Era el olor admirable de la lluvia, de la sed calmada.

—¿Pero qué ha pasado? —preguntó él.

—El primer día, el día que llegaste, soñé contigo.

Él apretó lentamente los puños. Hablaban en voz baja, a un metro uno de otro, sin dejar de mirar al grupo que charlaba a lo lejos.

—Incluso en este momento, en este preciso momento en que te lo digo, con ellos allí... sería capaz aún...

Al otro lado del río, la cima llena de sol aún de la montaña zozobró en el mar. Luego aquello pasó.

Él vaciló, y después, de pronto, dijo en voz muy baja:

—Oye... no te pido nada. Sólo quiero que sepas que yo esperaré en el café del baile el tiempo que tú quieras.

—No existen noches de bodas del adulterio.

—Yo no quiero saberlo. No te pido nada. Te esperaré por última vez en el café del baile.

Creyó que ella iba a contestar.

—No contestes —le dijo.

No hablaron ya más. Llegaron enseguida al grupo general. Jacques parecía tranquilo, hasta casi apacible. Tumbado junto a Ludi, estaba fumando. Descendía la luz en la llanura. El ambiente era suave. Era aquél el único momento del día en que uno se sentía revivir, tras el baño, en la sombra naciente. Sara se tumbó entre Ludi y Diana, que estaba también echada y fumando. El hombre se sentó un tanto al margen, por el lado de Ludi. Ludi y Gina estaban aún hablando del viaje a América cuando ellos llegaron. Gina seguía sin querer hacerlo. Seguía sin querer nada más que quedarse en su casa tranquila, muy tranquila. Ludi estaba rabioso. Jacques no parecía opinar. Pero Diana sí.

—Sigo creyendo que es posible dejar a cada cual que haga lo que le dé la gana —dijo.

Nadie hizo ningún comentario, ni siquiera Gina. Se hizo un silencio, y luego Diana prosiguió, como si en aquel momento se acordara.

—¿Qué decías tú ayer, en realidad? ¿Que el negro entiende al blanco mucho mejor que el blanco puede entenderle a él?

—Sí —dijo Ludi—, en fin, si quieres..., ¿pero qué te pasa ahora?

Diana estaba irritada, pero lo disimulaba perfectamente bien.

—Nada —dijo—, me he acordado, nada más.

—Aquello no fue una conversación —dijo Jacques sonriendo amablemente a Diana—, tú ya sabes, Ludi dijo cualquier cosa, y no era en absoluto lo que quería decir.

—¿Quién sabe? —dijo Gina—. ¿Quién sabe si no quería decirlo?

Ludi empezó a reírse y a gritar a la vez.

—Siempre que digo algo que no te gusta —le dijo a Jacques—, vas y dices que lo he dicho porque sí, por divertirme, y que no me lo creo.

—Es una tontería tan grande —dijo Jacques—, que no podías querer decir una cosa semejante.

—¿Y si a mí me gusta ser tonto hasta el final —gritó Ludi sin dejar de reírse—, si es ésa mi dialéctica del dueño y el esclavo?

—Entonces, dejemos al mundo que siga su curso —dijo Jacques lentamente (se había puesto triste de pronto)—, y no nos preocupemos más. Si lo esencial es eso, que el negro entienda al blanco mucho mejor que el blanco a él, dejemos que las cosas sigan como están y que se perpetren todas las violencias.

Sara fue a tumbarse delante de Ludi. El hombre, que había ido a levar el ancla de su embarcación, volvió al lado de Gina.

—Ahora bien —dijo Gina—, en toda liberación hay una opresión que no hay que olvidar nunca, bajo ningún pretexto.

Jacques no hizo ningún comentario. A todas luces quería evitar hablar con Diana. No pensaba ya más que en Ludi, que había dicho una cosa semejante, y en absoluto en su propia suerte durante aquellos días. Jacques era así.

—¡Vaya con la dialéctica del señor! —dijo. Rió viendo cómo Ludi se rascaba la cabeza, en un aprieto.

—Lo que yo quería decir —explicó Ludi—, es que nuestra

época, nuestra terrible época, encubre valores irremplazables, nada más. Claro que hay que cambiar el mundo. Pero mira, siempre me gustará decir de vez en cuando que no hay por qué cambiarlo. Yo soy así, qué quieres.

—Entonces de acuerdo —dijo Jacques.

—Y aunque no lo estuvierais —dijo Diana—, de todas maneras lo estaríais porque tú sabes lo que piensa Ludi mejor que el propio Ludi.

—Ya sabía yo —dijo Jacques remachando sus palabras— que Ludi no podía pensar una cosa semejante.

—Tu perspicacia me da vértigo —dijo Diana—. Qué profundidad...

—No —dijo Jacques—. Pero hago lo que puedo por entender a las personas.

—Ahora que estáis de acuerdo y todo está aclarado —dijo Sara—, no vale ya quizá la pena seguir hablando de eso.

—¿Pero qué es lo que os pasa a todos esta tarde? —preguntó Ludi.

—Nada —dijo Sara.

—Yo me voy ya —dijo Gina—. Este tipo de conversación me aburre horrores, y además tengo que ir a ver a los viejos antes de que sea de noche.

—Ya me dirás cuándo podemos hablar de ese viaje —dijo Ludi—, ponme día y hora.

—En el otro mundo —dijo Gina—, cuando quieras, antes no. Lo que a ti te gusta es enfadarte, discutir, discutir. Cuando está claro que alguien no quiere una cosa, ¿qué más quieres?

Ludi alzó los brazos al aire, se levantó, los dejó caer otra vez y volvió a sentarse gimiendo. Gina se levantó y se fue, pero volvió sobre sus pasos, como si hubiera tenido una idea decisiva. Se fue hacia el hombre, y se dirigió a él indignada:

—En fin, usted conoce América, ¿no es eso?

—Sí, la conozco —dijo él.

—Entonces, ¿a qué espera para decirle que allí encontrará todas las mujeres que quiera y más si se le antoja? Dígaselo de una vez.

—No se trata de eso —dijo el hombre—, pero si realmente quiere usted que se lo diga, puedo hacerlo.

Gina titubeó, y luego se rehízo en seguida. Nadie se reía ya.

—Entonces ahí va —dijo el hombre—. Encontrará en América, como en cualquier otra parte del mundo, cuantas mujeres quiera. —Y añadió—: Basta con que él lo quiera.

—Eso es —le dijo Gina a Ludi. Estaba un tanto desconcertada.

Ludi se levantó otra vez dando gritos.

Se plantó frente a Gina.

—¡Y si es a ti a quien quiero, pedazo de alcornoque! —le gritó—, ¡y si eres tú, condenada, lo que yo quiero!

Gina estalló en una carcajada de felicidad.

—¿Y si yo estoy harta —gritó— de vivir con un hombre que rejuvenece cada día? ¿Y a quien cada día se le mete en la cabeza una locura nueva?

Ludi volvió a sentarse y declaró tranquilamente, como si hablara solo:

—Ya ves tú, según esta mujer, viajar es estar loco.

—Iros a la porra —dijo Gina—, yo me voy.

Se marchó. Diana empezó a canturrear. Jacques parecía muy cansado.

—Lo siento —dijo Ludi.

—No tiene importancia —dijo en voz baja Jacques—. Las parejas son de difícil convivencia. Todas.

—Me gustaría volver contigo —dijo Ludi. Estaba triste. Tomó del brazo a Jacques.

—Yo me vuelvo en barca —dijo el niño.

—Yo no sé qué hacer —dijo Diana mirando a Sara.

Sara insistió en volver con el barquero. Ludi y Jacques y finalmente Diana volvieron en la lancha con el hombre. Sara les dejó al niño. Mientras se alejaba, oyó a Ludi que decía:

—También ella tiene un mal día.

Jacques no pareció oírle.

Sara llegó bastante después que ellos al hotel. El hombre había subido ya a su habitación. La lancha estaba amarrada al pontón.

—Nos podemos ir sin él —decía Diana—, ha dicho que no quería ir, que estaba un poco harto de esta historia. Yo me hago perfectamente cargo.

Nadie contestó. Sara le confió el niño a la chica, que estaba esperándoles en la pérgola. Se fueron casi inmediatamente después de haber llegado, sin tomarse siquiera el tiempo de un campari. Como empujados por una obligación a la que no pudieran sustraerse.

Ludi y Gina seguían aún peleados a causa de aquel viaje a América que probablemente habían vuelto a sacar a relucir durante el trayecto. Gina iba sola, como de costumbre, adelantándose a los demás. Jacques la seguía. Diana iba detrás de Sara. Seguía igual de preocupada y triste que antes en la playa. Era ya casi noche cerrada en la montaña. Un resplandor llegaba aún desde poniente, una azulada claridad. El viento no conseguía allí disipar el calor. Salía a bocanadas de la tierra abrasada y de las plantas. Seguía todavía oliendo a fuego y a incienso de las cinerarias, pero ya no quemaba los ojos. A lo lejos, el incendio seguía crepitando. De cuando en cuando caían dentro unos pinos, que restallaban como balas.

—No sé por qué —dijo de pronto Ludi—, pero esta noche me gustaría prender fuego a toda esta montaña.

El tendero había llevado una linterna y también dos mantas. Temía que lloviera aquella noche. Estaba hablando con un sacerdote joven, sentado entre la vieja y la caja de jabón. El párroco se dirigió a la anciana en tono monocorde. No prestaba atención a lo que le decía el tendero. La vieja escuchaba lo que decía el párroco con un cierto interés. El tendero no había encendido aún la lámpara y se hablaban a la sombra blanca del paño de pared. Gina y Ludi saludaron brevemente al párroco. Lo conocían. Era el párroco de un pueblo del llano.

—Salud, Alfonso —dijo Gina.

—Salud, señora —dijo el cura. Parecía fastidiarle la llegada de toda aquella gente. No obstante, reanudó animosamente su discurso.

—No se les pide que hagan una declaración delante del Eterno. Si no es nada. Una pequeña obligación que el Señor ve con buenos ojos. Hay que cumplir con ella. María, madre de Dios, la hubiera firmado de haber estado en vuestro lugar.

La vieja le escuchaba. El viejo le miraba.

—Pero si va a firmarla —dijo muy bajito.

—Le ha mandado el jefe de carabineros —explicó el tendero a los demás.

—Yo me debo a todo aquel que esté en dificultad —dijo el párroco—. A todas mis ovejas por igual. No me ha mandado venir nadie. Vengo porque es mi deber venir.

—Ha bendecido la caja —explicó el tendero, y volviéndose hacia el párroco—: Hace veinte años que te conozco, conque vas a decirme a mí si te ha mandado o no el jefe de carabineros.

Los dos carabineros escuchaban, completamente despechugados, embrutecidos por el calor que soportaban con el uniforme puesto, desde el mediodía.

—¿De qué le serviría saberlo? —dijo uno de ellos.

—Ya ven —dijo el tendero—, el jefe de carabineros, si lo sabía yo. Escucha, Alfonso —prosiguió—, tú dices que ovejas, bueno, conforme, pero ésta, ésta no es de aquí, conque...

El párroco no pareció oírle. Sólo miraba a la anciana y a ella siguió dirigiéndose.

—Piénse usted en Ella —dijo—, en la Virgen Santísima, tres días y tres noches en el Gólgota...

—Más o menos lo mismo —dijo el viejo.

—Pero qué tío, hay que ver —murmuró el tendero—, vaya tío...

La anciana seguía escuchándoles con aire ausente. El viejo la miraba de reojo, temiendo vagamente que alguien le dijera cosas dolorosas.

—Vamos a firmarla —repitió—, ahora ya ha consentido.

La vieja asintió con una ligera señal de cabeza.

—Y además —dijo el tendero—, tú eres cura y un acta de ese tipo no te concierne en nada.

—¿Qué ha sido de tu madre? —preguntó Gina. Y explicó—: Yo también lo conocí cuando era niño.

—Ah, sí —dijo el tendero—, su madre le mandaba a robar tomates por los huertos. Su madre era una de las personas más simpáticas del pueblo. Ahora él le hace tocar las campanas de su iglesia.

—¿Qué tal está? —repitió Gina.

—Cada vez más vieja —dijo el párroco tímidamente—. Dígale que tiene que firmar ese acta, señora Ludi.

—Díselo tú —contestó Gina. Reflexionó—: Algún día iré a ver a tu madre, a ver cómo la tratas, si no le haces pagar con creces el haberte criado con tomates robados. No me atrevería a jurar que sea feliz contigo, Alfonso.

Alfonso trató de echarlo a broma. Los demás se reían un poco. La anciana sonreía como siempre que Gina hablaba.

—Dale que le dale con sus viejos —dijo Ludi en voz baja—, tiene que tenerlos bajo su tutela, es una enfermedad.

Los carabineros se alegraban en el fondo de aquellas visitas. Se aburrían montando la guardia y se abalanzaban ávidamente sobre la primera ocasión de distraerse.

—Para mí —dijo el más joven a Diana—, que ni siquiera sabe por qué no quiere firmar el acta. Sabe tanto como nosotros por qué no quiere firmarla.

—Nosotros lo sabemos —dijo Diana.

El carabinero replicó, con un leve deje de ironía:

—No hay nada que saber, así que, ¿qué van a saber ustedes?
—Las razones de todo cuanto se haga contra los carabineros se saben, y ya está.
—No es más que por fastidiarme —dijo Ludi muy bajo—, por eso se toma todo ese interés por esos viejos, para fastidiarme y nada más. A los viejos los detesta, no me cabe duda.
—¿Y quién no trata de fastidiar? —replicó Jacques—, ¿con los viejos o con lo que sea? —Se volvió a Sara y trató de sonreírle.
—Déjalos —le dijo el tendero a Alfonso—. Ve a confesar a los demás. Éstos no son asunto tuyo. Y ya que te dicen que van a firmarla, no te cargues con tanto trabajo.
—Con su amabilidad, señora Ludi, no hace usted más que ratificarlos en su error.
—Cállate, Alfonso —dijo el tendero.
—Sí, sería mejor que te callaras, porque acabaría dándote un puntapié, Alfonso —dijo Gina.
—Ves cómo es —dijo Ludi en voz baja—, metiéndose con este Alfonso que es un idiota reconocido en toda la comarca. Necesita pelearse con alguien.
—De todas maneras —dijo Alfonso—, cuando ha recogido estos restos, será para darles sepultura, ¿sí o no, señora Ludi?
—Es la costumbre de recoger todo lo que se rompe —dijo el tendero—, sobre todo por eso. Si tú tuvieras la más mínima experiencia de la vida, lo sabrías. Cuando algo entero se rompe, se recogen los trozos y se juntan. En la sepultura se piensa luego, si es que se piensa.
—No se trata de trozos de cualquier cosa —dijo Alfonso—, sino de los de su hijo bienamado. Así que, con no firmar —dijo mecánicamente a la anciana—, retrasa usted la sepultura de su hijo.
—Si sigue —dijo Jacques—, le rompo la cara. Déjela usted en paz.
La vieja levantó la mano, asustada. Un miedo secular a la cólera asomó a sus ojos. Miró a Jacques, suplicante.
—Lo siento —dijo Jacques.
Se dirigía al viejo, que le miró con buenos ojos, pero no dijo nada, visiblemente dividido entre el deseo de testimoniarle simpatía y el temor a ofender al párroco.
—Vamos a encender las lámparas —dijo el tendero. Se levantó gimiendo, sacó mecha a las lámparas, secó sus cristales con el pañuelo y las encendió. Cuando hubo terminado, declaró—: Una cosa que ya está hecha y que no habrá que volver a hacer.

La luz de las lámparas deslumbró a la anciana. Bajó los ojos a sus manos, y los levantó luego a la luz. Sus ojos relucían como los demás ojos, pero no miraban. Iban alternativamente de sus manos a la caja de jabón. Un carabinero le estaba hablando a Diana, que no le escuchaba, de las relaciones de la chica con su compañero. Sobre la caja estaban los tomates rellenos del mediodía, una mandarina, el vino y el paquete de tabaco de Ludi. La vieja miraba todo aquello fijamente, casi distraída. Y luego, sus manos. La tierra y la sangre seguían recubriéndolas de una mugre negra. Su cara estaba casi igual de negra. Después, la caja de jabón. Entonces era cuando se veía que seguían sufriendo sus ojos porque estaba muerto su hijo. El cura seguía reflexionando qué podría decirle para incitarla a firmar el acta de defunción. Pero el viejo tomó la palabra.

—Así que —le dijo de pronto al tendero—, ¿amplió usted después la tienda?

—¡Ah, sí! —dijo él— y fue tremendo. No tenía bastante con los ultramarinos —explicó a los demás—, y tuvo que poner charcutería, y luego frutas y verduras. Hacía seis años que estábamos casados. Más adelante, después de las verduras, vino el tabaco, ya no podía parar.

La anciana escuchaba de nuevo con ojos de niño.

—Yo le decía: ¿Y por qué no coches?, pero ella no se reía ya de nada. Cuando lo del tabaco, sin embargo, empecé a darme un poco cuenta, yo era bastante tonto aún, de que debía de faltarle algo en la vida para tener tantas ganas de ganar dinero. Entonces empecé a pensar que tal vez necesitaba otro hombre. Cuando íbamos al mercado, yo le hacía observar a los hombres. Mira qué buena planta tiene ése, le decía. Ella ni los miraba, miraba las verduras. Entonces los miraba yo, y me ponía a pensar que éste, o aquél, le irían mucho mejor que yo, y me la imaginaba, sonriente, de su brazo.

—No cabe duda de que querías a esa mujer —dijo Ludi.

—No cabe duda —dijo Sara.

Gina escuchaba intensamente, pero con el mismo aire de sospecha y reprobación.

—Ya no sé —dijo el tendero—. La quería por ella, no por mí, y qué, ¿es ésa buena manera de querer? Yo me decía: Vas a echarla en brazos de otro hombre. Tenía verdaderas ansias de actos así, de la mayor amabilidad, como les he explicado ya. Me veía entregándola, toma, para ti, y marchándome solo, como un héroe del amor, hacia mi tienda.

—Y después —dijo Diana—, ¿y usted?

—Me imaginaba con otra mujer, no sólo con la de mis sueños maravillosos, sino con otras. Me daba un poco lo mismo cuál, en realidad, con tal de que le hubiera gustado viajar conmigo. No me parecía tan importante saber elegir bien. Yo ya había tenido una mujer, ella. Buena o mala, había ocupado suficiente lugar en mi vida como para ser mi mujer. Así que me hubiera conformado con una que hubiera querido viajar conmigo. Viajar solo, no, no habría podido.

—Comprendo —dijo Ludi mirando a Gina—. Vale más no viajar que viajar solo.

—Cree uno siempre que podrá hacerlo —dijo Sara—, pero no es verdad.

Jacques sonrió mirando la lámpara.

—Se está haciendo tarde —dijo Gina—, si hay que traerles la sopa.

Ludi la interrumpió:

—Es curioso eso —dijo—, que no quisieras elegir hasta ese punto.

—Demasiado había elegido ya a aquélla —dijo el tendero—. Así que me habría conformado con una y se acabó. Con una que hubiera tenido las cualidades que yo quería y me hubiera dado por contento teniéndola por mujer. Todavía pienso que quizá tenía razón. Yo desconfiaba de aquello de elegir. Empecé a hacerles un poco la corte a todas las mujeres libres del pueblo en previsión de mi soledad, todas las que les gustaba viajar y que deambulaban hasta más tarde por la plaza del hotel. A las demás, las demasiado trabajadoras, las dejé. Así que, poco a poco, empecé a tener fama de mujeriego. Y ella se enteró.

Se interrumpió, cogió un cigarrillo y le dio una gran chupada.

—¿Y qué dijo? —preguntó Ludi.

—¿Y si a él no le da la gana de decirlo? —dijo Gina—. Déjale en paz.

—¡Ah, yo de mi vida puedo contarlo todo, me siento como si fuera otro dentro de mi piel! —Se dirigió a los viejos—: ¿No les pasa a ustedes lo mismo? ¿Como si estuviera uno aquí y en otro sitio?, ¿no sólo en el que se está?

La anciana se estremeció como si la hubieran sacudido.

—Cuando se sufre es diferente —dijo él—, eso le recuerda a uno quién es como si le pellizcaran mientras duerme.

La vieja volvió a estremecerse. Hubiérase dicho que estaba

loca o que sentía una extremada timidez ante los extraños. Pero el viejo, respecto de eso, parecía tranquilo.

—¿Qué dijo ella cuando se enteró? —preguntó el viejo.

—Se enfadó —dijo el tendero—, porque aquello perjudicaba al negocio. Así que ya no hice más la corte a nadie. Y a ella, no la quiso nadie. Y no es que fuera fea, no, era una buena moza, pero al verla los hombres no pensaban en el amor. A ella no se le ocurrió nunca que pudiera ir con otro hombre que no fuera yo, nunca se lo imaginó. Y los hombres, en cuanto la veían, se daban cuenta.

—Pudo muy bien imaginárselo y no enterarte tú —dijo Gina—. ¿Qué sabes tú de lo que ella se imaginaba?

—Es algo que se ve en los ojos —dijo él.

La anciana miraba a Gina, vagamente inquieta por su tono. Gina se dio cuenta y la tranquilizó con una sonrisa.

—No —prosiguió con calma—, no todo se ve en los ojos.

El párroco parecía algo impaciente por volver a tomar la palabra, pero nadie le daba ocasión.

—De todas formas, se ven muchas cosas —dijo Diana.

—La paciencia no se ve —dijo Gina—, quiero decir la larga paciencia para vivir con un hombre.

—Tal vez eso no se vea, efectivamente —dijo Ludi algo desconcertado.

—Puede hacerse de manera que nada se vea en los ojos —dijo Sara.

—Pero déjales creer que no —dijo Gina.

—Sí, es mejor —dijo Jacques echándolo a broma.

—No me gustan los viejos soñadores, me revientan —dijo Gina—, no saben mirar las cosas, sino sólo a sí mismos.

—¿Y qué remedio?, hay vidas que le obligan a uno a soñar —dijo el tendero—. Y ya ven —añadió tristemente— para lo que sirve...

Dio una larga chupada al cigarrillo.

—De algo sí que sirve —dijo Ludi.

—Debiste darle la lata de lo lindo a tu mujer —dijo Gina. Hablaba con amabilidad—. Desde que te oigo contar esas historias, no me cabe la menor duda.

—Toma —dijo el tendero—, claro que le di la lata.

—Lo que es yo —dijo Gina—, entre los paseos en barca todos los días del año y la tienda de comestibles, no sabría con qué quedarme.

—Tal vez sea verdad —dijo Ludi—, pero como ya se acabó...

—Para él ya ves que no —dijo Gina.

La vieja volvía a mirar la caja de jabón. Suavemente, y sin razón, habían empezado a fluir sus lágrimas. Nadie aún la había visto verter lágrimas. Todos callaron. Fue el viejo quien rompió el silencio, sin dejar de mirarla. Se dirigía a Jacques:

—El más pequeño —dijo. Y señaló la caja.

—¿Pero por qué se van? —dijo bajito Jacques.

—La casa nos está esperando —dijo el viejo.

—Es verdad —dijo Ludi—, eso pesa mucho.

—Cochino trabajo —dijo el párroco— ese de quitar minas.

—Como cualquier otro —dijo el tendero mirando al cura.

—Estuvo buscando otra cosa —dijo el viejo—, pero no encontró nada, desde que hizo el servicio.

—Es el tercero que se mata en la región —dijo el párroco.

El viejo prosiguió como si el cura no hubiera dicho nada, desentendiéndose de los demás, mirando sólo a su mujer.

—Y además, le gustaba eso de quitar minas. ¿Por qué?

Esperó, fija la mirada en ella. Pero ella no contestó nada.

—¿Por qué?, no se sabe. Por pasearse, a lo mejor, así, completamente solo, a la orilla del mar. Lo que pasa es que forzosamente debe uno acabar por no creer en las minas, por no tenerles miedo. Forzosamente. No se puede siempre, siempre tener cuidado con lo mismo.

Era la primera vez que el viejo hablaba tanto. Hubiérase dicho que estaba algo bebido. Y tal vez sí que hubiera bebido algo, con el tendero, por la tarde.

—Pero eso no es un oficio —prosiguió el viejo—. Yo le decía, para desengañarle, que eso es oficio de vagabundo, pero él no me hacía caso. Los hijos... En los dos años que llevaba haciéndolo, puede decirse que no estuvimos nunca tranquilos.

La anciana escuchaba, pero seguía sin responder. Se hizo una pausa.

—De todas formas —gimió el viejo—, cuántos sufrimientos.

Bajó los ojos, próximo a las lágrimas también él de pronto.

—Volveré mañana después de decir misa —dijo el párroco—. Trate de hacerla entrar en razón.

—No —dijo el tendero—. Mañana la habrán firmado ya. No te molestes. El jefe de carabineros la traerá a las ocho.

—De todos modos yo vendré —dijo el cura.

—Siempre que hay un muerto, se creen obligados —dijo el tendero—. Tú no vendrás, Alfonso. Nadie aquí cree ya.

El párroco se fue. No le dijeron adiós. Y le olvidaron.

La sirvienta de Gina llegó con una olla y unos platos.

—Como ustedes no venían —dijo—, por eso he venido.

—Es sopa —dijo Gina—, hay que tomarla de prisa porque se enfriará.

—Gracias —dijo el viejo.

—Come tú con ellos —le dijo Gina al tendero—. No sé por qué te doy de comer, pero el caso es que te doy de comer. No intentes comprenderlo.

—No lo intento —dijo el tendero—. Desde que comprendí, cada vez intento menos comprender.

—Bien hecho —dijo Jacques.

Los dos jóvenes carabineros miraban humear la sopa bostezando como gatos.

—Si tienen hambre —les dijo Gina—, no tienen ustedes más que bajar a la cantina.

La sirvienta de Gina empezó a servir la sopa. Pero nadie se puso aún a comer.

—Me gustaría poder ir a verles este invierno —dijo el tendero, pensativo.

—Nadie te lo impide —dijo Ludi—. Cierras la tienda y te vas.

—Les llevaría malos recuerdos —dijo el tendero—. Nunca me atreveré.

—No —dijo el viejo—, tiene que venir. El pueblo da a la vez al mar y a la montaña. Un poco como aquí, quitando el río.

La anciana, con la cabeza, dijo que no, que no era como aquél.

—No exactamente —dijo el viejo—, no, pero de todas maneras hay mar, y también montaña.

—Hace menos calor —dijo la vieja.

—Eso sí —dijo él—. Siempre sopla viento del llano, de día y de noche.

—¿Pero qué iba yo a hacer? —preguntó el tendero—, ¿qué podría yo hacer allí todo el día?

—Pasearte —dijo Ludi—. Y además, ya encontrarías qué hacer, puedes estar tranquilo.

—La casa está allá abajo —dijo el viejo—, junto al mar. Da a la plaza.

—Veré si puedo ir —dijo el tendero—. Está muy cerca, en el coche de línea. Una hora.

—Es difícil cambiar de modo de vivir —dijo Ludi—. Lo más difícil que hay en el mundo.

—A los que más se quejan de su vida es a los que les cuesta más cambiar —dijo Gina—, ya se sabe.

—Pero es un viajecito —dijo el viejo.

—Esta sopa hay que tomarla —dijo Gina.

—Por cierto —dijo Ludi—, ¿y aquella pasta con vóngolas, qué tal estaba?

—Estupenda —dijo el tendero—. Ella la comió muy a gusto. Dijo que estaba muy buena.

Se volvió a la vieja, que había recobrado aspecto de ser vivo, de repente, al oír hablar de las vóngolas.

—Quería preguntarle —dijo de pronto—, las vóngolas, ¿las cuece usted antes o después que el tomate?

Era la primera vez, desde que muriera su hijo, que hablaba de aquel modo casi desenvuelto. Gina se estremeció de pies a cabeza.

—Bueno —dijo—. Primero las vóngolas, sí, una hora larga antes... Luego los tomates, pero ya luego, y juntos, una hora larga más.

—También les pone usted una ramita de apio —dijo la chica de Gina.

Gina parecía agotada y calló.

—Eso, eso —dijo la vieja—, es el apio.

—Es un buen condimento, el apio —dijo Ludi. Le temblaba la voz—. ¿Y no les pones nada más, Gina?

—Creo que no —dijo Gina.

—Es también el cocerlas mucho antes —dijo la vieja.

Gina se levantó y le dijo al tendero:

—Ocúpate de ellos. Sírveles. Nosotros tenemos que irnos. Hasta luego.

—Gracias —dijo el viejo.

La anciana dijo lo mismo, muy débilmente.

Por el camino de regreso, de repente, Gina se echó a llorar. Ludi no le preguntó por qué. Le pasó un brazo por los hombros y así bajaron hasta el hotel, muy lentamente, bastante detrás de los demás, como unos novios.

Jacques pidió unos camparis para todos, pero sin demasiado convencimiento. Aquella noche, Gina consintió en tomar uno. Fue Ludi quien hizo observar que el individuo aquel no estaba allí, y que resultaba curioso dada la hora. Varios clientes cenaban ya.

—Hay que ir a buscarlo a su cuarto —dijo Ludi—, que venga a tomarse un vermut con nosotros. A lo mejor está enfadado.

—Jacques podría ir a buscarlo —dijo Diana.

—Ya bajará a cenar —dijo Jacques—, no vale la pena.

—De todas formas —dijo Ludi—, yo voy a ir a buscarlo.

Subió al hotel. Durante su ausencia, de pronto dijo Gina:

—Me gustaría que se fuera por fin solo a América. Cómo me gustaría, Dios mío.

—Ya se irá —dijo Sara.

Gina alzó a ella unos ojos agrandados por el asombro y por la espera, pero Sara no dijo nada más. Jacques apenas si escuchaba, ausente.

—Tú dices que se irá solo —dijo Gina—, pero no te lo crees.

—Estoy tan segura como si ya lo hubiera hecho —dijo Sara—. No te preocupes más por ese viaje.

Gina miró a Diana y sonrió.

—Es mala la niña —dijo—, pero me gusta.

—Tal vez —dijo Diana, sin sonreír—, pero habría que saber qué es lo que quieres tú, en resumidas cuentas.

Gina se tomó de un trago su campari, con idéntica sonrisa siempre.

—No te preocupes por lo que yo quiera o deje de querer —dijo—. Sobre todo tú.

Ludi y el hombre aparecieron. Venían charlando amigablemente.

—Siento no haber ido a la montaña con ustedes —dijo el hombre—. Estoy muy cansado.

Era igual de alto que Ludi, pero más frágil. Llevaba la misma camisa blanca de todas las noches.

—Suele pasar —dijo Gina. Parecía de pronto deseosa de hablar—. El calor, y los primeros baños, lo dan muchas veces.

—Y las noches son tan pesadas —dijo Diana—, que no descansa uno.

El hombre miró a Diana. Una leve sonrisa le bailó por los ojos.

—Es verdad —dijo—, las noches son asfixiantes.

Gina pidió otro bitter campari y a Ludi pareció hacerle feliz la idea. Jacques se tomó el tercero. Súbitamente, tras tomárselo, se estiró, como al salir del sueño, y volvió a hablar de un viajecito de unos días que le hubiera gustado tanto hacer.

—¿Pero qué demonios os ha dado a todos para querer siempre estar moviéndoos? —dijo Gina.

Nadie respondió.

—Habría que ir pensando en comer —dijo Diana.

Algunos clientes iban ya sentándose a las mesas. La chica, que paseaba arriba y abajo por delante del hotel, se presentó en cuanto Diana habló de irse a cenar. Llevaba al niño de la mano. El niño bostezaba. Se soltó de la mano de la muchacha y trepó a la balaustrada de la terraza.

—Así, ¿qué hago? ¿Me lo llevo a casa?

—Quiero ir a comer a casa de Ludi —dijo el niño.

—A mí también —dijo Ludi—, me gustaría tenerle esta noche.

—La verdad es que se come tan mal en el hotel —dijo Sara—. Ya se lo llevará usted luego.

—¿Y yo? —dijo la chica—, ¿dónde ceno yo?

—En mi casa —dijo Gina—. Hay para los dos.

—Entonces, ¿seguimos en lo mismo, para esta noche? ¿Usted sale?

El hombre no rechistó. El rostro de Jacques fue recorrido por un estremecimiento, reprimido en el acto. La chica esperaba una contestación, siempre con su mismo aire de estar harta.

—No sé —dijo Sara.

—Me lo figuraba —dijo la muchacha—, a ver si decide de una vez qué es lo que quiere.

—Se lo diré enseguida —dijo Sara.

—No es eso —dijo la chica—, pero esta mañana decía usted que saldría y ahora viene con que...

—Probablemente me iré a casa —dijo Sara.

—Esto ya es abusar —dijo la chica.

Jacques miraba fijamente a la chica. De pronto dijo:

—Todo el mundo es muy dueño de cambiar de opinión. Lo que ella haga, ya se verá.

La chica cogió al niño de la mano, se encogió de hombros y se fue a casa de Ludi. No había aún recorrido diez metros cuando volvió sobre sus pasos.

—Si por casualidad se le ocurriera cambiar de opinión otra vez —dijo—, puede usted mandármelo a decir a casa de la señora Ludi.

—De acuerdo —dijo Sara.

—Esta noche me hubiera gustado salir a pasear en barca —dijo con ligereza Diana.

—De noche, ahora, hay un poco de marejada —dijo el hombre—, pero bueno, tan poca cosa...

—Anda —dijo Jacques—, yo creía que estabas harta de los goces del mar.

Los demás se habían puesto de nuevo a hablar de aquellas vacaciones tan poco aprovechadas, decididamente, y de los posibles remedios que poner.

—Yo creo —dijo Ludi— que el mal viene de que lo hacemos todo demasiado tarde, cenamos tarde, vamos a la bolera tarde. Y así, por la mañana, no hay quien se levante, y nos vamos a bañar tarde, y vuelta a empezar...

—Qué duda cabe —dijo evasivamente Diana—, ¿pero qué es lo que no hace uno demasiado tarde en la vida? ¿Qué importancia tiene levantarse a su hora?

—Empecemos por cenar pronto esta noche —declaró Gina—, para empezar la nueva era. Si es que tú quieres —le dijo a Ludi.

Se marcharon. Muchos huéspedes habían ya empezado a comer. El hombre estaba solo en su mesa, como siempre, cerca de ellos. Una vez más, el menú se componía de sopa de caldo y pescado al grill. Tomaron la sopa en silencio. También Jacques. Y el hombre también. Después llegaron los pescados al grill. Jacques estuvo un buen rato mirándolos, y luego cogió la fuente y la colocó al borde de la mesa.

—Esta vez sí que no —dijo—. Se acabó. No puedo más.

—Yo tampoco —dijo Diana.

Jacques volvió a coger la fuente y la levantó sobre la mesa. Las manos le temblaban. Llamó al dueño del hotel.

—No vale la pena tirarlo al suelo —dijo Sara.

—Es verdad —dijo Jacques.

Llegó el dueño. Era un hombre enorme, atontado.

—Puede usted llevarse su pescado —dijo Jacques—. Yo soy incapaz ya de comérmelo.

—Hay escalopes y huevos —se apresuró a decir el dueño—, si usted quiere.

—Escalopes y huevos —dijo Jacques—, las dos cosas.

El dueño se marchó con los pescados, y luego, cuando estuvo en medio de la pérgola, volvió sobre sus pasos.

—Olvidaba decirle que los extras son a doble precio que el cubierto.

—Aunque fuera el triple —dijo Jacques riéndose por fin—, me es igual.

Tampoco el hombre había tocado los pescados. Esperó, fumando, a que el dueño hubiera devuelto los de la mesa de Jacques a la cocina, y luego le llamó a su vez.

—Perdone —dijo—, pero... la verdad, yo tampoco puedo comer más este pescado. Quiero, en vez de eso, escalopes y huevos.

—¿Las dos cosas?

—Sí. Sea cual sea el suplemento.

Jacques se volvió. Se sonrieron. Los demás clientes, por su parte, se habían comido ya el pescado. El dueño se dirigió a ellos con cierta timidez.

—Cuando va uno a un sitio de playa, ¿no es acaso para comer pescado, pescado bueno, bien fresco? No entiendo a los clientes de este año.

—En la playa o no en la playa —dijo un cliente—, la verdad es que uno no puede comer pescado todos los días. Todos estamos hartos.

El dueño se escurrió hacia las cocinas. Entonces Jacques se volvió hacia el hombre y sonrió.

—La paciencia tiene sus límites —dijo.

—Sí —dijo el hombre.

Se echaron a reír con ganas. Y Diana también. Se inclinó hacia Sara y le dijo:

—Hay que ver cómo encaja todo el mundo este cubierto sin rechistar. Bravo, Jacques.

—Hacía falta imaginación, ya ves —dijo él.

Todos los clientes del hotel se pusieron desde aquel momento a hablar de aquel mal dueño, de aquel mal hotel. Pero todos estaban de acuerdo en esos puntos. Pronto se cambió de conversación. Se pusieron a hablar de otra cosa. Es decir, de aquellas vacaciones tan malas. Del calor. De vacaciones pasadas, de las próximas, que se prometían mejores. De los distintos méritos del mar y la montaña, del frío y el calor, ya para los mayores, ya para los niños. Cada cual conocía un sitio extraordinario para pasar unas buenas vacaciones, pero nadie dijo por qué no había ido. En resumidas cuentas, todos encontraban natural haber vuelto o haberse quedado en aquel sitio. Diana hizo una distinción entre buenas vacaciones y vacaciones aburridas. ¿Aquellas vacaciones eran aburridas o solamente desagradables? Eran más bien desagradables, no exactamente aburridas, convinieron la mayoría, exceptuando una mujer a quien le resultaban aburridas. A propósito del calor, se dijo que era tan duro que difícilmente se podía escapar de él, hasta tal punto que era capaz, por sí solo, de ocuparle a uno todo el tiempo. Así que el calor podía ser ya de por sí una ocupación. Y de hecho lo era. El calor y el frío eran cosas muy distintas. El calor iba unido a la idea de vacaciones, el frío no. Lo triste del calor, lo angustioso del sol, como decía Diana, era sin duda más raramente sentido que lo del frío, pero era más agotador. Y no obstante el calor no predisponía al trabajo sino al ocio total, mientras que el frío era aparentemente más fecundo, incitaba a la acción. Las ideas brotaban de los hombres en invierno. Pero en verano la naturaleza real de las personas se manifestaba muchísimo mejor. La conducta de los hombres era mucho más significativa en verano que en invierno. En fin, era verosímil. Bajo el efecto del sol, los caracteres se abrían y se dejaban ver. Cada cual tenía su propia opinión de la naturaleza de las vacaciones. Algunos no creían en su necesidad. A otros les parecían indispensables. Las ciudades agotan los nervios de los hombres. En eso todo el mundo estaba de acuerdo: la existencia era universalmente dura. Se trató de las ciudades respectivas en que iba transcurriendo esa existencia, de otras en que se hubiera deseado que hubiera transcurrido, de las capitales, de las ciudades de provincia, de las grandes ciudades internacionales, de sus distintos méritos e inconvenientes. Cada cual habló de su ciudad con una nostalgia evidente, casi como de un exilio. Por dura que hubiera sido, todos se sentían apegados a la forma que habían dado a su existencia y estaban dispuestos a justificarla como la menos mala.

El grupo del hombre, Jacques, Diana y Sara habló muy poco. Pero aparte del incidente del menú suscitado por Jacques, la cena fue tranquila, habitual. Gina y Ludi volvieron muy pronto de cenar. No por ello se interrumpió la conversación. Ludi se introdujo inmediatamente en ella. Dijo que le hubiera gustado vivir en una gran capital internacional, que era el sueño de su vida. Gina dijo que aborrecía aquel tipo de conversaciones porque en general no conducían a nada, que lo más urgente en aquel momento era la partida de bolos, que se estaba muriendo de ganas. Los demás asintieron sin demasiada prisa. Los cambios de humor de Gina, que a muchos les parecían arbitrarios, indisponían a bastante gente. Cuando estaban tratando de los bolos, empezaron los bailes, con unos minutos de intervalo, a ambos lados del río. En este de aquí, el más próximo, tocaron *Blue Moon*, en el otro una música desconocida. El hombre miró a Sara como un ladrón. Todo el mundo se levantó de la mesa. Sólo el hombre se quedó sentado. Jacques titubeó y se adelantó hacia él. El hombre se quedó sentado.

—¿No viene usted a jugar a bolos?

Se miraron muy cerca uno de otro.

—Estoy cansado —dijo el hombre—, y además no me apetece.

—Lo mejor es que se vaya a la cama —dijo Gina—. Los primeros días siempre pasa, mañana ya irá mejor,

—Me gustaría que viniera —dijo Ludi—, pero si está cansado...

—A mí también —dijo Jacques. Su tono amable parecía sincero.

Diana espiaba a Jacques.

—Ya debe saber de sobras la satisfacción que nos daría viniendo —dijo Diana—, para que haga falta insistir más.

—Discúlpeme —le dijo el hombre a Jacques—, pero es que además pienso ir al baile del otro lado del río.

—Buena idea —dijo Ludi. Se esforzó en reír—. Hay chicas más guapas en ese baile que por aquí, eso sí, no sé por qué...

—Así que —dijo Jacques— ¿es inútil insistir?

—Discúlpenme —dijo el hombre. Y añadió—: Además, mañana tengo que levantarme pronto. Quería decirles que yo también pienso hacer un viajecito de unos días.

Se hizo un breve silencio. Jacques seguía plantado ante el hombre.

—Lástima —dijo por fin Ludi— que no le guste a usted también este sitio.

—Volveré dentro de unos días a recoger la barca. Puedo dejársela, si quiere. —Sonrió a Ludi—. Le enseñaré a maniobrarla.

—No —dijo Ludi—, a mí lo que me gusta es ir varios en una barca, solo no.

—A mí, aunque fuera sola, creo que me gustaría —dijo Gina.

Ludi pareció no oírla.

—¿Ni aun siendo la última noche quiere usted venir? —preguntó Jacques.

—No —dijo el hombre—. Discúlpenme.

El grupo se diseminó por el camino de la bolera. Jacques echó a andar solo delante de todos. Diana le llamó y fue hacia ella. Sara anduvo sola durante un rato. Luego Ludi, subrepticiamente, como un gato, llegó a su altura.

—Aún estás enfadada conmigo —dijo bajito.

—¿Por haber dicho que yo era mala?

—Sí.

—¿Y carente de curiosidad?

—Sí. Lo dije en un momento de mal humor. Me ha dicho Jacques que te lo había contado también en un momento de rabia. Lo lamento de veras.

—No —dijo Sara—. He estado enfadada contigo unos días, aunque comprendiendo que tenías razón. Ahora ya no lo estoy.

—¿Por qué dices que tenía razón? ¿Es que aún sigues resentida?

—No, porque es verdad que soy un poco mala. Son cosas que se saben.

—De veras —dijo pensativo Ludi— eres un poco mala. ¿Pero quién no lo es? Yo lo soy. Jacques también lo es.

—Yo soy peor que Jacques.

—¿Como Gina?

—No lo sé.
—¿Por qué somos todos así de malos?
Sara no contestó.
—¿Sabes? —prosiguió Ludi—, tal vez sea el amor lo que a la larga le vuelve a uno así de malo. Las cárceles de oro de los grandes amores. No hay nada que encierre tanto como el amor. Y estar encerrado, a la larga, vuelve malo a cualquiera, aun a los mejores.
—Debe de ser eso —dijo Sara. Tras una pausa añadió—: Pero tienes que quererme lo mismo puesto que ya sé que soy mala.
—Pequeña mía. —Ludi la estrechó contra sí—. Yo te querré siempre.
—Sería terrible —dijo Sara— si ya no me quisieras.
—Os querré siempre a ti y a Jacques. Toda mi vida. Os quiero tanto que a veces me parece que a partir de vosotros he descubierto la amistad. —Añadió, siempre pensativo—: Y siempre, a partir de vosotros, me parece que las personas que no tienen amigos, como somos nosotros, son una especie de inválidos.
Siguieron andando.
—Me revientan estas cosas de si somos malos o no —prosiguió Ludi—. ¿Pero cómo remediarlo?
—Tal vez no tenga remedio —dijo Sara.
Él no dijo nada más al respecto. Cambiando el tono, ella le preguntó:
—¿Has visto qué contenta está Gina esta noche?
—Ya la he visto.
—¡Cómo me gustaría que cambiara, que estuviera siempre así!
—¿Quién sabe? —dijo Ludi. Reflexionó—. Dime, ¿tú condenas a Gina?
—Sí. Pero la defendería contra el mundo entero.
—Ya lo sé —dijo Ludi—. A mí también me pasa igual con Gina. Pero tal vez soy algo malo con ella.
Ludi cambió el curso de sus pensamientos.
—Dime, a mí me parece que ese individuo está distinto con nosotros. Dice que está cansado y habla de ir al baile del otro lado del río. ¿Entonces por qué dice que está cansado?
—Puede estarse cansado de una cosa sin tener uno que irse a la cama por eso.
—De todos modos —dijo Ludi—, me daría rabia que se hubiera enfadado con nosotros. Tal vez tenga razón Jacques de que es un individuo un poco, ¿cómo te lo diría?, un poco diferente de nosotros, que a lo mejor no se plantea tantos problemas políticos

y demás. Pero yo de todas formas lo encuentro muy simpático y así variábamos un poco de los demás. A mí me gustaba.

—Es verdad —dijo Sara—, así variábamos un poco de los demás.

Ludi miró furtivamente hacia su lado.

—Jacques es bastante exigente con las personas. Con él yo creo que lo ha sido.

—Pero me parece que ahora también a él le gusta.

—Por lo menos ahora se hablan, en un tono bastante especial tal vez, pero se hablan.

—Es verdad.

—Tú te entiendes bien con ese tipo —dijo Ludi.

—Sí.

Ludi añadió, en un tono ligero:

—Yo creo que tú te entiendes mejor con la gente que Jacques, que eres... no sé cómo decirlo... quizá menos difícil que él.

—Cosas que pasan —dijo Sara—, pero no siempre es verdad.

Se detuvieron el tiempo de sacar un cigarrillo y encenderlo.

—No me gusta que estés triste —dijo Ludi.

—Me hubiera gustado hablar contigo.

—No, no me hables —dijo Ludi.

Apresuró el paso de pronto, luego se paró y tomó del brazo a Sara.

—Mi pequeña Sara —dijo—. Trata de no estar triste.

—Si no estoy triste.

—A lo mejor te hace falta hacer ese viaje, con Jacques y Diana.

—A lo mejor sí.

Echó a andar, cabizbajo. Él había sentido por Gina un amor único y exclusivo. La discrepancia, las contradicciones de los deseos humanos le trastornaban siempre.

—Quería decirte una cosa... —Ludi hablaba con dificultad, lentamente— que lo que anoche me dijiste, no sé por qué, me ha dado como miedo. He estado pensándolo y me ha dado miedo.

—¿El qué?

—Lo que tú decías de hablar, de la amargura. Cuando dijiste que uno podía a veces hacer cosas que tienen el mismo efecto que el hablar y le liberan a uno exactamente igual de la amargura y la maldad, ¿te acuerdas?

—Son cosas que se dicen, no hay por qué temer.

Siguieron andando otro poco. Ludi le apretó el brazo algo más fuerte.

—Quería decirte otra cosa... que yo, por ejemplo, cambiaría a muchas personas, mil individuos... por evitarle una pena a Jacques. Tenía muchas ganas de decírtelo. Eso es lo malo que yo tengo.

Esperó un momento.

—¿Y tú? —preguntó.

—Pues claro —dijo Sara.

Llegaron. Al igual que la víspera, los grupos se organizaron con entusiasmo. Igual que la víspera, Sara no quiso jugar, lo que la mayoría de ellos encontraron natural. Gina cogió a Jacques en su equipo. Y a Diana también. Ni Diana ni Jacques tenían muchas ganas de jugar, pero de todos modos aceptaron.

Jacques fue quien sacó. Se quedó solo en la pista, apuntando, cruzado su bello rostro por las sombras. A él el calor le sentaba bien. Valía la pena haber venido a aquel lugar. Sara tuvo la impresión de que hacía tiempo que no se hablaban.

Esperó un buen rato, mientras jugaron todos los otros jugadores, a que Jacques jugara de nuevo para irse. Jacques jugó. Diana y Gina, a ambos lados de él, vigilaban su tiro. Su equipo iba perdiendo. Jacques tiró y derribó tres bolos del adversario, de Ludi. Diana y Gina lanzaron gritos de alegría. A Jacques le quedaban dos bolas. Sara se levantó del banco y salió del recinto. Cuando estuvo ya en el camino y se volvió, vio a Jacques, con sus bolas en la mano, mirando al banco vacío. Pero Gina le acució para que tirara otra vez. Tiró. Sólo Ludi siguió mirando al banco.

Allí estaba el barquero, tumbado en su barca. Estaba hablando con los dos jóvenes que habían estado la noche antes quejándose de que hubieran cesado los bailes.

—Ya ven —decía el barquero— cómo al final se han reanudado.

—Si cada vez que muere un hombre en el pueblo hubiera que interrumpir los bailes... —dijo uno de los muchachos.

El barquero explicó que aquélla no había sido una muerte cualquiera, que aquel joven había sido una víctima lejana, en efecto, pero real, de la guerra, y que por tal motivo había guardado luto el municipio. Después los dos muchachos estuvieron haciéndole preguntas al barquero sobre el baile de la otra orilla del río. ¿Había muchas chicas en la otra orilla?

—Eso dicen —dijo el barquero—. Dicen que es más alegre, que va mucha más gente.

—¿Y de música?

—Ya la oyen ustedes desde aquí —dijo el barquero—; es más o menos lo mismo, ¿no?

Ellos se dejaron convencer.

—¿Y usted? ¿Va a pasar? —le preguntó el barquero a Sara.

—No —dijo Sara—, es ya muy tarde.

—No van ustedes nunca a ese baile, por lo que veo.

—No pensamos —dijo Sara.

Se marcharon. Ella bajó bordeando la orilla. Allá arriba, en la montaña, las linternas habían ya dejado de alumbrar. Debían de estar durmiendo su última noche antes de llevarse a su hijo muerto. La vieja no debía de dormir, o debía de dormir como una mosca, en la superficie de su pena, en medio de aquel acre olor a incendio y de los negros cascotes de la explosión. Era imposible imaginarse a aquella vieja, estaba más allá de toda imaginación. A su alrededor, el mundo seguía su marcha habitual. Las márgenes del río estaban desiertas. Unos estaban en el baile. Otros paseaban en barca para mejor aprovechar el fresco de la noche. En la montaña, el fuego había avanzado aún más. En algunos puntos, su resplandor ensangrentaba la tersa superficie del agua. No se hablaba de otra cosa en el pueblo. Aquel río era indiscutiblemente admirable. La reverberación del mar lo iluminaba por entero, hasta sus primeras vueltas, allá lejos, y todo él relucía como un salvaje oriente. Era aquél un hermoso lugar, en el fondo, y mucho mejor que otros para pasar las vacaciones. Pero el verano era muy duro. En la orilla, la llanura se henchía también del frescor de la noche, entregada por completo a su impudente fructificación. La línea blanca de la playa la orlaba en el oeste. La masa compacta de los maizales no se distinguía ya.

Jacques llegó antes del regreso del barquero. No la vio inmediatamente. Subió al pontón y contempló a su vez aquellos campos de maíz a la orilla del mar.

Ella subió de la orilla a la que había bajado y se acercó a él. Él se sobresaltó como si le hubieran dado un susto.

—Hola —dijo.

—Hola.

—¿Estás esperando al barquero?

—No, no espero al barquero, estaba haciendo algo de tiempo para volver a casa.

Él se sentó en el suelo, en el camino. Ella vio, a la luz del farol, que cerraba los ojos. Se alejó un paso, y se volvió de nuevo hacia el río. Él se levantó y se acercó a ella.

—No había para tanto —dijo ella—. Unas vacaciones que quería tomarme de ti.

—Ya lo sé. Eres libre de tomártelas.

Miraron los dos al río, sin decirse nada. El barquero volvía ya.

—Eres libre de tomártelas —repitió él.

Por el camino se acercaba Ludi como un gato, como siempre.

—Si quieres —dijo ella—, podemos ir a Paestum.

—Si tú quieres —dijo él tras una pausa.

—Podríamos ir también con Ludi —dijo ella. Ludi llegó junto a ellos.

—Hola —dijo. Y añadió—: No sé por qué, pero me aburren los bolos esta noche.

—Estábamos hablando de un viajecito que podríamos hacer a Paestum —dijo Sara.

—Es muy bonito Paestum —dijo Ludi.

—Podrías venir con nosotros —dijo Jacques—. Nos detendríamos en Tarquinia.

Sara apenas si reconocía la voz de Jacques. Hablaba en un tono extenuado.

—Es una buena idea Tarquinia —dijo Ludi—. Veréis esos caballitos de las tumbas etruscas. Son bonitos como no os podéis imaginar.

—Tú podrías enseñárnoslos —dijo Jacques.

Ludi se rascó la cabeza.

—No tengo muchas ganas de viajar ahora —dijo—; lástima, lo siento por esos caballitos; me hubiera gustado enseñároslos. A veces los guías no los enseñan porque la tumba está lejos de la población, por eso.

—Pero podemos llevar a Gina —dijo Jacques—, hay sitio en el coche.

—No consentirá jamás —dijo Ludi meneando la cabeza—. Qué va, tú no la conoces... dirá cualquier cosa, ya encontrará un motivo para no venir.

—Yo podría hablar con ella —dijo Jacques.

—No —dijo Ludi—. Y la verdad es que me hubiera gustado verlos también con ella. Tengo que dejar de pensarlo. Tengo que dejar de pensar que podría ver las cosas con ella, y pensar sólo en las cosas que podría ver, pero sin ella a mi lado. Creo que tengo que lograrlo.

El barquero llegó sin que tuvieran que decirse nada más sobre Tarquinia. Dos mujeres jóvenes bajaron de la barca, muy alegres.

—De todas formas ya hablaremos —dijo Jacques—, incluso con Gina.

—Si quieres —dijo Ludi—, claro que podemos hablarlo. —Se dirigió a Sara—: Vente a la bolera con nosotros.

—Déjala que se vaya a casa —dijo Jacques.

Ella dio unos pasos con ellos hasta el plátano muerto, del cual se aseguraba, en los días malos, que no había sido sólo el alquitrán quien lo matara.

—Tengo que irme —dijo—, no hay razón...

Ludi titubeó y le dijo a Jacques:

—Yo me quedo un ratito con ella, luego te busco en la bolera.

—Yo tampoco tengo muchas ganas de jugar —dijo Jacques.

—Entonces podríamos ir a tomar algo los tres.

—Como quieras —dijo Jacques.

—Yo no puedo —dijo Sara—. Quería decirle una cosa a Ludi. Que está ese individuo esperándome en el café del otro lado del río y que vaya a decirle que no vale la pena que me espere.

Ludi no contestó. Cabizbajo, no apartaba la vista del camino.

—Hay que ser cortés con ese hombre —dijo Jacques.

Ludi siguió sin responder ni levantar siquiera la cabeza.

—Ve —dijo Jacques—, yo os espero en el hotel.

—Yo me voy a casa —dijo Sara.

Jacques se fue a la pérgola del hotel. Sara se quedó sola con Ludi.

—¿De veras quieres que vaya?

—No hay razón para que no vayas.

—No sabría cómo explicárselo.

—A ti nunca te hace falta explicar nada, basta mirarte para comprender.

—¿Tenías muchas ganas de volver a verle?

—No es para tanto, ni siquiera le conozco.

—Voy a ir —dijo Ludi.

Dio un paso por el pontón y volvió hacia ella.

—Para el amor no hay vacaciones —dijo—, no existen. El amor hay que vivirlo totalmente, con su aburrimiento y todo; para eso no hay vacaciones posibles.

Hablaba sin mirarla, de cara al río.

—Y el amor es eso. Sustraerse no es posible. Ocurre lo mismo con la vida, con su belleza, su mierda y su aburrimiento.

El barquero esperaba pacientemente. Ludi era su único cliente.

—Si hacéis alto en Tarquinia —siguió Ludi—, me parece que de todas formas me voy a ir con vosotros. —Y agregó maliciosamente—: Porque los guías son unos vagos, no os llevarán a ver los caballitos. Y para no verlos, no vale la pena ir.

—A lo mejor viene Gina con nosotros —dijo Sara.

—A lo mejor. Pero no hay que insistir demasiado.

—No, no hará falta.

—También ella tiene derecho a ser mala, ya me entiendes.

—Ya entiendo.

—Pero le he hablado tanto de esos caballitos que a lo mejor sí viene.

—Se lo preguntaré mañana por la mañana en la playa —dijo Sara.

—Eso es —dijo Ludi. Y añadió en voz baja—: Y ahora me voy a ver a ese tío... Tú... ¿te vas a casa?

—Me voy ya.

—Sí —dijo Ludi.

Saltó dentro de la barca. Sara permaneció allí un momento, mirando cómo Jacques se tomaba un campari, solo, bajo la pérgola del hotel, y después se fue.

La chica se había acostado ya, pero no dormía aún.

—Vaya, me lo imaginaba —dijo al ver a Sara.

Se sentó al borde de la cama y encendió un cigarrillo. La chica quedó algo sorprendida, pero no dijo nada.

—Ya sabe lo que pasa —dijo Sara—. Por la mañana le apetece a uno una cosa, y luego, por la noche... Son cosas que pasan.

—Ya comprendo —dijo la muchacha.

—En realidad —dijo Sara—, ¿sabe usted que se van mañana por la mañana?

—¿Ha firmado ya?

—Todo llega, ya ha firmado.

—Pobre mujer —dijo la chica—. Estas cosas son tremendas. Pero mire, vale más que se vayan; al fin y al cabo, le tenían a uno como sin respirar, venga a pensar... incluso anoche en el baile, todo el mundo pensaba en lo mismo.

Se levantó y empezó a peinarse. Sara, sentada al borde de su cama, la miraba hacer.

—Qué contento se va a poner —dijo ella sonriéndose al espejo.

Corrió a vestirse en el cuarto de baño. Sara fue a ver al niño. Una vez más, la ventana estaba cerrada. La abrió y regresó junto al niño. Se tendió a los pies de la cama, sobre las frescas losas del cuarto. Y allí se puso de nuevo a hablarle de otras vacaciones, hechas de noches frescas y de viento. Tenía la esperanza de que aquella noche llegaría la lluvia, y con esa esperanza se durmió, muy tarde ya.

El amor

Un hombre.

Está de pie, mira: la playa, la mar. La mar está baja, apacible, la estación es indefinida, el tiempo, lento.

El hombre se encuentra en un camino de tablas colocado sobre la arena.

Va vestido con ropas oscuras. Puede distinguirse su rostro.

Sus ojos son claros.

No se mueve. Mira.

La mar, la playa, hay charcos, superficies aisladas de agua tranquila.

Entre el hombre que mira y la mar, siguiendo la orilla de la mar, lejos, alguien camina. Otro hombre. Va vestido con ropas oscuras. A esta distancia su rostro es indistinto. Camina, va, viene, va, vuelve, su recorrido es bastante largo, siempre igual.

En alguna parte de la playa, a la derecha del que mira, un movimiento luminoso: un charco se vacía, una fuente, un río, unos ríos, sin punto de reposo, alimentan el abismo de sal.

A la izquierda, una mujer con los ojos cerrados. Sentada.

El hombre que camina no mira, nada, nada que no sea la arena que tiene ante él. Su caminar es incesante, regular, lejano.

El triángulo se cierra con la mujer de los ojos cerrados. Está recostada en un muro que delimita la playa hacia su final, hacia la ciudad.

El hombre que mira se encuentra entre esa mujer y el hombre que camina por la orilla de la mar.

Debido al hombre que camina, constantemente, con una lentitud regular, el triángulo se deforma, se reforma, sin romperse nunca.

Ese hombre tiene el paso regular de un prisionero.

El día declina.

La mar, el cielo, ocupan el espacio. A lo lejos, la mar ya está oxidada por la luz oscura, al igual que el cielo.

Tres, son tres en la luz oscura, en la red de lentitud.

El hombre sigue caminando, va, viene, frente a la mar, al cielo, pero el hombre que mira se ha movido.

El deslizamiento regular del triángulo sobre sí mismo acaba:

El hombre se mueve.

Comienza a caminar.

Alguien camina, cerca.

El hombre que miraba pasa entre la mujer de los ojos cerrados y el hombre lejano, el que va y viene, prisionero. Se oye el martilleo de su paso sobre el camino de tablas de la orilla de la mar. Este paso es irregular, inseguro.

El triángulo se deshace, se suprime. Acaba de deshacerse: en efecto, el hombre pasa, se le ve, se le oye.

Se oye: el paso se espacia. El hombre debe de mirar a la mujer de los ojos cerrados situada en su camino.

Sí. El paso se detiene. Él la mira.

El hombre que camina por la orilla de la mar, y solamente él, mantiene su movimiento inicial. Sigue caminando con su paso infinito de prisionero.

La mujer es mirada.

Tiene las piernas extendidas. Está en la luz oscura, empotrada en el muro. Ojos cerrados.

No nota que la miran. No sabe que es mirada.

Se mantiene frente a la mar. Rostro blanco. Manos medio enterradas en la arena, inmóviles como el cuerpo. Fuerza detenida, desplazada hacia la ausencia. Detenida en su movimiento de fuga. La ignoran, se ignoran.

El paso se reanuda.

Irregular, inseguro, se reanuda.

Se detiene de nuevo.

Se reanuda de nuevo.

El hombre que miraba ha pasado ya. Su paso se oye cada vez menos. Se le ve, va hacia un malecón que está tan alejado de la mujer como ella lo está del caminante de la playa. Más allá del malecón, otra ciudad, mucho más allá, inaccesible, otra ciudad, azul, que comienza a motearse de luces eléctricas. Después de otras ciudades, otra más: la misma.

El hombre llega al malecón. No lo ha rebasado.

Se detiene. Luego, a su vez, se sienta.

Está sentado sobre la arena, frente a la mar. Deja de mirar algo, la playa, la mar, al hombre que camina, a la mujer de los ojos cerrados.

Durante un instante nadie mira, nadie es visto:

Ni el prisionero loco que sigue caminando por la orilla de la mar, ni la mujer de los ojos cerrados, ni el hombre sentado.

Durante un instante nadie oye, nadie escucha.

Y luego se oye un grito:

el hombre que miraba cierra los ojos a su vez bajo el impulso de una tentativa que lo empuja, lo levanta, levanta su rostro hacia el cielo, su rostro se descompone y el hombre grita.

Un grito. Han gritado hacia el malecón.

El grito ha sido proferido y se le ha oído en el espacio entero, ocupado o vacío. Ha lacerado la luz oscura, la lentitud. Sigue batiendo el paso del hombre que camina, él no se ha detenido, no ha aminorado su marcha,

pero ella, ella ha levantado ligeramente su brazo con un gesto infantil, se ha cubierto con él los ojos, y ha permanecido así algunos segundos,

y él, el prisionero, ha visto ese gesto: ha vuelto la cabeza en dirección a la mujer.

El brazo ha caído de nuevo.

La historia. La historia comienza. Ha comenzado antes del caminar por la orilla de la mar, antes del grito, del gesto, del movimiento de la mar, del movimiento de la luz.

Pero ahora se hace visible. Se ha implantado ya sobre la arena, sobre la mar.

El hombre que miraba regresa.

Se oye de nuevo su paso, se le ve, regresa del malecón. Su paso es lento. Su mirada está extraviada.

A medida que se acerca al camino de tablas, aumenta el ruido, gritos, gritos de hambre. Son las gaviotas de la mar. Están ahí, estaban ahí, alrededor del hombre que camina.

He aquí que ahora se oye de nuevo el paso del hombre que miraba.

Pasa por delante de la mujer. Entra en el campo de su presencia. Se detiene. La mira.

Llamaremos a este hombre el viajero —si por casualidad ello es necesario— a causa de la lentitud de su paso, a causa del extravío de sus ojos.

Ella abre los ojos. Ella le ve, ella le mira.

Él se acerca a ella. Se detiene. Llega hasta su lado.

Él pregunta:

—¿Qué hace usted aquí? Se va a hacer de noche.

Ella responde muy claramente:

—Miro.

Ella señala ante ella, la mar, la playa, la ciudad azul, la blanca capital tras la playa, la totalidad.

Él se vuelve: el hombre que camina por la orilla de la mar ha desaparecido.

Él da un paso más, se apoya en el muro.

Él está allí, a su lado.

La luz cambia ahora de intensidad, está cambiando.

Blanquea, cambia, cambia. Él dice:

—La luz cambia.

Ella se vuelve apenas hacia él, ella habla. Su voz es clara, de una dulzura monótona que puede asustar.

—Ha oído usted que han gritado.

Su tono no exige respuesta. Él responde.

—Lo he oído.

Ella se vuelve hacia la mar.

—Ha llegado usted esta mañana.

—Así es.

El perfil de las palabras es muy claro. Ella señala a su alrededor, el espacio, y explica:

—Esto es S. Thala, hasta el río.

Ella se calla.

La luz continúa cambiando.

Él levanta la cabeza, mira lo que ella acaba de mostrar: ve que, por el fondo de S. Thala, hacia el sur, el hombre que camina regresa, avanza en medio de las gaviotas, llega.

La progresión de su marcha es regular.

Como el cambio de la luz.

Accidente.

Todavía la luz: es la luz. Cambia; después, de pronto, ya no cambia. Crece, ilumina, y luego permanece así, iluminante, igual. El viajero dice:

—La luz.

Ella mira.

El hombre que camina llega hasta el punto de su recorrido donde poco antes se había detenido. Se detiene. Se vuelve, ve, mira él también, espera, mira de nuevo, parte otra vez, viene.

Él viene.

No se oye ya su paso.

Llega. Se detiene frente al que se apoya en el muro, el viajero. Sus ojos son azules, de una transparencia sorprendente. La ausencia de su mirada es absoluta. Habla con una voz fuerte, señala a su alrededor, todo. Dice:

—¿Qué está pasando?

Agrega:

—La luz se ha detenido.

El tono expresa una violenta esperanza.

Luz detenida, iluminante.

Miran la luz detenida alrededor de ellos, iluminante. El viajero habla el primero:

—Esto va a seguir su curso.

—¿Usted cree?

—Lo creo.

Ella se calla.

Él se acerca al viajero apoyado en el muro. La mirada azul es de una fijeza devoradora. Señala con la mano, señala lo que hay detrás del muro.

—¿Vive usted allí, en ese hotel?

—Sí, así es —y añade—: llegué esta mañana.

Ella calla, continúa mirando la luz detenida. Él aparta sus ojos del viajero, descubre de nuevo la detención de la luz.

—Algo va a ocurrir, esto no es posible.

Silencio: con la luz, también se ha detenido el ruido, el ruido de la mar.

La mirada azul vuelve, se posa con insistencia en el viajero.

—No es la primera vez que viene usted a S. Thala.

El viajero trata de responder, abre la boca varias veces para responder.

—Es decir... —Se detiene.

Su voz no tiene eco. La inmovilidad del aire iguala a la de la luz.

Él continúa tratando de responder.

Los otros no esperan respuesta.

En la imposibilidad de responder, el viajero levanta la mano y señala a su alrededor, el espacio. Una vez hecho este gesto, consigue ir adelante en la respuesta.

—Es decir... —Se detiene—. Me acuerdo..., eso es..., me acuerdo...

Se detiene.

La voz de timbre luminoso asciende hasta él, le da la réplica, su claridad es deslumbrante.

—¿De qué?

Un impulso incontrolable, orgánico, de una fuerza muy grande, le priva de voz. Responde sin voz:

—De todo, del conjunto.

Él ha respondido:

el movimiento de la luz se reanuda, el ruido de la mar comienza, la mirada azul del hombre que camina se aparta.

El hombre que camina muestra a su alrededor la totalidad, la mar, la playa, la ciudad azul, la blanca capital, dice:

—Esto es S. Thala, hasta el río.

Su movimiento se detiene. Después, su movimiento se repite, muestra de nuevo, pero con más precisión, según parece, la totalidad, la mar, la playa, la ciudad azul, la blanca, después también otras, otras más: la misma, él añade:

—Después del río también es S. Thala.

Se va.

Ella se levanta, le sigue. Sus primeros pasos son titubeantes, muy lentos. Luego se regularizan.

Ella camina. Ella le sigue.

Se alejan.

Al parecer, rodean S. Thala, no penetran en su espesor.

Se hace de noche.

Noche.

La playa, la mar están en la noche.

Un perro pasa, va hacia el malecón.

Nadie anda por el camino de tablas, pero en los bancos que están a lo largo de ese camino algunos habitantes se han sentado. Descansan. Están silenciosos. Están separados los unos de los otros. No se hablan.

El viajero pasa. Camina lentamente, va en la misma dirección que ha tomado el perro.

Se detiene. Vuelve atrás. Se diría que pasea. Se aleja de nuevo.

Ya no se ve su rostro.

La mar está llana. No hay viento.

El viajero pasa de nuevo. El perro no vuelve a pasar. Parece que la marea comienza a subir. Se oye cómo se aproxima. Un choque sordo llega de las desembocaduras. El cielo está muy oscuro.

Noche todavía.

El viajero se ha sentado frente a una ventana abierta en una habitación. Se encuentra aprisionado en un volumen de luz eléctrica. No se ve lo que hay más allá de la ventana de ese lado del hotel.

Fuera, la noche.

Lo que se oye no es la mar. La habitación no da a la mar. Es un roer incesante, muy sordo, de una extensión ilimitada.

El hombre coge un papel, escribe: «S. Thala, S. Thala, S. Thala».

Se detiene. Parece que duda entre las palabras escritas.

Sigue escribiendo. Lentamente, con seguridad, escribe: «S. Thala, 14 de septiembre».

Subraya la primera palabra. Después, sigue escribiendo:

«No vengas, ya no vale la pena».

Aleja de él la carta, se levanta.

Da unos pasos por la habitación.

Se echa sobre la cama.

Es el viajero, el hombre del hotel.

Está echado sobre la cama bajo el mismo volumen de luz eléctrica, se vuelve hacia el lado de la pared, ya no se ve su rostro.

A lo lejos, en el espesor de la roedura, en la materia negra, cruzan unas sirenas de coches de policía.

Después ya sólo se oye el roer en la materia negra.

Día.

El hombre va de nuevo a la orilla de la mar.

Ella está allí de nuevo, contra el muro.

La luz es intensa. Ella está completamente inmóvil, sus labios están apretados. Está pálida.

En la playa hay cierta vida.

Al aproximarse el viajero, ella no hace signo alguno.

Él va hacia el muro, se sienta al lado de ella. Mira lo que ella, al parecer, trata de no ver: la mar, el movimiento nauseabundo del oleaje, las gaviotas de la mar que gritan y devoran el cuerpo de la arena, la sangre. Ella dice lentamente:

—Espero un hijo, tengo ganas de vomitar.

—No mire, mire hacia mí.

Ella se vuelve hacia él.

Allá abajo, el hombre se detiene en medio de las gaviotas. Luego sigue andando, va hacia el malecón. Ella pregunta:

—¿Hace tiempo que está usted aquí?

—Sí.

Ella se detiene, con la cara hacia la arena. Él mira hacia el malecón, hacia aquel que se aleja.

—¿Quién es?

Ella responde con un leve retraso.

—Nos vigila —replica ella—, nos vigila, nos acompaña.

La mira un largo rato.

—Ese recorrido siempre igual... Ese paso tan regular... Se diría que...

Ella hace un signo: no.

—No, es el paso de aquí —prosigue—, es el paso aquí, en S. Thala.

Esperan.

En el mar, incesante, el oleaje, la fiebre.

—¿Ha tratado de vomitar?

—No sirve de nada, esto empieza de nuevo.

Continúan esperando.

La luz comienza a descender.

Las primeras gaviotas abandonan la playa, parten hacia el malecón.

El caminante no vuelve sobre sus pasos: sube hacia S. Thala, no penetra en ella, prosigue por detrás del malecón. Ya no se le ve.

El viajero dice:

—¿Estamos solos?

Ella dice por señas:

—No.

Esperan.

Unas gaviotas siguen yéndose entre resplandores blancos.

Se van.

Su partida se precipita.

El viajero dice:

—Puede usted volver a mirar.

Ella comienza a hacerlo, pero con prudencia, con precaución: el movimiento de la mar continúa viéndose, el oleaje aflora y se resuelve en resplandores blancos. Él dice:

—El color desaparece.

El color desaparece.

Después, a su vez, desaparece el movimiento.

Las últimas gaviotas de la mar se han ido. La arena cubre de nuevo la playa. El viajero dice:

—Ya no hay nada.

Él la oye, ella respira, ella se mueve, mira, inspecciona largo tiempo la oscuridad que llega, las arenas. Luego, se inmoviliza de nuevo.

Ella oye, ella escucha, dice:

—Hay un ruido.

Él escucha. Al fin oye algo: cree oír de nuevo la corriente, el descenso continuo de las aguas hacia la sima de sal. Él dice:

—Es el agua.

—No —ella hace una pausa—, eso viene de S. Thala.

—¿Qué es?

—S. Thala, el ruido de S. Thala.

Él escucha todavía mucho tiempo. Reconoce el roer incesante. Pregunta:

—¿Comen?

Ella no lo sabe con precisión. Dice:

—O se recogen —añade—, o duermen, o nada.

Ambos se callan, esperan callados a que disminuya el ruido de S. Thala.

El ruido parece disminuir. Ella respira de nuevo.

Ella se remueve.

Le mira a él, al viajero, escruta las ropas, el rostro, las manos. Ella toca la mano, la roza con precaución, con dulzura, después le llama, señala el malecón y dice:

—El grito venía de allí.

En la dirección que ella acaba de indicar, él surge.

Él todavía está lejos.

Vuelve del malecón el hombre que camina. Ya está ahí.

Detrás de él, la marea sube, la masa del encadenamiento continuo comienza a iluminarse con luces eléctricas. Tras la masa, las humaredas del petróleo, muy oscuras.

Él llega, camina por la orilla de la mar, sin mirar. Ella se lo muestra al viajero:

—Él vuelve.
Él mira.
—¿Vuelve de dónde?
Ella busca en la dirección que acaba de rebasar el hombre que camina, ella está limpia, ella dice:
—Algunas veces él deja atrás S. Thala, pero ya es bastante con saberlo —y agrega—: con esperar.
Allá lejos él sigue acercándose, asciende por la playa, tuerce en dirección a ellos. El viajero dice:
—No podemos dejar atrás S. Thala, no podemos entrar allí.
—No, pero él —ella hace una pausa—, él, algunas veces, se pierde.
Él viene. Ellos esperan.
Él llega. Está allí. Les mira. Se sienta, calla, su mirada azul escudriña a su vez el espacio, y luego habla, les informa con gran precisión:
—Nos habíamos equivocado —y prosigue—: el grito venía de más lejos.
Ellos esperan: él no agrega nada.
—¿De dónde?
—De todas partes. —Se detiene—. Eran numerosos: millones. —Se detiene otra vez—. Todo está devastado.
Él la ve. La señala.
—¿Ha intentado vomitar?
El viajero le responde.
—No sirve de nada. La cosa vuelve a empezar.
—Es verdad.
Ella es la primera que se levanta. Ella se levanta. Ella está de pie. Se apoya en el muro.
Pasa un rato; después, ellos también se levantan.
Ellos están de pie.
El viajero señala la mar que está ante ellos, la mar, y después, más atrás, el espesor:
—¿Qué hace usted? ¿Camina por la orilla de la mar? ¿Por la orilla de S. Thala?
—Sí.
—¿Nada más?
—No.
La mirada azul se vuelve hacia la mar, regresa. Es límpida, de una intensidad fija. El viajero prosigue:
—Sin embargo..., ese movimiento tan claro, tan regular..., ese recorrido tan preciso...

—No. No... —se interrumpe—, no —se interrumpe otra vez—. Estoy loco.

Ellos se miran, ellos miran, esperan. Llega el viento, pasa sobre S. Thala. La mirada azul vigila el cielo, la mar, cualquier movimiento, con una atención pareja.

El primero en alejarse, en salir de la inmovilidad, es él, el hombre que camina. Su paso es regular en cuanto comienza a caminar.

Ella le sigue. Los pasos de ella son al principio titubeantes, muy lentos. Después se igualan. Ella camina como él le marca. Ella comienza a seguirle, pero con retraso.

Entonces, él se detiene para permitir que le alcance. Ella le alcanza.

Entonces él reanuda su marcha hacia adelante, hacia el río. Ella le alcanza de nuevo. Él sigue caminando. Así deben cubrir cada día la distancia, el espacio de las arenas de S. Thala.

Ellos desaparecen, vuelven por la orilla del río. Rodean, evitan, no penetran en la espesura de piedra.

Tres días.

Tres días entre los cuales hay un domingo. El ruido aumenta, S. Thala se bambolea, luego el ruido decrece.

Estalla una tormenta que encrespa la mar.

Tres noches.

Por la mañana, hay unas gaviotas muertas en la playa. Hacia el lado del malecón, un perro. El perro muerto está frente a los pilares de un casino bombardeado. Por encima, el cielo es muy sombrío, por encima del perro muerto. Es después de la tormenta, la mar está embravecida.

El lugar del muro sigue vacío, el viento bate.

La mar se lleva el perro muerto, las gaviotas.

El cielo se calma. El encadenamiento continuo emerge de los petróleos. Después la mar. El sol.

Sol. Por la tarde.

Cuando ella reaparece es por la tarde. Llega por el camino de tablas. Detrás de ella, el que camina.

Ya están ahí. Llegan al río, lo atraviesan, van por los lindes de S. Thala, los recorren. Salen de tres días de oscuridad, se les ve de nuevo a la luz solar de una S. Thala desierta.

El viajero sale del hotel que se encuentra detrás del muro, les ve, va hacia ellos.

Detrás de ella, él se detiene en cuanto el viajero sale del hotel. Ella avanza. Ella todavía no ha visto que el viajero va a su encuentro. Ella avanza movida por la voluntad de aquel que está detrás de ella.

Son alcanzados. Ella ve al viajero, no acaba de reconocerlo.

Ella le reconoce.

Detrás de ella, el otro da media vuelta, parte de nuevo. Ha partido hacia el río.

Ella dice:

—Ah, ha venido usted.

La tormenta ha ahondado sus rasgos.

Ellos parten primero hacia el malecón, después hacia el río, se detienen, reanudan la marcha, van hacia una fuerte luz que se encuentra en el camino de tablas, al borde de la mar, al borde de la arena, antes del espesor, del encadenamiento de piedra.

Ellos miran la luz durante mucho tiempo.

Después entran.

Ella tiene hambre.

Ella come, mira, oye. Hay cosas que ver, cosas que oír, oleadas de palabras, unas palabras, unas risas. Él mira con ella, pero de una manera diferente, a veces se vuelve y la mira. Ella dice:

—Tengo hambre, espero un hijo.

Cuando lo dice, sus ojos se agrandan y se apagan enseguida. Ella repite:

—Un hijo.

—¿Todavía?

—Sí.

—¿De quién?

Ella no lo sabe.

—No lo sé.

Ella huele a arena, a sal. La tormenta ha ennegrecido sus ojos.

El ruido del café aumenta. Cuando el ruido aumenta demasiado, sus ojos se abren dolorosamente. Su distracción es continua. Ella pregunta:

—¿Viene usted a S. Thala cada día?

—Sí.

—Está lejos —y agrega—: es una larga distancia, ¿verdad?

—Sí.

El viajero intenta ver más allá del lugar cerrado, más allá de los cristales.

Ella, ella sólo mira ahí, el lugar cerrado.

Más allá de los cristales, del camino de tablas, de la playa, alguien pasa, una sombra camina con paso monótono, se dirige activamente hacia la masa negra del malecón. El viajero la sigue con los ojos mucho tiempo, hasta que ella desaparece tras la masa negra. El viajero dice:

—Él acaba de pasar por allá abajo, caminaba muy rápido, no miraba nada.

Ella dice claramente:

—Está buscando —y añade—: hay que dejarle.

Ella ve quién está a su lado: es el viajero, el hombre del hotel. Alza la mano, toca el rostro que está mirando, la mano permanece posada mientras ella mira, está tibia, toca la piel con dulzura mientras la voz estalla sin eco alguno.

—Ha vuelto usted a S. Thala, ¿por qué?

Ellos se miran.

—Se trata de un viaje. —Él se interrumpe.

Continúan mirándose, luego el rostro se aparta, la mano cae.

Permanecen así, sin hablar.

Mucho tiempo.

El ruido decrece.

El lugar se vacía.

Ellos miran, escuchan lo que tienen ante ellos. Mucho tiempo.

Aquí el ruido sigue decreciendo. Ella está como atenta a un término cuya amenaza parece aumentar a medida que disminuye el ruido. Ella dice:

—Se van.

—¿Quiénes?

Ella señala dentro de los cristales, detrás, en todas partes, el encadenamiento de carne. Su gesto es abierto, de una ternura desesperada:

—Mis gentes de S. Thala.

El ruido, aquí, ha cesado. Allá lejos, el roer incesante comienza de nuevo. Aumenta.

Se transforma.

Se convierte en un canto. Es un canto lejano.

Las gentes de S. Thala cantan.

Ella mira a su alrededor, delante de ella:

—Se han ido. —Ella escucha—. ¿Les oye usted?

Sus miradas parten, atraviesan los cristales, ellos escuchan cómo cantan. Escuchan el canto lejano. Ella levanta la mano:

—¿Oye usted? —Ella se interrumpe—. Esa música de ahí.
Es una marcha lenta de solemnes acentos. Una danza lenta, de bailes muertos, de fiestas sangrientas.
Ella no se mueve. Escucha el himno lejano. Dice:
—Es necesario que duerma o me moriré.
Señala en dirección al lugar donde ella duerme.
—Hay que cruzar el río. —Se calla.
Ella escucha.
Él siente miedo: ella no se mueve, no respira, escucha esa música de allá lejos. Él pregunta:
—¿Quién es usted?
La música continúa todavía. Ella le responde:
—La policía tiene un número.
La música continúa todavía. Ella le mira.
—¿Por qué llora usted?
—¿Lloro?
La puerta se abre con un gran estrépito de viento.
El hombre que camina.
Está aquí.
Entra, solo, en el espacio cerrado, la puerta se cierra de nuevo. De repente, con él, el yodo de la mar, la sal, el fulgor azul de los ojos del pleno día, de la noche plena.
Él se levanta, escucha la danza lejana, dice:
—¿Recuerdan? La música de S. Thala.
Permanece erguido. Escucha. Una sonrisa pura barre su rostro. Escucha profundamente, con una gravedad insensata, la música lejana.
Ella señala al viajero, ella dice:
—Llora.
A su vez, los ojos azules se llenan de lágrimas. La sonrisa permanece fija. Él explica:
—La música de S. Thala hace llorar.
La música cesa.
Él trata de escuchar todavía. Renuncia.
El roer se reanuda, el silencio.
Ella dice, señalando al viajero:
—Tenía miedo.
—¿De qué?
—De no volver a verle a usted.
—Es cierto que...
Los ojos azules se inmovilizan, ven de nuevo. Ven de nuevo el peligro, la perdición.

—Es cierto que me perdí allá lejos, dejé atrás la distancia —agrega—, y la hora.

Él señala la dirección solitaria que hay detrás de la masa negra del malecón. Su mano tiembla.

—No sabía cómo volver.

Él ya no señala nada. Olvida, la ve a ella, olvida. Él dice al viajero:

—¿Se lo ha explicado ella? Es necesario que ella duerma.

Él se dirige al viajero:

—Hay que cruzar el río, está cerca de la estación, entre los dos brazos.

—¿Qué hay allí?

—La prisión de S. Thala, su gobierno.

Se levantan. Salen.

Noche.

A la luz eléctrica el viajero escribe.

El viajero aleja de sí la carta, se queda así.

Ante él, la carretera vacía; tras la carretera, unas villas con luces apagadas, unos parques. Detrás de los parques, el espesor, inasible, S. Thala erguida.

Toma otra vez la carta. Escribe.

«S. Thala, 14 de septiembre.»

«No vengas, no vengas ya, a los niños diles cualquier cosa.»

La mano se detiene, reanuda la escritura:

«Si no consigues explicárselo, déjalos que inventen».

Deja la pluma, la toma de nuevo:

«No lamentes nada, nada, acalla cualquier dolor, no comprendas nada, has de decirte que entonces estarás más cerca de...», la mano se alza, prosigue, escribe: «la inteligencia».

El viajero aleja de sí la carta.

Sale de su habitación.

La habitación sigue iluminada sin presencia alguna.

Noche. S. Thala desierta.

Él camina. Es el viajero, el hombre del hotel.

Atraviesa el río, pasa junto a la estación.

La mar asciende entre las márgenes de cieno. El cielo se agita mucho, está muy bajo, muy oscuro, negro en algunas partes. La estación está cerrada.

Él se gira. Está allí. El río se separa. Está allí, entre los dos brazos del río.

Es un gran edificio de piedra, de formas sencillas. La escalinata da a un terreno bordeado por los brazos del río.

Ella está allí, duerme en el peldaño más alto de la escalinata, respaldada en la pared del edificio, en la misma postura que en la playa.

Él también está allí. Está de pie en la punta extrema del terreno, frente a las desembocaduras, a la brecha de la mar.

Él habla.

El viajero avanza por el terreno de la isla. Hay huellas de la tormenta, ramas quebradas. Pasa por delante de ella, se aproxima, ve que ella duerme profundamente. Su respiración es rítmica, calmada.

El viajero prosigue hacia la punta de la isla, que está a una veintena de metros de la que duerme.

Pero no llega hasta allí.

Se sienta en un banco, a media distancia entre la que duerme y el que habla en la punta de la isla.

Desde las riberas exteriores del río, desde todas partes, los barcos toman rumbo hacia la mar. Se les ve pasar por la desembocadura formando una larga cadena.

De pronto, un llanto.

De pronto, entre el ruido de los motores y el ruido de la mar, se inserta el llanto de un niño. Se diría que ella forma parte del lugar donde duerme.

Durante un instante la voz continúa, esa voz, sin efectos, circula por la isla, se mezcla con el llanto, se inserta entre el ruido de los motores y el estruendo de la mar.

Después cesa.

El hombre ha debido de oír el llanto.

Deja la punta de la isla. Viene. Ve al otro, al viajero, se detiene cerca del banco.

—Ah, ha venido usted.

Parte de nuevo, hacia la escalinata. Se inclina sobre ella, escucha, se incorpora, regresa, siempre apresurado. Vuelve a pasar por delante del banco, se detiene, anuncia:

—Ella duerme bien.

El llanto, incesante.

—Ese llanto, ¿es ella?

—Sí. Se impacienta, ¿comprende?, pero duerme. —Se interrumpe—. Es solamente ira, no es nada.

—Ira, ¿contra qué?

Él muestra a su alrededor el movimiento general.

—Dios —prosigue—. Contra Dios en general, no es nada.

Se aleja con vivacidad, llega de nuevo a la punta de la isla.

El ruido aumenta. Y el llanto. Y el desorden de las desembocaduras.

El viajero se reúne con él en la punta de la isla.

Puede verle bien a la claridad de la mar: mira como en el primer día.

Los ruidos de los motores siguen multiplicándose, el movimiento de los barcos sigue multiplicándose, el engullimiento de la mar continúa.

Él habla, dice:

—¡Qué desorden! —y añade—: hay que esperar una hora todavía, ya no habrá más salidas y, en mi opinión, la mar habrá dejado de subir —prosigue—, porque, de todos modos, el tiempo pasa.

Señala la turbulenta desembocadura:

—Mire, mire aquí, mire.

Muestra el río invadido, los desgarrones del agua, la mezcla de las fuerzas del agua, el brusco ascenso de la sal hacia el sueño.

El llanto llama. El llanto grita.

El viajero dice:

—No me atrevo a volver al hotel, no me atrevo a alejarme de ella.

Él responde, frente al desorden:

—Comprendo... —señala ante él—, comprendo... Tampoco yo puedo hacerlo... Mire...

Muestra, a su alrededor, la totalidad.

El llanto sigue llamando.

El que mira la mar ya no parece oírlo.

El viajero abandona la punta de la isla, regresa hacia la que duerme. Se sienta cerca de su cuerpo abandonado, la mira. Sus labios están entreabiertos. El lamento de animal soñante se hace más suave. La cabeza está totalmente dormida. Se inclina, posa la cabeza sobre su pecho, oye el llanto del niño y los latidos del corazón conjugados, el lamento del niño, la ira del corazón.

Se levanta. Lucha contra el vértigo.

Camina, se detiene, echa a andar de nuevo. Atraviesa una vez más el terreno de la isla, se dirige otra vez hacia el que mira el movimiento de las aguas.

La mar sigue subiendo. El río se llena. Las márgenes están

anegadas. La mar está cada vez más cerca del terreno de la isla.

Él hace señas al viajero para que se acerque, para que vea.

Habla, indica:

—Mire, mire allá, a lo lejos.

De las desembocaduras llega una bruma muy tenue. Danza ante los ojos, cae, la mar la desmenuza, pero llegan, danzantes, otras hileras de bruma. Él dice:

—Mire —y sonríe.

Sigue oyéndose el llanto airado del niño.

Ahora se aprecia menos el movimiento de las aguas. El engullimiento de la sal pierde fuerza.

El viajero señala la escalinata. Solicita:

—Dígame algo de la historia.

Él no se vuelve, sólo ve lo que tiene delante, responde:

—En mi opinión, la isla salió antes —señala la mar— de ahí. S. Thala llegó después, con el polvo —agrega—, ¿entiende usted?, el tiempo...

El silencio comienza con un espaciamiento de la salida de los barcos. Él dice:

—El silencio comienza con un espaciamiento de los tiempos...

El llanto acaba de espaciarse.

—Mire.

Un valle de agua comienza a formarse entre las márgenes de cieno. En las desembocaduras empieza a verse una diferencia: la mar se orla de blanco, la sal se separa, ya no penetra. Los declives de agua están colmados.

La ira, el llanto acaba de cesar.

Una última ola de palabras sale de él. Sus ojos brillan y se cierran, encaran la paz de las aguas.

—Objeto de deseo absoluto —dice—, sueño nocturno, alrededor de esta hora o a cualquiera, abierta a todos los vientos —se detiene, prosigue—, objeto de deseo, ella está para quien quiera algo de ella, ella le lleva y le embarca, objeto de absoluto deseo.

Sus ojos se abren. Se vuelve hacia ese otro hombre, el viajero, y después hacia ella, que duerme, y después su mirada atraviesa S. Thala, se pierde.

Ellos van junto al cuerpo dormido.

Se aproximan, lo miran. El cielo se ha vuelto perfectamente claro.

Están sentados cerca del cuerpo dormido. Los labios han vuelto a cerrarse. La respiración, pacientemente, se abre camino en la respiración del conjunto.

Él la mira tal como un instante antes había mirado la mar, con una pasión insensata. El viajero pregunta:

—¿Cuándo empezó la historia?

Él se vuelve, fija en él su mirada ausente, de repente está sumergido en la certidumbre:

—En mi opinión, con la luz, con el estallido de la luz.

Él continúa mirándole, le reconoce, en la transparencia de sus ojos todo se ahoga, todo se iguala, dice:

—Usted ha venido a S. Thala por ella, usted ha venido a S. Thala por eso.

Él la señala. Ella les mira: duerme con los ojos abiertos.

El viajero abandona la isla. El otro le acompaña.

Caminan.

Caminan, rodean la estación. Él muestra al viajero el espesor, la masa de S. Thala.

—Sus hijos están allí dentro, ella los hace, ella los da —y añade—: la ciudad está llena de ellos, la tierra.

Se detiene, señala a lo lejos, hacia la mar, hacia el malecón:

—Ella los hace ahí, donde surgió el grito, ella los deja, ellos vienen, se los llevan.

Él mira fijamente en dirección al malecón, continúa:

—Es un país de arena.

El viajero repite:

—De arena.

—De viento.

Él se vuelve hacia el viajero.

Se miran:

—¿Se acuerda usted un poco...? El día del grito..., ¿se acuerda?

—Poco. Muy poco.

Él muestra de nuevo al viajero el encadenamiento continuo:

—Ella ha habitado en todas partes, aquí o en otros lugares. En un hospital, en un hotel, unos campos, unos parques, unas carreteras —se interrumpe—, un casino municipal, ¿lo sabía usted? Ahora, ella está ahí.

Señala la isla. El viajero pregunta:

—¿Prisión fuera de los muros?

—Eso es.

—En los muros ¿está ahí el crimen?

Él responde distraído:

—El crimen, etcétera.

Siguen caminando. El viajero pronuncia algunas palabras.

—Fuera, internamente voluntaria.

Él no oye, mira hacia la mar, al fondo del espacio, un claro del cielo, y dice:

—Luna, mire, luna de los locos.

Siguen caminando, lentamente. El viajero pregunta:

—¿Ha olvidado ella?

—Nada.

—¿Perdido?

—Quemado. Pero está ahí, disperso.

Él muestra con negligencia el encadenamiento continuo, la materia negra.

Se detiene, mira de nuevo la mar, largo tiempo, después retorna a la isla, cerca de ella.

Noche.

El viajero pasa por la orilla de la mar.

Rodea el hotel por detrás del muro, lo deja atrás.

Camina por una carretera, se dirige hacia una casa que hay en una elevación.

Se detiene ante la casa. Rodeando por completo la casa, la masa, el vértigo de S. Thala.

La casa es un rectángulo gris con postigos blancos. Domina la playa, la masa del malecón, la ciudad envenenada. El jardín está yermo, la hierba es muy alta y rebasa los muros.

La verja entreabierta invita, da miedo.

El viajero se va.

Camina de nuevo por la carretera, desciende hacia la playa. No va hacia el malecón, va hacia el muro.

El viajero entra en el vestíbulo del hotel que está detrás del muro. El lugar está poco alumbrado. Dos hileras de butacas están allí, cara a la mar. Una puerta da a un balcón, la puerta está abierta. Unas plantas negras se agitan con el viento que entra por la puerta. Unos espejos paralelos ocupan las paredes. Los espejos reflejan las columnas del centro del vestíbulo, sus sombras macizas multiplicadas, las plantas verdes, las paredes blancas, las columnas, las plantas, las columnas, las paredes, las columnas, las paredes, las paredes, y después a él, el viajero, que acaba de pasar.

Día.

Ella está en el patio del hotel cuando el viajero sale. Ella lleva las ropas que vestía por la noche. Ella le espera con los ojos fijos

en la fachada blanca. Rígida, fuera de las paredes, mira el hotel.
Ella oye su paso, le ve, ella va hacia él.
—He venido.
—Yo iba a buscarla —añade—. ¿Sabía usted que yo iría?
Ella no le comprende bien.
—¿Adónde?
—A la isla. ¿Lo sabía?
—No.
Ella se acerca a él, apoya la cabeza sobre su hombro en un gesto de confusión, de temor. Se diría que tiene frío. Ella dice:
—Yo conozco este sitio.
Levanta la cabeza, mira el hotel, le mira a él y añade:
—Yo le conocía a usted.
El viajero calla. El desconcierto aumenta súbitamente, ella mira de nuevo el hotel.
—He ido a la isla esta noche.
—Ah.
—Y, en la playa, la encontré a usted.
Con la cabeza levantada, ella mira la fachada blanca del edificio de formas sencillas que se alza frente a la mar, a él le cuesta llevársela. Se la lleva, rodean el hotel.
La playa.
Hay algunos paseantes a lo lejos, caballos que van al paso. El cielo es leve, el tiempo está muy claro.
Caminan hacia la mar, sobre la arena desnuda.
Ella tiene frío todavía, el hotel la persigue, se vuelve una vez más. Él la hace girar, se la lleva. Ella dice:
—Le he preguntado dónde vivía usted, él me ha pedido que le dijera cómo era usted. —Se interrumpe—. Entonces me ha dicho cómo podía encontrarle —ella interroga con la mirada—, no me he equivocado.
—No, es justamente así.
Ella está todavía temblorosa. De nuevo el hotel detrás: él dirige la cabeza hacia ese lado. Lo señala.
—¿Lo había visto ya?
—No —y añade—: no voy nunca por allí, por ese lado de S. Thala.
Él sigue llevándola. Ella camina.
Ella ve la mar. Dice:
—Algunas veces esto está tranquilo.
Se diría que comienza a olvidar el hotel.

—No se oye nada.

Ella la señala, es la mar de la mañana, la mar que bate, verde, fresca. Ella avanza, sonríe, dice:

—La mar.

Ella se detiene de nuevo. Él sigue caminando. Ella mira otra vez hacia atrás.

—Sigamos.

—Debo irme.

Ella sólo sigue al otro hombre de S. Thala. Debe de tener miedo de seguir al viajero.

Él se sienta, la llama.

—Venga a mi lado. Nos detendremos aquí.

Ella se acerca. Se sienta cerca de él. Calla. Después busca en la playa a ese otro hombre.

Es él, el viajero, quien le descubre antes.

—No está lejos, mire.

Helo ahí, a lo lejos, surgiendo de detrás del malecón. Camina en la dirección infatigable de la mar.

Ella le ha visto. El color vuelve a su rostro. Poco a poco un relajamiento se produce. El recuerdo del hotel se aleja.

Ella le mira a él, al viajero. Ya no tiembla. Está tendido sobre la arena, ella sigue mirándole. Ella debe de sentir algo de la fatiga del viaje. Toca los ojos sin sueño. Ella dice:

—He venido a verle para ese viaje.

Él la llama otra vez.

—Venga a mi lado.

Ella se desliza hasta él. Se inclina, apoya el rostro contra su pecho, se queda así.

—Oigo su corazón.

—Estoy a punto de morir.

Ella levanta ligeramente la cabeza. Él no la mira. Él repite:

—Estoy a punto de morir.

Él ha lanzado una especie de grito. La frase queda ajena. Pero el grito la hace enderezarse, separarse ligeramente de él. Ella sigue inclinada sobre él, sobrecogida, súbitamente desconfiada. Ella espera. Dice:

—No.

Ha hablado con dulzura. En esa dulzura se pierde la brusquedad del grito, se diluye la amenaza.

Ella prosigue:

—He venido a verle para ese viaje que quiere hacer.

Ella se calla. Él no pregunta. La frase permanece abierta, ella no sabe el final. Se cerrará más tarde, ella lo presiente, no precipita nada, espera.

Al otro extremo de la playa, a lo largo del malecón, la marcha se ha reanudado. El recorrido es regular. Él va, viene. Es visible a todo lo largo del recorrido. Ella le señala, dice lentamente:

—Él me ha dicho varios nombres esta mañana, cuando yo le buscaba a usted. —Se interrumpe—. Yo he elegido el de S. Thala.

Ella no se mueve, atenta al desarrollo de sus propias palabras.

—De eso nos conocíamos —añade ella—. Hace mucho tiempo que yo estoy aquí y usted debía de saberlo. Usted debía de saber algo de eso.

Derrame de arena continuo. La marcha del loco marca el tiempo de sus palabras.

—Entonces —ella prosigue— ha venido a S. Thala por mí.

Ella le examina de arriba abajo, hace un signo de negación, dice «no», niega el accidente del pensamiento que acaba de producirse, que acaba de atravesarla. A sí misma: no. Después, dice con certidumbre:

—Usted ha venido aquí para matarse.

Ella espera. Él no responde. Se diría que duerme. Ella le toca, añade:

—Si no fuese así, no me habría visto.

Ella le llama:

—¿Comprende?

Él hace una señal de que sí comprende. Ella se calla. Él pregunta:

—¿No la había visto nadie nunca?

Ella dice claramente:

—Todo el mundo me ve —espera—, pero usted ha visto además otra cosa.

Ella le señala a quien camina, a lo lejos, y añade:

—Él.

Ella se ha inmovilizado frente a la mar. Él dice:

—Los había olvidado.

—Sí, eso es. —Ella descifra lentamente el espacio—. Entonces, usted vino a S. Thala para matarse, y luego vio que todavía estábamos aquí.

—Sí.

—Usted se acordó.

—Sí —y añade—: de... —Se interrumpe.

—Yo no sé la palabra para decir eso.

Ambos se callan.

Una sombra pasa por el cielo. Llega el viento, se va de nuevo. El movimiento de la mar va a cambiar de sentido. Ese cambio se prepara.

La marcha, a lo lejos, continúa ante la mar.

Ella se levanta, se vuelve hacia el malecón, hacia la marcha.

—Voy a verle, volveré.

Él no la retiene. Ella está de pie cerca de él, pero con los ojos puestos en el hombre que camina a lo lejos.

—Debo preguntarle algo —y repite—: volveré.

Ella sigue esperando. Todavía tiene algo que decirle.

—Es por ese viaje. —Se interrumpe—. No entiendo cómo sé que debemos hacerlo.

Ella señala a lo lejos:

—Él me lo dirá.

Ella se aleja, él la llama. Él pregunta:

—S. Thala ¿es mi nombre?

—Sí —ella lo explica, señala—: aquí, todo es S. Thala.

Ella se aleja. Él no la llama. Ella bordea la mar.

Él mira cómo camina. Ella camina más deprisa que de costumbre. Con un paso regular, también ella, de pronto.

Ella le alcanza. Comienza a caminar con él. En lugar de volver sobre sus pasos, él continúa, ella continúa con él.

El movimiento de la mar se ha invertido. Se prepara el descenso del río, su deslizamiento hacia el abismo de sal. Por los estallidos blancos pasan las gaviotas de la mar. Llegan hasta la arena desnuda. Sus gritos hambrientos las preceden.

Ya no se las ve por ninguna parte.

Reaparecen mucho tiempo después.

Él vuelve por la orilla de la mar. Ella, por el camino de tablas: ella no mira nada, evita ver los blancos enjambres y el espesor innumerable.

Se dirigen hacia el río.

El viajero no va a la isla esta noche.

Es el principio de la tarde. Ellos pasan.

Él, por la orilla del mar. Ella, por el camino de tablas.

El viajero está en el camino de tablas.

Ella no le ve. Ella no ve nada.

Van hacia el malecón. Desaparecen detrás del malecón.

Tal vez preparan el nacimiento del hijo, allá lejos, detrás del malecón del grito de S. Thala.

Regresan al caer la tarde. Las gaviotas de la mar gritan. Ella camina ligeramente encorvada, casi pesadamente: al parecer se aproxima realmente el nacimiento de un niño.

No las llama.

El viajero espera en otra parte, les espera en el vestíbulo del hotel. Les espera a otra hora. De noche. De noche, en el vestíbulo del hotel.

El vestíbulo ha cambiado de aspecto. Los espejos se han empañado. Las butacas están enfrente de los espejos, alineadas a lo largo de las paredes blancas. Sólo las plantas negras continúan en su sitio. Siguen moviéndose con el viento que llega de la puerta abierta. Movimientos lentos de oleaje pernicioso, de espíritus muertos.

Él llega cuando es noche negra. Ella no ha venido, él está solo. Entra en el vestíbulo con su paso rápido, ve al viajero sentado en una butaca junto a la pared. Dice:

—Pasaba.

Y añade:

—Yo no vengo nunca por este lado.

Descansa, mira.

Bruscamente, ve el vestíbulo.

Rodeándolo por completo, el vestíbulo.

Él lo mira.

Sus ojos brillan. La oscuridad es casi total. Él mira como lo hace en pleno día. Prolongadamente.

Se mueve.

Va hacia el balcón, regresa, sigue mirando fijamente. Sigue acercándose. Pasa otra vez por delante del viajero sentado en la penumbra, ya no le ve, sólo ve el vestíbulo.

De repente, se inmoviliza en el centro de la pista, muestra el espacio con un gesto, describe el espacio entre las butacas alineadas y las columnas, pregunta:

—¿Estaba aquí? —Se detiene—. ¿Ahí?

Su voz es insegura.

Espera.

De pie, en el centro de la pista de baile, continúa esperando.

Después, muestra de nuevo el espacio, describe el espacio entre las butacas alineadas, repite el gesto, espera, no dice nada.

Camina, recorre el espacio, lo recorre otra vez, se detiene.

Vuelve a caminar. Se detiene de nuevo. Se inmoviliza.

Cantan, muy bajo.

Cantan.

Él canta.

Es la música de las fiestas muertas de S. Thala, los pesados acentos de su marcha.

Él avanza. La rigidez habitual desaparece de un solo golpe. Helo ahí, avanza, canta y baila al mismo tiempo, avanza por la pista, bailando, cantando.

El cuerpo se desboca, recuerda, baila al dictado de la música, devora, quema, está loco de felicidad, baila, quema, una quemazón cruza la noche de S. Thala.

Algunos segundos. Él se detiene.

Está quieto. Ya no se mueve. Ya no canta, busca a su alrededor el acontecimiento externo que ha interrumpido el baile, el canto, busca lo que ha sucedido, invadido por un vértigo que sólo él padece.

Algo se movió en el fondo del vestíbulo.

Él pregunta:

—¿Quién está ahí?

Escucha su propia voz. La fijeza de la mirada no cambia. Siente sus propias palabras tal como hace un rato sentía su propio movimiento. Él dice, él repite:

—¿Quién está ahí?

Parece tener miedo, se vuelve, se yergue.

El viajero se ha levantado, se acerca lentamente desde el fondo del vestíbulo.

El viajero mira a ese otro hombre. Da algunos pasos, llega a la luz de la pista. Él le mira.

Le ve.

La inmovilidad se rompe, la boca se abre, no sale de ella sonido alguno, él hace de nuevo un esfuerzo para hablar, no lo consigue, cae en una butaca, tiende la mano hacia el viajero, le mira como en el primer día, murmura:

—Usted, era usted. —Se detiene—. Ha vuelto usted.

Él llora.

Domingo. El ruido no aumenta en S. Thala. Hace viento. Después llueve.

El viajero camina por S. Thala bajo la lluvia.

No los encuentra.

Una noche. Un día.

El viajero no los ve en ninguna parte del espacio, del tiempo, de S. Thala.

Una noche negra.

Ella pasa por delante del hotel.

El viajero está en el balcón, la ve pasar por el camino de tablas, su sombra se destaca sobre la mar.

Ella camina lentamente, sin detenerse, hacia el malecón. No se vuelve hacia el hotel. Va directa, en la noche.

El hijo, es el hijo, su nacimiento.

Esta noche, él, el otro, la sigue. Ella avanza, le ignora. Él continúa siguiéndola. Ella se lanza, animal, se abalanza.

Ella desaparece detrás de la masa negra del malecón, se pierde en la arena, en el viento ilimitado.

Él se pierde a su vez, desaparece a su vez.

Nada más. Sólo el espesor innumerable, adormecido.

Al día siguiente, día de sol.

El viajero camina alrededor de S. Thala bajo el sol.

Se aleja, no penetra en ella. Camina por una carretera flanqueada por casas cerradas: islas en el océano de piedra.

Busca en S. Thala, más allá.

Sol todavía.

El viajero pasa por delante de una casa habitada. Hay una terraza en el parque. Desde la carretera se ve algo. Las ventanas están abiertas. Hablan en el interior de la casa.

Una mujer ríe: una risa ligera, breve.

Pleno día.

El viajero vuelve sobre sus pasos.

Se aleja.

Es el atardecer, a la orilla del río, en la isla. Ella está sola, sentada en la ribera, mira, ante sí, S. Thala. El viajero se sienta cerca de ella, ella le ve:

—Ah, ha venido usted.

Ella está absorta en lo que ve. Él le pregunta:

—¿Le ha preguntado usted sobre el viaje?

Ella recuerda:

—Él dice que yo siempre he hablado de ese viaje mientras estaba aquí, en S. Thala.

El sol se oculta. Ella está a punto de dormirse en la atención que pone mirando S. Thala. Debe de esperar ya al otro para que la conduzca al sueño.

Su rostro no tiene huella alguna de fatiga ni de dolor. Pero ha adelgazado y hay en sus ojos una fuerza sonriente.

Ella se da cuenta de que el viajero se aleja.

El viajero pasa de nuevo por delante de la casa habitada. Se detiene. Desde la calle puede verse la terraza, una parte del parque.

Llama. La puerta se abre automáticamente desde el interior, entra. El lugar es muy claro, amueblado en blanco.

Una voz de mujer:

—¿Quién es?

No responde, no llega a hacerlo. Ante él, hay un ventanal abierto que da a la terraza. La voz procede de la parte de la terraza que él no puede ver, detrás del ventanal. El viajero espera.

Y es allí, en el ventanal, donde ella aparece. A contraluz. Lleva un vestido de verano. Sus cabellos son muy negros y están sueltos.

Ella le ve mal en la penumbra de la entrada.

—¿Por quién pregunta usted?

Él avanza un paso, no dice nada. Ella sigue viéndole mal.

—¿Pero qué es lo que quiere?

El viajero avanza más hacia ella. La mujer le ve venir, sonríe, está sorprendida, pero no parece sentir ningún temor.

Él da aún otro paso, se detiene. Ha llegado a la luz de la terraza.

Ella le ve.

La mirada le abandona de golpe. El rostro se cierra, los ojos, un dolor irresistible parece atravesar su cuerpo.

Ella va hacia la terraza, él la sigue. Ella hace un gesto maquinal, señala una butaca, dice:

—Siéntese, por favor.

Ambos están de pie, inmóviles. Ella murmura.

—Ha vuelto usted...

Ya no se miran.

Él sigue de pie cerca de ella. Ella no se sienta. Se apoya en la mesa de la terraza.

Ella coge un cigarrillo. Su mano tiembla.

Ella se sienta.
Está en la luz de un parasol azul.
Él comienza a mirar: la belleza está allí, todavía presente.
A su derecha tiene una mesa baja, encima hay un libro abierto. Delante de él hay una avenida. Al fondo, una verja blanca. El parque se extiende, césped verde, hasta la verja cerrada.
—¿Ella no se ha curado todavía?
—No.
Ella aparta la vista, su cabeza cae sobre el respaldo de la butaca, se oculta mirando al parque, dice:
—Algunas veces... creo que me llama..., todavía... ahora todavía...
Hace un esfuerzo. Sus mandíbulas se aprietan para no llorar.
Ella no llora por ella misma.
Él sigue mirándola con una intensa atención. Ella no se da cuenta.
—Yo sabía muy bien que ella no había muerto, me habrían avisado... —Ella vacila y pregunta en voz más baja—: ¿Dónde ha ido a parar?
—A la prisión de S. Thala.
—Ah...
Ella desecha la imagen, vuelve a caer sobre el respaldo.
Su cuerpo es muy visible bajo el vestido. Su cuerpo todavía con vida. Sus piernas están desnudas, sus pies descalzos sobre la piedra de la terraza.
El viajero sigue mirándola con la misma atención anormal. Ella sigue sin advertirlo. Ella murmura de nuevo, pregunta:
—¿Habla todavía de mí?
—No.
Ella coge otro cigarrillo. Todavía tiembla. Sus ojos son muy oscuros, pintados de negro, fosas sin fondo donde el sentido se pierde.
Ella mira sin ver cierto punto del parque.
—Supongo que no puede hacerse nada por ella, ¿verdad?
—Nada.
Ella sigue sin advertir la atención insondable de que es objeto. Pregunta:
—¿Por qué ha regresado usted a S. Thala?
Silencio. Ella se sorprende.
Ella se vuelve hacia él. Ve, ve la mirada.
Él trata de responder. Comienza a responder:
—No estoy seguro de haberlo deseado —se interrumpe.

Hace un signo de que seguramente se equivoca, de nuevo trata de responder:

—No... Me equivoco... No... —y añade—: Lo he deseado.

—¿El qué?

—Matarme —agrega—. Buscaba un lugar para hacerlo, lo he encontrado.

Ella se incorpora ligeramente en su butaca —por espacio de un segundo su mirada se clava en el parque y vuelve a ver el pasado en su totalidad—, después su mirada regresa, y dice:

—Es así... Tiene que ser así... Dondequiera que ella vaya todo se diluye.

El viajero no recoge el error que acaba de cometerse sobre la cronología de la muerte.

—¿Es, entonces, inútil la muerte?

—Sí.

Ella le mira a su vez. Ambos se miran. Él dice:

—No estoy seguro de reconocerla a usted.

El cambio llega con la brusquedad de un paso del día a la noche:

—¿Cuál es la diferencia?

Él hace un signo: no sabe cuál.

Ella comienza a sonreír. Ella sonríe. Insensiblemente, se produce un cambio en el rostro. Ella sonríe.

—¿No lo ve usted?

La sonrisa está pegada en medio del rostro. Por debajo, el rostro se hace irreconocible. Ella sigue sonriendo.

Ya no se ve quién es ella. Ella dice:

—Míreme.

Ella se levanta. Se queda frente a él, erguida, rígida. Él tiene ante sí el cuerpo entero, el rostro, la sonrisa.

—¿No la encuentra?

—No.

Ella se sienta de nuevo.

—Siga mirando.

Ella inclina el rostro hacia adelante: se refiere al rostro. Él dice:

—Su pelo.

—Sí. —La sonrisa se acentúa.

—Teñido.

—Sí. De negro —añade, y la sonrisa se acentúa más—. Mis cabellos negros teñidos de negro. —Ella agrega todavía—: ¿Eso es todo?

El espanto pasa; terraza, parque, lugares de espanto súbitamente. El viajero se levanta, se apoya en la mesa, ya no la mira.

Ella sigue mirándole, esperando todavía la respuesta, y sonríe:

—¿Qué? ¿No ve nada más? —señala a su alrededor, la habitación, el parque, el espacio cerrado por muros y verjas, las defensas—. ¿No ve usted nada?

Él niega por señas: nada más, no ve nada más. Ella dice:

—La muerta de S. Thala.

Ella repite, ella dice:

—Yo soy la muerta de S. Thala.

Ella espera, termina la frase:

—Me he librado de ella.

Ella espera un poco más, termina la frase:

—La única entre vosotros —agrega—: La única, la muerta de S. Thala.

Se vuelve hacia su parque, hacia su habitación. Ya no termina ninguna frase. La sonrisa está todavía allí, debajo de ésta no hay más que unos rasgos.

Él se va. Ella le deja ir. Ella se queda allí. Allí.

Él recorre el camino del parque, abre la verja, sale.

Afuera. El espacio. Las gaviotas de la mar que cruzan.

Hay humo negro sobre S. Thala.

Pleno día.

El viajero mira desde la ventana de su habitación.

De pronto, unos clamores de sirenas de alarma. Es hacia el río.

El viajero mira su reloj, y después, de nuevo, el humo negro en el sol.

Las sirenas cesan.

Se oyen pasos, afuera.

Una mujer atraviesa el patio, va hacia el vestíbulo. La acompañan dos niños. Visten ropas de luto.

El viajero se retira de la ventana, espera, escucha, espera.

Las sirenas de alarma vuelven a recorrer la ciudad, desencadenadas.

El humo continúa elevándose por encima de S. Thala, junto al río.

Este día, en S. Thala hace un calor inmóvil. La sombra de los árboles está anclada en el suelo de S. Thala. El viento la ha abandonado. Un sol fijo en un cielo vacío la recubre.

El viajero va hacia la mesa, toma la carta, la mete en un sobre y vuelve a dejarla sobre la mesa.

Él sale de la habitación.

El pasillo: allí, al final, el hombre que camina.
Se halla a la luz de las ventanas de la escalera.
Espera.
Los dos hombres se miran. La boca ríe, los ojos azules brillan en el rostro quemado.
Señala en dirección a las sirenas y anuncia:
—El fuego.
Sus ojos son de una transparencia líquida. Añade:
—La prisión —y agrega—: estaba apagada cuando yo me fui. —Se detiene, le informa—: Aquello arde a menudo.
Las sirenas aúllan. El viajero dice:
—Está ardiendo todavía.
—Sí, pero más lejos. —Se interrumpe—. Aquello arde siempre por alguna parte.
Las sirenas han cesado. El viajero pregunta:
—¿Pasa usted?
—La busco —explica—. Algunas veces, ella cruza los límites de S. Thala, pero basta con saberlo.
Él mira a su alrededor, añade:
—A no ser que esté aquí.
—No.
Él se aleja, recuerda algo, vuelve.
—Preguntaron por usted en el vestíbulo, he dicho que esperaran.
Se va.
El viajero se queda donde está, espera.
Mucho tiempo. Después, alguien viene.
Alguien sube la escalera. La reconoce. Es la mujer que ha atravesado el patio. Ella le ve en lo alto de los escalones. Las sirenas han cesado. Ella le mira, dice:
—Me ha dicho que estabas aquí, un hombre a quien no conozco.
Ella continúa subiendo. Él no la mira. Ella llega cerca de él.
—Podemos ir a tu habitación —el tono es tímido, asustado.
Él mira los cristales del pasillo. Ella dice:
—No te reconocía.
Ella le toca el hombro, repite:
—¿Podemos ir a tu habitación para hablar?
Él dice —la voz es lenta, suave, quebrada de repente:
—Te he escrito. La carta está todavía ahí.

Ella vuelve a dejar la carta sobre la mesa. Ella está de pie, mira por la ventana la ciudad inmóvil, el humo sobre la isla.

Las sirenas pasan, cruzan. Ella dice, con voz baja, blanca:

—No acabo de comprender...

Él la mira: la mirada está ausente. Ella retrocede, tiembla.

—Has dejado de...

Él trata de responder, no lo hace. Ella continúa:

—Me pregunto incluso... si ni siquiera al principio... nunca me habías... —Se interrumpe.

Él dice:

—Claro que no.

Las sirenas, de nuevo a todo volumen, ensordecedoras, atraviesan S. Thala. Ella deja de hablar, el miedo la ha invadido, exclama:

—¿Pero qué es eso?

—El fuego.

Ella grita con las sirenas:

—¿Dónde?

—Lejos.

Él escucha las sirenas. Ella ve la atención que él pone para seguir sus recorridos. Esa distracción desencadena la ira, ella grita de nuevo:

—Hay otra cosa, estoy segura, hay otra cosa.

Las sirenas se alejan, se alejan aún más, se hacen lejanas.

Él mira ante sí, la calle vacía, el sempiterno sol.

La ira se repliega.

Ella suplica de repente:

—Háblame, te lo ruego.

Él dice:

—Querría volver a ver a los niños.

Cierra los ojos, da un paso. Ella cree que él va a irse, lo retiene...

—No te vayas antes de que yo sepa...

Él dice:

—Querría volver a ver a los niños.

Espera.

Ella no responde. Ella le mira prolongadamente, luego se acerca, vacila, se acerca más:

—¿Desde cuándo dura eso?

Su voz es lisa, sin timbre. Él dice:

—Desde siempre.

Ella lanza una exclamación, un risa forzada, breve. Él mira:

el rostro se ha helado en la risa silenciosa, la mirada implora:

—¿Te burlas de mí?

—No.

La sinceridad de la respuesta da miedo. Ella retrocede. Y entonces, cuando ella ha retrocedido, él se da cuenta del error que acaba de cometer. Va hacia ella, hace un gesto de excusa, dice:

—Compréndeme... —Se detiene, agrega—: lo que quería decir... sólo lo sé desde hace algunos días.

Ella espera: nada, él no dice nada más.

Ella dice:

—Me das lástima...

Él no responde.

Los gritos brotan otra vez, pero sin fuerza, la ira se ha roto.

—Quisiera una explicación... Creo que tengo derecho...

Él no la ha oído.

—¿Qué es lo que me reprochas?

—No, nada..., yo...

Está delante de ella. Ella ve el esfuerzo que hace para intentar hablar, su impotencia para lograrlo. Ella le toma la mano, él se deja hacer. Él dice al fin:

—Se trata de un acontecimiento que se ignora —y agrega—: de orden general.

Ella suelta su mano, dice en un soplo:

—¿Lo haces a propósito?

—No.

Ella espera: nada más, él no dice nada más.

Él ha olvidado su presencia, mira la calle. De pronto, bruscamente, ella comprende la inutilidad de toda medida.

—Pero, vamos a ver... ¿Es algo serio?

La voz está como aniquilada.

—Quieres decir que...

—Sí.

Ella vacila una vez más:

—¿Y esperan algo de ti?

—Sí.

Ella espera. Él no dice nada. Sigue esperando, largo rato: nada.

Entonces ella se mueve. Camina.

Se mueve por la habitación, va, viene. Rumor de sollozos reprimidos. Se oye muy bajo:

—Y yo, pobre de mí, que no me daba cuenta de nada...

Ella se detiene de súbito.

Se queda inmóvil.

Se ha detenido cerca de la mesita de noche. Tiene en la mano un frasco de cristal lleno de píldoras negras, no empezado. Ella lo mira, lee la etiqueta del frasco.

Las sirenas pasan en tromba por la carretera, delante del hotel, siguen dirigiéndose hacia el río.

Ella deja el frasco. Mira largo rato al hombre que está ante ella. Se pasa la mano por la cara para conjurar la visión.

Él la ve. Tiene para ella un gesto de excusa, pero no consigue decir nada. Ella pregunta, con la misma voz aniquilada:

—¿Qué significa esto...?

Él dice por señas: nada; dice por señas que eso no significa nada.

Ella se acerca a él sin ruido, llega hasta muy cerca de su rostro, hasta poder tocarlo, ella dice:

—Te conozco. No lo harás.

Las sirenas de nuevo, hacia el río.

Se callan.

Ella dice reposadamente:

—Los niños están en el vestíbulo.

Las sirenas de nuevo, hacia el río.

Los niños.

Se levantan, miran cómo se acerca. Son blancos entre sus ropas negras. No se mueven, le miran, y solamente a él.

Están uno junto a otra, a un metro de distancia, en la misma espera. Están prevenidos del drama, pero ignoran su naturaleza.

Él se detiene. Él los mira.

Los mira alternativamente, al uno, a la otra. Los separa, después los reúne. No se acerca.

Entre ellos y él hay un rectángulo de sol recortado por la abertura del balcón. Nadie franquea el rectángulo de luz. En los ojos de los niños no hay temor alguno. Solamente la avidez de conocimiento.

La madre está en algún lugar del vestíbulo, ellos no la ven. Miran a ese hombre que calla. Esperan.

Él dice:

—No voy a volver.

La noticia es recibida en silencio.

La mirada de los niños no ha cambiado.

La avidez sigue siendo la misma.

—¿Nunca?

La voz es neutra, maquinal.

—Nunca.

La voz adulta tiene la calma de la del niño.

La mujer atraviesa el rectángulo de luz que separa al hombre de los niños, busca el aire, corre hacia el balcón, tropieza en la puerta, se inmoviliza allí, contra la puerta, oculta el rostro entre sus manos.

Los niños no la ven. Ellos ven al hombre y solamente a él.

—¿Por qué?

La voz es clara, siempre tranquila, sin coloración alguna.

—Ya no quiero niños.

La avidez sigue siendo la misma, no tiene límites. La boca está entreabierta por la avidez sin límites del conocimiento. Ninguna señal de sufrimiento. Otra voz de niño:

—¿Por qué?

—Ya no quiero nada.

La mujer se mueve, franquea la puerta, vuelve del balcón. Ha emitido un grito sordo de sofocación.

La tensión de los rostros permanece inmutable. Y también la avidez.

Las sirenas de alarma estallan en toda la ciudad.

La mujer corre, grita:

—¿Pero qué es eso? ¿Es aquí?

Ni el hombre ni los niños le responden.

Las sirenas disminuyen bruscamente de intensidad. Cesan.

Siempre con la misma voz lúcida, un niño encadena unos acontecimientos que, en apariencia, no tienen relación.

—La policía ha venido cuando estabais arriba.

El otro niño levanta el brazo e indica en dirección al río sin dejar de mirar al hombre:

—Es un incendio, era a causa del incendio.

Un grito aislado: la madre. Grita que hay que marcharse.

—Vámonos de aquí.

Los niños hablan tranquilamente entre el aullido de las sirenas y los gritos de la mujer:

—Buscaban a alguien que estaba contigo.

—A una mujer que se ha escapado; tenían miedo.

La mujer grita:

—Vámonos de este lugar, ya no puedo más.

Los niños no la oyen.

Ella se acerca a ellos.

—Venga, venid, nos vamos.
Ella llega, los zarandea con fuerza. El niño cae. Ella lo levanta, le hace mantenerse en pie, le empuja, toma a la niña, la zarandea también, la empuja, los empuja por delante de ella, no consigue reunirlos, empuja, obliga a andar, aúlla, aúlla con las sirenas:
—O venís o pido ayuda.
Ellos no quieren moverse, siguen mirando al hombre, inmovilizados.
Ella siente miedo, grita:
—Tengo miedo, venid.
La avidez continúa insaciable, como en el primer momento. Los niños esperan todavía. La avidez quedará sin respuesta.
Ella les empuja por la espalda, les hace avanzar, empuja, empuja con todas sus fuerzas hacia la puerta del vestíbulo.
La puerta.
Han llegado a ella.
La puerta todavía. Ésta golpea. Caminan por el patio del hotel.
Por la puerta del balcón, la arena, la mar. Largo rato. Después, él sale.

Ella está recostada en el muro, en el calor. Sus ojos están casi cerrados. Unas lágrimas corren por su rostro. Ella no advierte la presencia del viajero.
Sólo le ve cuando se sienta junto a ella.
Él calla. Ella dice:
—Ah, ha vuelto usted.
La mar se ve lejana a través de los párpados entreabiertos. La ciudad, allá arriba, es invisible, enviscada en sus excreciones. No hay aves. Las lágrimas manan de sus ojos. Ella dice:
—Ha venido una mujer con unos niños.
Él hace una seña: sí. Ella le ve a través de las lágrimas. Se diría que él tiene frío en el calor inmóvil. Él no mira nada, sólo la arena.
—Se han marchado.
—Sí.
Lejos, por encima de la mar, unas zonas de sombra. El cielo se cubre. Después llueve en las zonas de sombra. Ella mira. Ella llora.
—Ahora usted ya no tiene nada tampoco.
Él no le responde.
Ella llora.

Regularmente, sin intermitencias, las lágrimas manan de sus ojos.

Se forma sobre la mar un gran cuadrilátero de luz.

Ellos no lo ven.

Él mira la arena que está junto a él: la mano de ella, posada en la arena y manchada de negro. Él dice:

—Sus manos están negras.

Ella levanta sus manos, las mira a su vez, vuelve a posarlas.

—Es del incendio.

—La buscaban.

Él toma arena.

Toca la arena.

Se forma sobre la mar un gran cuadrilátero de luz blanca.

Ella tiende la mano:

—La luz, allí.

Él no oye. Pregunta:

—¿Por qué llora usted?

—Por el conjunto.

Él ve que la arena, bajo sus ojos, se ilumina. Levanta la cabeza, descubre la luz sobre la mar.

Vuelve a la arena.

—¿Llora usted por el incendio?

—No, por el conjunto.

Él no se mueve, ni mira, ni ve. Sobre la mar se ha formado el gran cuadrilátero de luz. Ella lo señala:

—Hay luz, allí.

Permanece clavado en la arena.

Ella señala por encima de la luz el cielo desnudo.

Él repite:

—La policía la busca.

Las sirenas, a lo lejos.

—Sí.

—Van a matarla.

—Yo no puedo morir.

—Es verdad.

Después, ella señala la playa. Después, cierto sitio de la playa, bajo la luz, cerca de los pilares del casino bombardeado:

—En el mismo sitio, el otro día, había un perro muerto —ella se vuelve hacia él—, la mar se lo llevó durante la tormenta.

Ella deja de señalar, se aleja de todo, vuelve al perro muerto.

Está así mucho tiempo, todo el tiempo que necesita la luz para extinguirse, para desaparecer. Él dice:

—Yo vi el perro muerto.
—Ya pensaba yo que usted también lo había visto.
El cuadrilátero de luz lluviosa ha desaparecido.
Otras tormentas estallan.
Cortinas de lluvia soleada, por todas partes sobre la mar.
Él se pone a mirar las cortinas de lluvia.
La lluvia. Hoy no llegará hasta S. Thala. Sólo llega su olor: el del fuego, el del viento.
Ella ya no llora. Ella dice, repite:
—Ahora podemos irnos —agrega—. Usted ya no tiene nada tampoco.
—Podemos —añade él—, ya nada.

Ella ya no está junto al muro. Ha partido hacia el río.
Noche. Cae.
Unas gentes por el camino de tablas. Caminan muy lentamente. Hablan a media voz de los gritos que se oyen estos días en S. Thala, de los incendios multiplicados.
El viajero se levanta.
Camina.
Su paso es muy lento, pesado.
Costea. Rodea. Costea la playa. Después, la estación cerrada. El río. Después del río, vuelve. La marea está alta. Los barcos han partido de S. Thala. Babilonia abandonada, a lo lejos.
En la isla hay huellas del incendio, maderas quemadas, piedras ennegrecidas.
Ellos están en el último escalón de la escalinata, allí donde ella suele refugiarse. Duermen enlazados. Su sueño es profundo.
Él se sienta junto a ellos. Se duerme a su vez.
Se despierta con el día, está solo. Ellos se han ido ya hacia su labor, el cerco de las arenas de S. Thala, objeto de su recorrido.

Atardecer. Luz dorada.
Ella le espera en el camino de tablas, frente al hotel, vuelta hacia S. Thala. Él viene hacia ella. Ella dice:
—He venido a verle para ese viaje.
Ella mira más allá del hotel y de los parques, el encadenamiento continuo del espacio, el espesor del tiempo. Ella añade:
—Ese viaje a S. Thala, ya sabe.
Él no ve bien su rostro dirigido hacia el espesor.

—No he vuelto jamás desde que era joven.

La frase queda suspendida un instante, después se termina:

—He olvidado.

Ella deja de mirar S. Thala. Le sonríe. Él pregunta:

—¿Qué dice él?

—Él dice que ese viaje es necesario —y añade—: no dice por qué.

Una brisa fresca llega de la mar, muy suave, con olor a algas y a lluvia.

—Antes —dice ella— era un país de arena.

Él dice:

—De viento.

Ella repite:

—De viento, sí.

Ella está de pie en el camino de tablas. Ya no mira. No mira nada. Está erguida, frente al tiempo. Él dice:

—¿Eran grandes los ríos, los campos, detrás de la mar?

Ella sonríe:

—Sí —ella dice—, los cruzábamos en tren para ir de vacaciones en verano.

Ella repite:

—El verano.

Ambos se callan. Ella le mira. Él dice:

—Iremos cuando usted quiera.

Ella se aleja por el camino de tablas. La brisa continúa, fresca, cubriendo la playa, la luz baja de un cielo claro.

Tres días. Luz dorada.

Tres días durante los cuales nada sucede, sólo el roer incesante que aumenta con la luz, que decrece con ella.

Sol inmóvil sobre S. Thala. Viento. Luz dorada inmóvil, azotada por el viento. Olor de sal y de yodo mezclados, acre olor desenterrado de las aguas.

La mar bate, fuerte, bajo el cielo desnudo, la arena se levanta, corre, grita, las gaviotas de la mar luchan contra el viento, su vuelo es más lento.

El sitio del muro sigue vacío, el lugar está alumbrado.

Después amaina el viento, la arena es apacible otra vez. La mar se calma, el encadenamiento continuo extiende al sol su putrefacción general. Arriba, en el cielo, se aventuran de nuevo los lentos navíos de la lluvia.

Tres días.

Después, ella viene.

Ella llega, ligera, por el camino de tablas, viene hacia el viajero que la espera para acompañarla en su último viaje a través de la espesura de S. Thala.

S. Thala.

Ellos caminan. Caminan por S. Thala. Ella camina directamente, frente al tiempo, entre sus paredes. El viajero dice:

—Dieciocho años —y añade—: ésa era su edad.

Ella alza los ojos, mira el paisaje presente, petrificado. Ella dice:

—Ya no lo sé.

El camino es llano, fácil de recorrer, maquinal. De cuando en cuando ella pronuncia la palabra, ella la nombra:

—S. Thala, mi S. Thala.

Después, ella mira el sol.

—No lo reconozco.

Lentamente, a su paso, desfila S. Thala, sus villas, sus parques.

La carretera se tuerce.

Después de la curva ella vacila, se detiene.

Ella mira. Ante ellos, la casa gris, el rectángulo gris con postigos blancos, perdida en medio del vértigo de S. Thala.

Alrededor está el jardín, la hierba todavía verde, loca, prendida en los postigos, desbordando los muros. Ella mira y dice:

—No valía la pena volver.

Ella comienza a caminar de nuevo.

Regresa hacia el polvo, otra vez hacia el suelo de las carreteras de S. Thala, dice mientras camina:

—Éstos son otros lugares.

Ellos avanzan.

Los parques son más pequeños, las villas, los muros se tocan.

Ellos caminan.

El viajero comienza a su vez a mirar el suelo, las cenizas blancas. Dice:

—Todo ha sido retirado con los efectos personales.

—¿Cuándo? —Ella ha aminorado su paso.

—Cuando cayó usted enferma por primera vez. Después de un baile.

Ella no responde enseguida, sonríe.

—Sí, eso creo.

Caminan. Ella vuelve a mirar el suelo. Ella viste de blanco, está peinada. Él la ha preparado en la isla esta mañana, la ha lavado y peinado. Ella lleva un pequeño bolso de muchacha, igualmente blanco, el bolso blanco del viaje a S. Thala. Ella lo coge y lo abre. Saca de él un espejo. Ella se detiene, se mira, echa a andar de nuevo. Ella le tiende el espejo, se lo muestra.

—Él me ha dado esto antes de partir.

Ella abre de nuevo el bolso. Vuelve a guardar allí el espejo. Él mira: el bolso está vacío, sólo contiene el espejo. Ella lo cierra, dice:

—Un baile.

—Sí —él vacila—, se suponía que en aquel momento usted amaba.

Ella se vuelve, le sonríe.

—Sí. Después... —Ella retorna al tiempo puro, a la contemplación del suelo—, después estuve casada con un músico, tuve dos hijos. —Se detiene—. Ellos se los llevaron también.

Ella se vuelve hacia él, le explica:

—¿Sabe usted? Después fue cuando caí enferma por segunda vez.

—¿Se lo han dicho?

—Yo me acordaba de los niños —agrega ella— y de él.

El viajero se detiene. Ella se detiene a su vez. A él le cuesta trabajo hablar, ella no lo advierte.

—¿Dónde está él ahora?

En la misma ola informativa, ella dice:

—Muerto, está muerto.

El viento de la mar comienza a soplar sobre S. Thala. Él no se mueve ya, permanece allí, al viento. Ella se coloca a su lado. Ella no ha visto nada del vértigo. Ella está a gusto al viento. Ella dice:

—El viento de S. Thala, es el mismo.

Él la mira.

Detenido ante ella, la mira.

Ella debe de ver algo de la violencia de la mirada. Ella busca el destino de esa violencia, se sorprende, pregunta:

—¿Qué ocurre?

—La miro.

Ella dice, pregunta:

—No hay viaje, ¿verdad?

—No. Estamos en S. Thala, encerrados —agrega él—, yo la miro.

Ella viene, dócil, hacia él. Él la estrecha contra su cuerpo. Ella le deja hacer. Él la suelta, ella deja que la suelte.

Ellos caminan, comienzan a caminar de nuevo.
Los parques han desaparecido, los jardines.
La carretera asciende.
La mar se aleja, la arena. Ella se vuelve, la mira.
Él dice:
—«Las hileras de álamos caían derribadas detrás del tren. Él la miraba».
Ella ríe, camina.
Él dice:
—«Llanuras, campos, delgadas murallas de árboles rubios.
»Él la miraba».
Ella todavía ríe. Avanza.
Ellos avanzan.
Se produce un cambio. La carretera se ensancha. Una plaza. El viento de la mar deja de soplar poco a poco.
Ella comienza a mirar de nuevo.
Se detienen. El cambio se intensifica de repente. Ya no hay viento. El sol aumenta.
El calor sale de las piedras, por efluvios.
Sorprendida apenas, ella sonríe a su blanca patria, dice:
—Entonces, ¿es verano en S. Thala?
Parten de nuevo.
Cruzan la plaza vacía.
Ella camina más lentamente, la fatiga comienza ya.
El calor aumenta.
El sol también, lentamente resplandece.
Han cruzado la plaza. En cuanto la abandonan, helos aquí, helos aquí de pronto, surgidos de la ciudad, de los agujeros, de la piedra, indiferentes los unos a los otros, en una actividad general, los habitantes de S. Thala.
Ellos les siguen.
Ella mira con la misma atención a los habitantes de S. Thala, y a sus moradas, y a él, que está cerca de ella, y la mar que está a lo lejos, aquí —sobre el frontón de un inmueble frente al que pasan—, mezclada a los términos «GOBIERNO DE», la palabra S. Thala, y allá abajo, más lejos, los blancos destellos de las gaviotas de la mar y de la arena, distintos.
Ella padece también este calor, esta inexplicable plenitud de sol.
Ellos les siguen todavía.
Ella camina cada vez más lentamente.
Ellos les dejan atrás, les abandonan.

Ella se detiene:

Es una avenida muy larga, recta.

De repente, una vez atravesada la actividad general, la plaza, se han encontrado en esta avenida muy larga, recta.

Ella no sigue caminando.

Ella comienza a mirar con desconfianza, altanera de pronto, la extensión de la avenida.

El sol abrasa. Al parecer, sus ojos sufren, ella mira como forzada a hacerlo.

Ella echa a andar de nuevo.

Ella comienza de nuevo a no mirar nada.

Ellos comienzan a irse.

La trayectoria es larga, recta. No se ve el final.

Ella camina con los ojos semicerrados, evita el sufrimiento que le produce la luz. Ella no le habla. Ella camina.

Por todas partes los muros blancos, el despliegue de S. Thala. La avenida no tiene árboles.

Sólo él, el viajero, le ha visto: ante ellos, al final de la avenida, con sus ropas oscuras, ligero, él también camina. Ellos le siguen sin saberlo desde que partieron de la arena de S. Thala.

Los muros golpean, blancos, se multiplican a cada lado de la marcha.

Ella debe de tener calor, se enjuga el rostro con la mano, aminora el paso, echa a andar de nuevo. Ellos avanzan muy lentamente.

Los muros aumentan en número, se multiplican, se cortan, se siguen, se recortan, golpean en las sienes, hacen sangrar los ojos. No hay sombra alguna.

Siempre delante, la silueta negra en la blancura de los muros al final de la avenida.

Ella sigue sin verla.

Ella avanza.

Ella se detiene.

Es ella quien se detiene. Con los ojos en el suelo, de pronto, ella sabe: la distancia que hay entre el centro de S. Thala y la mar ha quedado kilometrada en las piernas de niña: ella alza los ojos, dice:

—Mire, han construido esto.

Es un edificio de forma indefinible, al parecer grande, de la blancura del yeso. Hay numerosas aberturas, están cerradas: los postigos de madera han sido clavados a los muros.

—Antes era una plaza.

Ella permanece quieta, repite:
—Era una plaza; ellos la han recubierto de eso.
Ella se vuelve y le ve, a él, al otro, también detenido, y que espera: ella dice enseguida:
—Necesito dormir.
Inmediatamente, comienza a andar de nuevo. El viajero la retiene. Él dice:
—Yo también recuerdo.
Ambos miran: el edificio está inmutable, se mantiene en su forma, en su tamaño. Los clavos han penetrado.
El viajero dice a su vez:
—Era una plaza —se corrige—, una superficie, plana, una plaza rodeada de muros, en los muros había una puerta.
Ellos se miran. Se ven.
—Ah, tal vez —ella ha respondido, en un murmullo.
En un movimiento muy rápido, los ojos se cierran, se abren, la mirada vuelve a la superficie. Ella espera, ella ya no le mira, ella mira el suelo, él no prosigue. Ella echa a andar de nuevo.
Ella, de pronto, camina deprisa.
La mar. Ella la ve.
He ahí el edificio, una vez dejado atrás.
Ella está ahí, muy cerca. El centro de S. Thala da a la mar.
La avenida se detiene: delante de ellos ya no camina nadie.
Hay un camino de tablas. Ellos lo cruzan. He aquí la playa sin muros, la mar, la arena, las aguas de la mar.
A su izquierda se muestra la enorme masa del centro de S. Thala. Su fachada principal domina la playa.
Ella cae en la arena, se tiende, ya no se mueve.

La arena de S. Thala.
Él se ha sentado junto a ella. Le seca el sudor de la frente, lentamente. El gesto le obliga a él a cerrar los ojos. Ella suelta el bolso que sujetaba todavía. Ella dice:
—Está el ruido.
Él continúa el gesto sobre la frente.
—Duerme.
—Sí.
Ella pega su rostro contra la arena, escucha, dice:
—Esta noche viene de ahí.
Señala el interior de la playa, de la arena. Él dice:
—Yo también lo oigo.

—Ah...
Ella pregunta en voz muy baja:
—¿Están muertos?
—No.
—¿Qué es lo que están haciendo?
—Descansar —añade él—, o nada.
Ella murmura:
—Ah, sí..., es verdad, es verdad...
Él se tiende junto a ella, se apoya sobre su mano libre, la mira. Él no la ha visto nunca de tan cerca. Él no la ha visto nunca a una luz tan intensa. Ella sigue escuchando el ruido. Ella cierra los ojos, quiere cerrarlos, sus párpados tiemblan con el esfuerzo de quererlo.
—Dígame que duerma.
Él le dice:
—Duerma.
—Sí —el tono es el de la esperanza.
Ella toca la arena. Él dice:
—Hemos vuelto a la playa. Duerma.
—Sí.
Él deja de enjugarle la frente, pasa la mano sobre los ojos para protegerlos del sol.
—Duerma.
Ella ya no responde.
Él espera.
Ella ya no se mueve. Él retira su mano. Bajo ésta, los ojos están cerrados. Los párpados tiemblan ligeramente con el retorno de la luz, pero los ojos no se abren.
Ella duerme.
Él coge arena, la vierte sobre su cuerpo. Ella respira, la arena se mueve, resbala por el cuerpo. Él prosigue, comienza de nuevo. La arena resbala otra vez. Él comienza otra vez, la vierte otra vez. Él se detiene.
—Amor.
Los ojos se abren, miran sin ver, sin reconocer nada, después vuelven a cerrarse, regresan a la oscuridad.

Él ya no está aquí. Ella está sola, tendida sobre la arena al sol, putrescible, perro muerto de la idea, su mano sigue enterrada cerca de su bolso blanco.

La entrada del edificio está vacía. Se oyen rumores. Y más lejos, al final del pasillo, la música de las fiestas sangrientas, la del himno de S. Thala, lejana, muy lejana.

Penumbra.

Después de la entrada, pasillo muy largo.

El viajero avanza por el pasillo, penetra allí. Del fondo de ese pasillo, un hombre llega. Va de uniforme.

—¿Busca usted algo?

Están frente a frente. El viajero le mira.

—¿Puedo ayudarle?

Están los dos en la penumbra. El viajero le mira con una atención extremada, anormal.

Al fin el viajero habla:

—¿Hace mucho tiempo que está usted aquí?

—Diecisiete años. —Espera—. ¿Por qué?

El viajero pormenoriza el rostro: los ojos claros ya cansados, cerca de las sienes los cabellos grises. El hombre observado se impacienta.

—¿Busca usted a alguien? —Espera, el tono se hace más cortante—. ¿Qué quiere usted?

—Miro.

El viajero no se mueve, sus ojos siguen clavados en el rostro. El hombre hace un gesto de impotencia. El viajero pregunta:

—¿Cuánto tiempo ha dicho?

—Diecisiete años.

El viajero mira el fondo del pasillo, la pregunta brota bruscamente.

—La sala de baile, ¿está por ahí?

—Había varias —y añade—: ¿de cuál habla usted?

El viajero señala una puerta del fondo del pasillo.

—De ésa.

El hombre dice:

—Ya no hay baile.

El hombre debe de ver la violencia de los ojos del viajero. Dice:

—Puedo enseñársela, si quiere.

—Gracias.

—Sígame.

El hombre precede al viajero, abre una puerta, entra, la mantiene abierta. El viajero entra.

—Véala —y añade—: Veo que tiene usted recuerdos...

Hay unos espejos, están empañados. Unas butacas están alineadas frente a los espejos, a lo largo de las paredes claras. Los zócalos de plantas verdes están vacíos.

El viajero avanza hasta el centro de la pista. Se detiene, mira a su alrededor: una tarima, un piano cerrado, unas alfombras enrolladas a lo largo de las paredes. Rodeando la pista, unas mesas desnudas.

Él oye:

—Aquí se bailaba.

Se vuelve. El hombre sonríe en la penumbra, señala la pista, pregunta:

—¿Quiere usted que la ilumine?

—No.

La luz, el sol se filtra a través de las gruesas cortinas.

El viajero va hacia la puerta cerrada. Levanta una cortina: a través de los postigos clavados, una terraza, la playa, ella durmiendo.

El viajero trata de abrir la puerta. La puerta se resiste. Él se obstina.

—Está cerrada con llave, como puede ver.

El hombre ha gritado, llega hasta cerca del viajero.

—Para qué insistir, ya ve que está cerrada.

El viajero suelta el pomo de la puerta, se queda donde está.

—Yo no tengo las llaves —el tono se suaviza de nuevo—, no tengo derecho a abrirla.

El viajero levanta otra vez la cortina: la terraza, la playa, ella.

El viajero se vuelve hacia el hombre y pregunta:

—¿La conoce usted?

El hombre se acerca, mira:

—¿A la que duerme? —La señala—. ¿A ésa?

—Sí.

El hombre mira con una falsa atención.

—A esta distancia. —Se interrumpe—. Perdone, no la conozco.

El viajero suelta la cortina, que cae de nuevo. El hombre dice:

—Lo siento.

El hombre espera, pregunta:

—¿Por qué?

El viajero no le responde. El hombre pregunta:

—¿Cuál es su nombre?

El viajero responde:

—Yo no sé nada.

El hombre dice un nombre.

El viajero escucha con una gran intensidad. El hombre pregunta:

—¿Es ése?

El viajero no responde. Suplica de nuevo:

—¿Quiere repetir ese nombre?

—¿Cuál?

—El que acaba de decir —le interrumpe—. Se lo ruego.

El hombre se aleja un poco, repite claramente, por completo, el nombre que acaba de inventar.

El viajero va hacia la puerta, adelanta los brazos como si quisiera atravesarla, después renuncia, hunde su cabeza en sus brazos doblados. Unos sollozos salen de él.

El hombre le mira, deja que pase un rato, y después va hacia él. La voz es apacible:

—Debería usted salir, ir a buscarla.

El viajero se incorpora, sus brazos caen de nuevo.

El hombre espera todavía a que pase un instante, luego toma el brazo del viajero y le conduce a la puerta. Dice:

—Ahora tiene que irse. Yo debo ir a mi puesto.

Salen ambos. El hombre cierra con llave. La música se ha reanudado en el fondo del pasillo.

El hombre acompaña al viajero hasta la entrada y le deja.

El viajero traspasa la entrada, sale.

Ella continúa tendida, al sol. Tiene los ojos abiertos. Ve venir al viajero. Su mirada es dulce como su voz.

—Ah, ha vuelto usted.

Allá lejos, a la orilla de la mar, el otro camina de nuevo. No hay otro ser viviente en todo el espacio visible. El viajero dice:

—He estado paseando mientras usted dormía.

—Ah —ella le mira fijamente—, creí que se había ido.

Ella señala al que camina allá abajo, por la playa vacía, al sol infernal.

—Me habría ido con él —prosigue ella—. O la policía me habría llevado.

Él está sentado junto a ella. Ella le llama de pronto, toca su brazo, quiere que la mire.

—¿Dónde estaba usted? —prosigue ella—. ¿Por dónde ha paseado?

—Usted dormía, he querido dejarla dormir.

—No.

El hombre va, viene, allá abajo, con su paso regular, en la espera indescifrable, por la arena desierta. Él le mira, sólo le mira a él. Ella dice:

—Ha ido usted a llorar. Ha ido a preguntar.

La mirada le atraviesa, aguda, sin tregua. Él, el viajero, continúa mirando hacia el caminar tranquilo.

—Buscaba la plaza entre los muros.

Ella tarda en responder, en hablar más.

—¿La ha encontrado usted? —la voz es baja.

—Sí. Se ve también la puerta por la que salimos nosotros —prosigue—, separados.

Se callan.

Observan largo tiempo el acontecimiento de allá abajo, de la orilla del mar.

El movimiento de la marcha cambia: he aquí que, en lugar de volver sobre sus pasos, continúa. Ella lo ha visto. Él le mira alejarse. El viajero dice:

—Él vigila, nos vigila.

—No —añade ella—, nada.

El hombre ha torcido hacia lo alto de la ciudad. Desaparece detrás del edificio. El viajero, distraído, pregunta:

—¿Cómo? —se corrige—. ¿Qué hace entonces?

Ella se vuelve hacia él:

—¿No se lo he dicho?

—¿Vigila la mar? ¿Nos vigila, nos conduce?

—No.

El calor disminuye, el sol.

Ella siente un mayor bienestar. Ella se sienta. Llegan unas corrientes de aire, parten de nuevo. Detrás, en el encadenamiento continuo, el roer reanuda su curso. El viajero continúa preguntando:

—¿Vigila los movimientos de las mareas, los movimientos de la luz?

—No.

—¿El movimiento de las aguas? ¿El viento? ¿La arena?

—No.

—¿El sueño?

—No —ella vacila—, nada.

El viajero se calla.

Ella se vuelve hacia él. Dice:

—Ya no dice usted nada.

Ella recuerda:

—Es cierto —ella se interrumpe, la voz se vuelve tierna—, usted no es nada.

El cielo se oscurece. La marea baja se hace más pesada, se torna cieno negro. Helas ahí, las carniceras, las gaviotas de la mar.

Ella resigue, ante sí, una trayectoria invisible.

—¿Es el atardecer?

—Creo que sí.

Ella dice de pronto, con certidumbre, con dulzura:

—Yo ya no conozco esa ciudad, S. Thala, nunca he vuelto a ella.

Las palabras resuenan, se extinguen.

Ellos vigilan la playa.

La noche ya está ahí.

El hombre ya no reaparece. El viajero pregunta:

—Él no se ha ido, ¿va a volver?

—Sí —dice ella—. Algunas veces deja atrás su pensamiento, pero vuelve siempre. Esta noche volverá.

La mar se cubre de viento.

La noche ya ha llegado cuando él reaparece.

Él no va hacia ellos, asciende hacia la ciudad de S. Thala, y esta vez se pierde en su espesor. Ella dice, repite:

—Esta noche volverá —y añade—: esta noche debe prender fuego al centro de S. Thala.

La playa. La noche.

El viajero está tendido sobre la arena. Ella está tendida junto a él.

Ellos callan. Esperan.

El silencio de S. Thala es sonoro esta noche, grita, cruje, ellos escuchan, siguen sus modulaciones más secretas. Ella dice:

—Hablan, ahí al lado.

Unas voces en la arena, cerca. Él dice:

—Unos amantes.

Oyen unos lamentos amorosos, los gemidos atroces del placer. Ella dice:

—Yo ya no veo nada.

A lo lejos, el primer humo negro. Él dice:

—Yo veo.

El primer humo negro se eleva en el cielo claro de S. Thala.

Ella hace un gesto abierto, de una ternura desesperada, ella dice, murmura:

—S. Thala, mi S. Thala.
Se vuelve hacia él, se tapa el rostro.
Posa su cabeza en el hueco de su brazo, sobre su corazón.
Ella permanece así.
Las primeras sirenas cruzan S. Thala.
Ella no las oye.
El fuego crece, se extiende.
A través del humo negro brotan las primeras llamas, el cielo enrojece.
Con toda su fuerza, todas las sirenas de S. Thala suenan.
Ella se incorpora. Le ve a él, oye las sirenas, ve el cielo rojo, ella no sabe dónde se encuentra. Él dice:
—Hacía calor en la habitación, hemos bajado a la playa.
Ella recuerda, cierra los ojos:
—Es verdad...
Ella vuelve al hueco de su brazo, sobre su corazón.

Alguien sale del espesor del fuego y cruza la playa.
Detrás de él, S. Thala arde.
Él regresa. Viene.
Él está ahí.
Se sienta a algunos metros de ellos, mira el cielo, la mar.
En todo S. Thala, disparadas, las sirenas del espanto.
El hombre mira el cielo, la mar.
Después, a la que duerme en los brazos del viajero.
Se oye:
—Ella duerme.
El viajero se inclina sobre el rostro dormido y dice:
—Parece que se abren sus ojos.
Se oye:
—Entonces llega el día.
La superficie de la mar se ilumina de color rosado. Sobre ella, el cielo se decolora.
Se oye:
—El día abre sus ojos, ¿no lo sabía?
—No.
El viajero mira: los ojos, en efecto, se abren cada vez más, los párpados se separan y, en un movimiento imperceptible debido a su lentitud, el cuerpo, todo entero, sigue a los ojos, se vuelve, se sitúa en dirección a la luz naciente.
Se queda así, frente a la luz.

El viajero pregunta:

—¿Ve ella?

Se oye:

—Nada, ella no ve nada.

En la noche de S. Thala, las sirenas vuelven. La mar crece, se decolora como el cielo.

Se oye:

—Ella permanecerá así hasta la aparición de la luz.

Se callan. La luz aumenta de un modo imperceptible, tan lento es su movimiento. Y también la separación entre la arena y las aguas.

La luz asciende, abre, muestra el espacio que crece.

El incendio, a su vez, se decolora como el cielo, como la mar.

El viajero pregunta:

—¿Qué sucederá cuando llegue la luz?

Se oye:

—Durante un instante, ella quedará cegada. Después comenzará a verme de nuevo. A distinguir la arena de la mar; luego, la mar de la luz; después, su cuerpo de mi cuerpo. Luego ella separará el frío de la noche y me lo dará. Después, ella solamente oirá el ruido, ¿sabe usted? ¿De Dios..., esa cosa...?

Se callan. Vigilan la progresión de la aurora exterior.

CARPENTI
Los pasos perdidos
PRIMERA MEMORIA
Ana Mª Matute
MILAN KUNDERA
La inmortalidad
CABALLITOS
TARQUINIA
BOMARZO
Manuel Mujica Laínez
MEMORIAS DE ÁFRICA
Isak Dinesen
LAS EDA
DE L
PATRICIA HIGHSMIT
Ripley en peligro
TURISTA ACCIDENTAL
Anne Tyler
MOIX
Garras de astracán
ESQUINA ROTA
Mario Benedett
EL CLUB DE LA BUENA ESTRELLA
Amy Tan
APOTE
Música para camaleone
MIGUEL DELIBES
Madera de héroe
ALBERTO MORAVIA
WILT
Tom Sharpe
PATRICIA HIGHSMITH
La máscara
Ripley
ADOLFO BIOY CASARES
El lado de la sombra
GRAHAM GREENE
El agente confidencial
VERDUGO
Norman Mailer
OPUS NIGRUM
MARIO
ARGAS LLOSA
Pantaleón
MIGUEL DELIBES